KB175361

어둠 속에서 헤엄치기

어둠 속에서 헤엄치기
SWIMMING IN THE DARK

토마시 예드로프스키 장편소설

백지민 옮김

푸른숲

로랑, 나의 집에게.

일러두기
1. 모든 주는 옮긴이의 것입니다.
2. 인명 및 지명은 국립국어원 외래어표기법을 참고했으나 몇몇 경우는 통용되는
용례를 고려하여 표기했습니다.

"곧 시작될 연극으로 말씀드리자면, 폴란드에서
벌어집니다―다시 말해 아무 곳도 아닌 곳에서죠."

알프레드 쟈리, 《위비왕》[1]

"Wszystko mija, nawet najdłuższa żmija."

("모든 것은 지나간다, 가장 긴 독사라 해도.")

스타니스와프 예지 레츠, 《너저분한 단상들》[2]

1 《위비왕》은 알프레드 쟈리(1873~1907)의 희곡이다. 폴란드에 관한 성찰을 제시함과 동
   시에 관습에 저항하는 전위적이고 실험적인 작품으로써 큰 사회적 파장을 불러일으켰
   다. 해당 문장은 1896년 12월 《위비왕》의 초연 당시 알프레드 쟈리의 연설에서 발췌되
   었다. 이 문장은 다음을 참고하여 재번역하였다.―알프레드 쟈리, 장혜영 옮김, 《위비
   왕》(연극과인간, 2003).

2 스타니스와프 예지 레츠(1909~1966)는 폴란드의 시인이자 격언가이다. 《너저분한 단상
   들(Myśli nieuczesane)》은 1957년 출간된 그의 격언집이다.

프롤로그

오늘 밤엔 무엇 때문에 잠에서 깼는지 모르겠다. 밤나무 가지가 방 창문을 두드리는 소리도 아니고, 옆방 **파니**[1] 콜레츠카의 기침 소리도 아닌데. 이제는 아닌데. 어쩌면 이런 소리의 허깨비들이 바람에 실려 바다를 건너와 내 의식을 두드린 탓인지도 몰랐다. 어쩌면. 내가 확신하는 바는 이것뿐이다. 내 몸이 전후의 이국(異國)처럼 피폐한 느낌이라는 것. 그런데도 나는 다시 잠들 수가 없다.

나는 너를 생각한다. 내 기억이 불러낼 수 있는 그 얼굴에는 대강의 윤곽과 세밀한 세부가, 겨울철의 발트해와 똑같은 청회색의 눈동자가 있다. 너의 얼굴을 생각하면서 잠자리에서 일어나 침대로부터 창가로 어둠 속을 이동하는 사이 옷가지는 끝맺지 못한 생각처럼 바닥에 널브러져 있다. 그제야 나는 어제저녁

---

[1] pani. 폴란드어로 '부인' 또는 '양'. 여성을 존중하여 이르는 말.

을 상기하고, 잇따른 오한에 가던 걸음을 우뚝 멈춘다. 그때도 라디오가 켜져 있었고 퇴근 후의 여느 날처럼 노래가 나오는 시간이었다. 뭔가 가벼운 곡이 나오고 있었지만 무슨 곡이었는지는 기억나지 않는다. 주방에 서서 커피를 찾고 있으려니 음악이 멈췄다.

"**뉴스 특보가 들어와서 잠시 방송을 중단합니다.**" 여성 디제이가 부드럽고 둥글둥글한 목소리로 말했다. "**오늘 아침, 12월 13일부로 폴란드 사회주의 공화국에 계엄령이 선포되었습니다.**[2] **이번 조치의 배경으로는 민주화 운동권에서 몇 주간 전개한 파업과 데모는 물론, 공산권 사상 최초의 독립 노조인 솔리다르노시치**[3]……" (잘못 발음함) "……**의 혜성과 같은 세력 확장도 영향을 미친 것으로 분석됩니다. 폴란드 정부 측은 텔레비전 연설을 통해 극단적인 조치를 연이어 공표했습니다. 이에 초중고교와 대학교가 폐쇄되고, 국경이 봉쇄되었으며, 시민들에게는 야간통행금지령이 내려졌습니다. 추가 보도가 올라오는 대로 후속 소식을 전해드리겠습니다.**"

음악이 이어졌다.

---

2 사회주의 폴란드에서 식료품 및 생필품 부족 등으로 인하여 시위가 지속적으로 전개된 끝에 1981년 12월 13일에 전국적으로 계엄령이 선포되었다.
3 Solidarność. 1980년 동구권 사상 최초로 정부의 통제를 받지 않는 자유 노조로 설립된 이래로 1980년대 폴란드의 민주화 운동을 이끈 단체이다.

그 순간 무슨 심정이었는지는 너에게 형언할 수조차 없다. 그것은 지순(至純)한 경지의 마비였다. 정신이 반응할 겨를도 없이 몸의 전원이 꺼졌던 게 틀림없다. 침대까지 어떻게 기어들어 갔는지 기억나지도 않는다.

나는 창가에서 담배에 불을 붙인다. 바깥의 길거리는 텅 비었고, 밤비는 보도에서 반짝이며 이 층짜리 건물들과 타닥대는 네온사인을 담아낸다. '24시간'이라는 문구를 블록 아래편의 햄버거 가게에서 읊조린다. '완다 편의점 그린포인트[4] 지점'이라는 문구는 다른 가게에서 적색과 백색으로 속삭인다. 멀리서 경찰차 사이렌이 흐느낀다. 기묘하게도 경찰차 사이렌 소리만큼은 고향과 똑같다. 그 소리를 들으면 매번 팔뚝의 털이 쭈뼛 선다. 예의 그 째지는 소리가 저 멀리 떨어진 어느 도시의 대기를 채웠던 그날 밤을 떠오르게 하니까. 그 도시가 외신 뉴스의 자료화면, 뉴스 꼭지가 되기 전의 그날 밤을. 고독이 한밤처럼 검푸른 타르와 같이 나를 뒤덮기 전의 그날 밤을.

언제가 됐든 네가 이걸 읽어주기를 바라는지는 스스로도 모르겠지만, 이걸 써야겠다는 것만은 알겠다. 네가 내 마음속에 너무 오래 있었으니까. 열두 달 전의 그날부터, 내가 비행기에 올라타 두꺼운 구름을 층층이 뚫고 날아가 바다를 건넌 그날부터.

---

4 미국 뉴욕 브루클린에 위치한 지역. 폴란드계 이민자가 다수 거주하여 '리틀 폴란드'라고도 불린다.

너를 마지막으로 보고 나서 일 년간, 연옥과도 같이 느껴졌던 일 년간—그날부터 쭉 나는 스스로에게 거짓말하고 있었다. 그리고 조국이 산산이 조각나는 동안 여기, 미국이라는 이 끔찍한 안전지대에 갇혀 있게 된 이 마당에는 너를 마음에서 지워버린 체하는 것도 그만두겠다. 묵살해도 지워지지 않는 것들이 있으니까. 좋든 싫든 그러한 영향력을 행사하는 사람들이 있으니까. 이제야 나는 그 사실을 깨닫기 시작한다. 어떤 사람들은, 어떤 사건들은, 골머리가 빠지게 만든다. 그들은 단두대와 같이 인생을 두 동강 내어버려서 사(死)와 생(生), 전과 후로 나눈다.

처음부터—아니, 적어도 처음처럼 느껴지는 지점부터 시작하는 편이 가장 나을 것이다. 이제야 나는 우리가 서로의 과거에 관해 그다지 얘기를 나눈 적이 없었음을 깨닫는다. 어쩌면 그랬다면 뭔가가 바뀌었을지도, 어쩌면 서로를 좀 더 이해하게 되어서 모든 것이 달라졌을지도 모르겠다. 누가 알겠는가? 가부간에 너에게 베니에크에 관해서 말한 적이 없는 것 같다. 그는 너보다 십 년도 더 전에 찾아왔다. 나는 아홉 살이었고, 베니에크 역시 그랬다.

1

나는 그를, 베니에크를 거의 평생 알고 지냈다. 그는 우리 집에서 모퉁이를 돌면 나오는 집에 살았는데, 브로츠와프[1]의 우리 동네에는 굽이진 골목길과 삼 층짜리 빌라 건물들이 놓여 공중에서 보면 우리나라의 상징인 거대한 독수리 형상을 이루었다. 산울타리는 물론 널찍한 안마당에는 세대마다 딸린 작은 화단도 있었거니와 서늘하고 축축한 저장고에다 먼지투성이의 다락방도 있었다. 동네를 통틀어 거기로 이주하고 나서 기껏해야 이십 년을 채운 집이 없었다. 집집마다 우체통에는 아직도 독일어로 '**브리페**'[2]라고 쓰여 있었다. 모두가—전에 이곳에 살았던 사람들과 그들의 자리를 차지한 사람들 모두가—각자의 집에서 강제로 밀려났다. 유럽 대륙의 국경이 하루가 다르게 바뀌어, 애들끼리 보도에서 사방치기 놀이를 하며 그어대던 분필 선처럼 재차 수정되었던 것이다. 전쟁 끝에 독일 동부는 폴란드가 되었

---

1 2차 세계대전 종식 후 1945년에 독일령에서 폴란드령으로 귀속된 폴란드 남서부의 도시.
2 briefe. 독일어로 '우편'.

고 폴란드 동부는 소비에트 연방이 되었다. 할머니네 가족은 르부프[3] 근방의 고향을 강제로 떠나야 했다. 소련인들은 할머니네 집을 차지했고 불과 일이 년 전만 해도 유대인들을 수용소로 실어 나르던 바로 그 가축 수송용 열차로 할머니네 식구를 끌고 갔다. 그들이 도착한 곳은 몇 백 년간 독일인들이 거주하던 브로츠와프라는 도시의 서로 영영 얼굴을 맞대보지도 못할 어느 가족이 방금 막 떠나며 남긴 빌라로, 개수대에는 아직 설거짓거리가 있었고 식탁에도 빵 부스러기가 떨어진 채였다. 이곳에서 나는 자라났다.

가로수와 벤치가 늘어선 널찍한 보도 위에서 동네 아이들 모두가 어울려 놀았다. 우리는 캐치볼을 하거나 여자애들과 줄넘기를 했고, 이 단지 저 단지의 안마당을 뛰어다니면서 소리 지르며 부인들이 카펫을 널고 먼지를 떨어내던 럭비 골대처럼 생긴 이단 철봉[4]으로 뛰어오르곤 했다. 그러다 어른들에게 혼쭐이 나서 달아나기도 했다. 우리는 흙투성이 아이들이었다. 여름에는 반바지와 니 삭스에 멜빵 차림으로, 가을에 길바닥이 낙엽으로 뒤덮였을 때는 얄팍한 모직 코트 차림으로 길거리를 쏘다니곤 했으며, 서리가 길바닥을 엄습하고 공기가 폐를 긁어대며 숨결이 눈앞에서 구름으로 변해가도 계속 뛰어다니곤 했다. 봄철

---

3 폴란드령의 도시였으나 1939년 소비에트 연방에 편입되어 1944~1946년에 인구 이동이 시행되었다.

4 당시 아직 진공청소기가 대중적으로 사용되지 않았던 폴란드, 독일, 러시아 등지에서는 두 개의 가로대가 위아래로 달린 이단 철봉처럼 생긴 카펫 걸이가 카펫 청소를 위하여 아파트 단지에 흔히 설치되었다.

의 시미구스-딘구스 축일[5]이 되면 날래게 도망치지 못한 여자아이에게는 누가 됐든 물을 바가지로 끼얹곤 했고, 그런 다음에는 너나 할 것 없이 쫓아다니면서 물을 부어대던 통에 결국 뼛속까지 푹 젖은 꼴로 집에 돌아오곤 했다. 일요일이면 훔쳐 가지 말라고 저 높이 창턱에 세워둔 우유병에 자갈을 던지곤 했는데, 막상 병이 깨져서 우유가 천천히 건물을 달려 내리며 검댕투성이의 정면 외벽으로 하얀 줄기를 눈물처럼 뚝뚝 흘리면 우리는 진심으로 겁먹어 달아나곤 했다.

베니에크는 예의 개구쟁이 무리 중에서도 한층 대범한 부류였다. 당시에 우리가 얘기를 나눈 적은 없었던 것 같지만 나는 그를 알고 있었다. 그는 우리 중 대다수보다 키가 컸고 어쩐지 피부색이 거무스름했으며, 기다란 속눈썹 아래 반항적으로 응시하는 눈초리를 지녔다. 그리고 상냥했다. 한번은, 이제는 진작에 잊어버린 어떤 장난을 친 뒤 어른으로부터 다 같이 달아나던 중에 내가 날카로운 돌부리에 걸려 넘어진 적이 있었다. 다른 애들은 먼지바람을 일으키며 앞질러 가버렸고 나는 일어서려 애썼다. 무릎에서 피가 나고 있었다.

"괜찮아?"

베니에크가 한 손을 내민 채 나를 내려다보며 서 있었다. 손을 뻗어 마주 잡자 그의 몸에서 나를 일으켜 세우는 힘이 느껴

---

5 폴란드에서는 부활절 월요일에 소년 소녀가 구호를 외치며 서로에게 물을 붓고 갯버들 가지로 치며 풍년을 기원하는 풍습이 있다. 동틀 무렵 소년들이 잠든 소녀들에게 물을 부으면서 축제가 시작된다.

졌다.

"고마워." 내가 웅얼거리자 그는 격려하듯 미소 지은 다음 달려나갔다. 나 또한 행복해져 무릎의 통증 따위는 잊어버리고 있는 힘껏 빠르게 그의 뒤를 쫓았다.

이후 베니에크가 다른 학교로 전학을 가서 나는 그를 보지 못하게 되었다. 그러다 우리는 첫영성체 수업에서 다시 만나게 되었다.

우리 집 앞길에서 잠깐만 걸으면 동네 성당이 나왔는데, 술주정뱅이들 탓에 우리가 한 번도 놀러 가지 않았던 작은 공원 너머, 몇 년 뒤 어머니가 묻히게 될 공동묘지 너머에 있는 곳이었다. 우리 가족은 매주 일요일이면 성당에 가곤 했다. 할머니 말로는 축일에만 성당에 가거나 아예 가지 않는 가족들도 있다고 했고, 이 말에 나는 나처럼 자주 성당에 가지 않아도 되는 아이들이 부러웠다.

첫영성체를 위한 수업이 열리자 우리 모두는 일주일에 두 번 성당 지하실에서 만나곤 했다. 수업은 클라셰프스키 신부님이 진행했는데, 체구가 작고 나이는 많아도 기민했던 신부님으로 그 푸른 눈은 본래의 색을 거의 잃은 상태였다. 검은 사제복 위로 양손을 맞잡고 얘기하면서 빛바랜 작은 눈에 우리를 담던 신부님은 대체로 인내심이 있었다. 그러나 가끔 우리가 떠들거나 서로에게 웃긴 표정을 짓거나 하는 등의 사소한 바보짓을 하면 폭발해서 겉보기에는 닥치는 대로 우리 중 한 명의 귀를 거머쥐어, 그 뜨뜻한 엄지와 검지로 귓불을 세게 잡아당겨서 눈앞에

별이 빙빙 돌게 만들기도 했다. 하지만 정작 엄청 악질적으로
굴었을 때에는 이러는 일이 좀처럼 없었다. 그러니까 무슨 종잡
을 수 없는 병기와 같이 느껴지면서, 웬 불합리한 신이 내리는
노여움처럼 마구잡이식인 데다 예측이 불가해 더욱 겁이 났던
것이다.

이곳에서 나는 베니에크를 다시 보았다. 성당에서 그를 본 적
이 없었기에 그가 거기 있다니 놀라웠다. 그는 변해 있었다. 내
기억 속의 깡마른 소년은 남자가 되어가고 있었기에—적어도
나는 그렇게 생각했다—우리 모두 고작해야 아홉 살이었음에
도 그에게서는 벌써 남성성이 움트는 게 보였다. 한구석이 목
젖으로 도드라지던 강인한 목, 다 같이 사제실에 둥그렇게 둘
러앉을 때면 반바지 아래로 뻗어 나오던 길고 강인한 두 다리,
피부 아래로 불뚝대던 근육, 무릎 위쪽으로 자라나던 솜털까
지. 곱슬곱슬하고 제멋대로 뻗치는 그 검은 머리카락도 여전
했고, 슬쩍 짓궂은 그 짙은 눈동자도 여전했다. 내 생각에 서로
알은체는 하지 않았지만 우리는 서로를 알아봤던 것 같다. 그
러다 수업이 한두 회차 진행되고 나서는 이야기를 나누기 시
작했다. 무엇에 관해서였는지는 기억나지 않는다. 꼬마가 다
른 꼬마와 어떻게 친해지더라? 어쩌면 단순히 공통된 관심사
를 통해서인지도 모른다. 혹은 어쩌면 한층 깊은 곳에 내재하
는, 언행 하나하나가 부지불식간의 신호가 되어 암시하는 그
무언가를 통해서인지도 모른다. 하여간 요는 우리가 어울리게
됐다는 것이다. 자연스럽게. 그리하여 화요일과 목요일 오후에

잡힌 성경 공부가 끝나면 우리는 전차를 잡아타고 도심부까지 가면서 동물원[6]과 정문 꼭대기에 걸터앉은 네온사인 사자를 스쳐 지났고, 아무도 굳이 기억하려 들지 않는 무슨 기념일을 기념하고자 독일인들이 지어둔 돔 지붕이 얹힌 백주년관[7]도 스쳐 지났다. 잔잔한 갈색 오드라강[8]을 가로지르는 철제 다리도 건넜다. 도중에는 공터가 많아 도시가 듬성듬성 이가 빠진 입처럼 느껴졌다. 어떤 블록들의 경우에는 검은 바다에 더러운 섬이 떠 있듯 검댕투성이 건물 한 채만이 혈혈단신으로 외따로이 서 있기도 했다.

우리는 둘만의 일탈에 관해서는 누구에게도 말하지 않았다—부모님들이 허락하지 않으셨을 테니까. 어머니는 걱정하셨을 테다. 절단된 사지를 드러낸 채 시장 광장에서 잡동사니를 팔던 벌건 얼굴의 참전용사들 때문에라도, "성도착자들" 때문에라도—어머니의 입술에서 떨어지던 그 단어는 마치 두 발 달린 뱀처럼 어찌나 위험천만하면서도 흥미진진하던지. 그리하여 우리는 한마디도 없이 몰래 빠져나와서 멋대로 도시를 항해하는 해적이라도 된 양 상상의 나래를 펼치곤 했다. 그의 곁에서 나는 자유로우면서도 보호받는 느낌이었다. 우리는 가판대에 가서 값비싼 잡지들의 널찍하고 매끈한 책장을 손가락으

---

6 브로츠와프 동물원을 일컫는다. 1865년에 개장한 폴란드 최고(最古)의 동물원으로, 정문 위쪽의 간판이 사자 모양의 네온사인으로 장식되어 있다.

7 1813년 나폴레옹의 군대에 독일군이 승리한 라이프치히 전투의 백 주년을 기념하며 1913년에 건립된 박람회장.

8 폴란드 서부를 흐르는 강. 오데르강이라고도 불린다.

로 쓸면서 거의 이해되지도 않는 것들—아시아의 수도승, 아프리카의 부족민, 멕시코의 절벽 다이빙 선수—을 가리켰고 세상의 광대무변함과 흑백 책장 바로 아래에서 발산되는 색채에 경탄하곤 했다.

우리는 방과 후 다른 날에도 만나기 시작했다. 주로 우리 빌라로 갔다. 어머니가 일하러 나간 동안 우리는 비좁고 폭도 라디에이터만 한 내 방의 바닥에서 카드놀이를 하곤 했고, 그러다 보면 할머니가 설탕을 뿌린 빵과 우유를 가져다주었다. 그의 집에는 딱 한 번 가보았다. 그네 집 빌라 건물의 계단은 우리네 계단과 똑같이 눅눅하고 어두컴컴했지만, 어쩐지 더 차갑고 더러워 보였다. 빌라 내부는 우리 집과 달랐다—책이 더 많았고, 어디에도 십자가는 없었다. 우리는 내 방과 똑같은 크기였던 베니에크의 방에 앉아 친척들이 외국에서 보내준 음반을 들었다. 바로 그곳에서 나는 비틀스를 처음으로 들어보았는데, '헬프!'와 '아이 원 투 홀드 유어 핸드'[9]를 부르는 그 목소리는 즉각 내가 사랑해 마지않는 세계로 나를 끌어당겼다. 베니에크의 아버지는 거실 소파에 앉아 독서 중이었는데 그렇게 새하얀 셔츠는 본적도 없었다. 베니에크의 아버지는 말수가 적고 말투도 조곤조곤한 사람이었고 나는 베니에크가 부러웠다. 베니에크가 부러웠던 건 우리 아버지는 내가 아직 아기였을 때 집을 떠난 이래로 별로 나를 들여다볼 생각을 하지 않았던 탓에 나는 진짜 아

---

9 'Help!'(1965)와 'I Want to Hold Your Hand'(1963)는 영국의 록 그룹 비틀스가 발표한
   곡명이다.

버지랄 것을 가져본 적이 없었기 때문이다. 베니에크의 어머니는 어렴풋이만 기억난다. 베니에크의 어머니가 생선구이를 해주어서 다 같이 주방 식탁에 둘러앉았는데 생선은 짜고 퍽퍽했던 데다 가시가 볼 안쪽을 찔렀다. 그네 어머니도 검은 머리칼의 소유자로 눈매는 베니에크와 판박이였으면서도 미소 지을 때면 이상하게 공허해 보였다. 그때조차도 어린애인 내게 어른이 딱하다는 마음이 들다니 이상하다고 생각했더랬다.

어느 날 저녁, 퇴근해서 귀가한 어머니에게 나는 베니에크가 우리 집에 와서 함께 살아도 되느냐고 물어보았다. 나는 베니에크가 친형제처럼 언제나 내 곁에 있었으면 싶었다. 어머니는 긴 코트를 벗어서 문가의 고리에 걸었다. 그러는 어머니의 얼굴을 살펴보니 좋은 기색은 아니었다.

"알잖니, 베니에크는 우리와는 다르다는 거." 어머니가 조소를 머금고 말했다. "걔가 어떻게 정말로 우리 식구가 될 수 있겠어."

"무슨 말씀이세요?" 나는 당황해서 물었다. 할머니가 행주를 들고 부엌 문간으로 나왔다.

"그만해라, 고시아. 베니에크는 착한 아이고, 영성체도 모시러 가잖느냐. 이제 둘 다 오너라, 음식 다 식겠다."

어느 토요일 오후, 베니에크와 나는 동네 아이들 몇 명과 함께 우리 빌라 건물 밖의 골목길에서 캐치볼을 하고 있었다. 태양이 구름 사이로 고개만 빼꼼히 기웃거리던 후텁지근한 날이었던 걸로 기억한다. 우리는 밤나무들이 드리운 지붕을 보호막으로 삼아 공기 중에 달아오르는 열기에 겨워 뛰놀았다. 다들 놀이에 너무 심취한 나머지 하늘이 어두워지고 빗방울이 떨어지기 시작하는 걸 눈치채지도 못하고 있었다. 보도는 물기로 검게 변했고, 우리는 찜통 같은 날씨가 가시고 맞는 소나기가 마냥 좋아서 머리칼은 얼굴에 해초처럼 들러붙었다. 나는 베니에크를 이런 모습으로 생생히 기억한다. 머릿속에는 노는 것밖에 없이 신이 난 채 온전히 자유로이 달려나가는 모습으로. 지칠 대로 지치고 옷도 비로 쫄딱 젖어버리자 우리는 서둘러 우리 집으로 돌아왔다. 할머니가 창가에서 감기 걸린다고 소리치며 우리를 집으로 부르고 있었던 것이다. 집 안으로 들어가자 할머니는 우리를 화장실에 들여보냈고 옷을 전부 벗고 물기를 닦도록 했다. 그때 나는 베니에크의 벗은 몸을 보고 싶다는 욕구를 의식했고, 순간적으로 떠오른 이 갈망에 놀랐으면서도 베니에크가 옷을 벗자 심장이 널뛰었다. 그의 몸은 단단하고 신비로 가득했고, 하얗고 넓적하고 강인한 것이 남자의 몸 같았다(적어도 나는 그리 생각했다). 그의 유두는 내 것보다 크고 검었으며, 음경은 더 크고 길었다. 그런데 가장 혼란스러웠던 부분은 우리가 가을철에 가지고 놀던 도토리처럼 그 끝부분이 벗겨져 있었다는 점이었다. 나는 실제로 다른 이의 것을 본 적이 없었던지라 내 것이 뭔가 잘못되었던 건지, 어머니가 베니에크는 우리와 다르다고 말한 건 이걸 두고 말한 건지 의문이 들었다. 가부간에 이 차이점은 나를 들뜨게 했다. 우리가 물기를 다 닦아내자 할머니는 우리를 커다란 담요로 감싸주었고, 그러자 마치 신비의 나라로 향하는 여행에서 막 돌아온 것만 같은 기분이 되었다. "주방으로 오렴!" 할머니는 평소답지 않게 들떠서 외쳤다. 우리는 식탁에 앉아 뜨거운 홍차와 와플을 먹었다. 지금 떠올려봐도 그렇게 맛있는 음식은 전무후무했다. 도취한 나의 마음 한편에서는 뭔가가 아득한 아픔처럼 뜨끔거렸다.

첫영성체 수련회가 다가왔다. 우리는 북쪽으로 올라가 소포트[10]로 향했다. 때는 다른 계절들의 기억을 깡그리 지워버리는 그런 초여름으로, 빛과 온기에 끌어안기고 충만하여 완전무결함을 맛보는 시기였다. 마흔 명가량의 아이들인 우리가 버스를 타고 도착한 곳은 숲 근처의 출입 통제선이 쳐진 수련회장으로 그 너머로는 바다가 펼쳐졌다. 나는 베니에크와 다른 남자애 둘과 같은 방을 쓰게 되었고, 이층 침대에서는 내가 베니에크 위에서 잤다. 우리는 산책하고 노래하고 기도했다. 클라셰프스키 신부님이 기획한 성경 게임도 했다. 숲속의 솔수평이 가운데 숨겨진 오래된 목조 예배당도 찾아가서 순종적인 천사 무리처럼 묵주 기도도 했다.

오후에는 자유 시간이 주어졌다. 나는 베니에크와 다른 남자애 몇몇과 함께 해변에 가서 차갑게 출렁이는 발트해에서 헤엄치곤 했다. 그런 다음에 나는 베니에크와 물기를 털어내고 다른 애들을 두고 떠나곤 했다. 우리 둘은 해변의 모래 언덕을 오르며

10 폴란드 북부 해변의 휴양 도시.

달 표면 같은 해변 경관을 헤쳐나가다가 완벽한 언덕마루를 발견해내곤 했다. 휴화산의 분화구처럼 저 높이 숨겨진 그곳을. 그곳에서 우리는 바다를 건너와 기진맥진한 황새들처럼 웅크리고는 등에 와 닿는 상냥한 여름 바람을 느끼며 깜빡 잠들곤 했다.

수련회에서 보내는 마지막 밤에 지도 선생님들은 곧 있을 경사를 축하하는 의미로 우리에게 무도회를 열어주었다. 수련회장의 구내식당은 일종의 디스코텍으로 변모했다. 설탕이 들어간 과일 **콤포트**[11]와 소금을 뿌린 막대 과자가 놓였고 라디오에서는 음악이 흘러나왔다. 처음에 우리는 어른의 세계로 떠밀려 나온 기분에 모두 멋쩍어했다. 남자애들은 식당 한쪽에 반바지와 니 삭스 차림으로, 여자애들은 그 반대쪽에 치마와 하얀 블라우스 차림으로 멀뚱히 섰다. 그러다 어떤 남자애더러 여동생과 춤을 추지 그러냐는 말이 나온 것을 계기로 우리는 모두 댄스 플로어로 나아가기 시작했는데, 여기는 짝짓고 저기는 우르르 몰려 몸을 흔들며 펄쩍펄쩍 뛰는 사이 음료와 음악과 이 모든 것이 정말 우리를 위한 것이었다는 자각에 흥이 올라왔다.

베니에크와 내가 같은 방의 남자애들과 엉성하게 무리 지어 춤추고 있으려니까 예고도 없이 전등이 꺼졌다. 바깥에는 이미 밤이 내린 채였고 이제는 식당 안으로도 밀고 들어왔다. 여자애들이 꺅꺅댔고 음악은 이어졌다. 나는 어둠이 주는 기회에 갑자기 들떠 고무되었고, 그러자 마음속에서 어떤 모종의 장벽이 스

11 kompot. 유럽의 여러 지역에서 즐겨 마시는 달콤한 무알코올 과실음료.

러졌다. 가까이 선 베니에크의 윤곽이 보이자 그에게 키스해야
겠다는 욕구가 한밤중의 늑대처럼 기어 나왔다. 누군가를 내게
로 끌어당기고 싶다고 의식적으로 원한 것은 그때가 처음이었
다. 그 갈망은 안쪽 깊은 곳으로부터, 일찍이 한 번도 자각한 적
은 없어도 즉각 알아볼 수 있었던 그곳으로부터 명료한 메시지
처럼 다가왔다. 나는 무아지경으로 그에게 다가갔다. 그를 내게
로 끌어당겨 안아도 그의 몸은 아무런 저항도 보이지 않아, 그
의 얼굴에 내 얼굴을 맞댄 채 단단한 골격과 따스한 숨결을 느
꼈다. 바로 이때 등불이 다시 들어왔다. 주변에 서서 우리를 쳐
다보는 사람들을 의식한 우리는 잔뜩 겁먹은 눈으로 서로를 마
주 보았다. 우리는 떨어졌다. 그런 뒤 우리는 계속해서 춤을 췄
지만 내 귀에는 음악이 더는 들리지 않았다. 앞으로의 인생에
관한 망상에 빠져들어 너무도 어찔해진 나머지 머리가 빙빙 돌
기 시작했다. 내재한 공포와 욕망이 쌓아 올린 수치심이 묵직하
고도 생생하게 실체화되었다.

　그날 밤 나는 어둠 속에서 베니에크 위쪽 침대에 누워 이 수
치심을 뜯어보려 애썼다. 그것은 새로 자라난 장기와 같아, 기괴
하고도 펄떡이는 것이 어느새 나의 일부가 되어 있었다. 베니에
크도 똑같은 생각을 하고 있었을지도 모른다는 발상은 떠오르
지 않았다. 당시의 나는 다른 누군가가 나와 같은 신세였을 수
도 있으리라고는 믿기조차 어려워했을 테니. 재삼재사 나는 그
순간을 머릿속에서 재생하면서 그를 끌어당기는 내 모습을 바
라보다가, 베개에 뉜 고개를 홰홰 저으며 제발 좀 사라지길 바

랐다. 마침내 잠이 나를 구원해주었을 때는 거의 동틀 녘이 다 되어서였다.

이튿날 아침 우리는 침대에서 침대보를 벗겨내고 소지품을 가방에 쌌다. 남자애들은 들떠서 디스코텍에 관해, 제일 예쁜 여자애들에 관해, 집과 집밥에 관해 떠들어댔다.

"얼른 달걀 네 개 넣은 오믈렛 먹고 싶다." 어느 포동포동한 남자애가 말했다.

그러자 누군가 그에게 익살스레 얼굴을 응그렸다. "넌 식탐만 보면 고슴도치가 따로 없더라!"[12]

이에 모두가 웃어젖혔고 베니에크 역시 입을 크게 벌리고 이를 다 드러내고 웃었다. 목구멍 뒤편에서 달랑거리는 목젖이 웃어젖히는 박자에 맞추어 흔들리는 것까지 다 보일 정도였다. 그렇게 집단적인 쾌활함이 파도처럼 휩쓸어 와도 나는 동조할 수가 없었다. 마치 나를 다른 남자애들과 나누는 벽이, 이전에는 미처 보지 못했지만 이제는 명백하며 없던 것으로 할 수 없는 그런 벽이 세워진 것만 같았다. 베니에크는 나와 시선을 맞추려고 했지만 나는 수치심에 고개를 돌려버렸다. 우리가 브로츠와프에 도착해 부모님들의 마중을 받았을 때 나는 이전과는 다른 타락한 인간으로 귀가하는 듯한, 이전의 나 자신으로는 결코 되돌아갈 수 없을 듯한 느낌이 들었다.

그다음 주부터는 더는 성경 수업이 없었고, 어머니와 할머니

---

12 고슴도치는 식욕이 좋은 잡식성 동물로 알려져 있다.

는 첫영성체 예식을 위하여 내가 입을 흰 예복을 다 재봉해두었
다. 이어서 곧 방문할 친척들을 위하여 음식을 만들고 여러 가지
로 채비하기 시작했다. 집안에는 활기가 감돌았어도 내게는 도
통 옮아오지 못했다. 베니에크만 떠올리면 내가 세상에 끔찍한
무언가를, 소중하고도 위험한 무언가를 풀어놓고야 말았다는 사
실이 상기되었으므로. 그래도 나는 여전히 그가 보고 싶었다. 도
저히 그의 집에 찾아갈 용기는 나지 않았어도 그가 오지 않을까
바라면서 현관문을 두드리는 소리가 들리기를 기다렸다. 하지만
그는 오지 않았다. 그러는 사이에 첫영성체 날이 다가왔다. 그를
다시 보게 되겠다는 생각에 전날 밤에는 거의 잠을 이루지 못했
다. 아침이 되자 나는 일어나 찬물로 세수했다. 때는 솜털같이
하얗게 엉겨 붙은 홀씨들이 길가를 날아다니며 보도를 뒤덮고,
아침 햇빛도 찬란해 거의 눈이 시릴 정도인 그런 여름철의 일주
일 중에서도 화창한 날이었다. 깃이 높은 하얀 예복을 입자 발목
까지 내려왔다. 그 안에서 움직이기가 어려웠다. 수도승이라도
된 양 반듯하고 진중하게 잠자코 있을 수밖에 없었다. 우리 가족
은 성당에 일찍 도착했기에 나는 계단에 서서 길거리를 내려다
보았다. 다른 가족들이 잰걸음으로 나를 지나치는데 여자애들은
레이스가 달린 하얀 예복을 입고 머리에는 화관을 썼다. 클라셰
프스키 신부님도 그곳에서 붉은 소매가 달리고 금사가 박힌 긴
예복을 입고 들뜬 부모들과 얘기를 나누고 있었다. 모두가 그곳
에 있었는데 베니에크만 없었다. 나는 그대로 선 채 군중 속에서
그를 눈으로 찾았다. 성당의 종이 울리기 시작하면서 예식의 개

시를 알리는데 나는 뱃속이 텅 빈 기분이었다.

"들어가자, 아가." 할머니가 내 어깨를 잡으며 말했다. "이제 시작한다."

"하지만 베니에크가—"

"안에 있을 게다." 할머니는 무거운 목소리로 말했다. 그게 거짓말이었다는 걸 나는 알았다. 할머니는 내 손을 잡아끌었고 나는 그대로 끌려갔다.

성당은 서늘했고 오르간이 연주를 시작하는 사이에 할머니는 나를 레이스 장갑을 끼고 머리를 굵게 땋은 할리나라는 투미한 여자애에게로 데려갔다. 그리하여 우리는 손에 손을 잡고 중앙 통로를 내려가며, 일제히 백의를 입은 소년 소녀들로 짝지어진 쌍쌍의 행렬을 이루었다. 클라셰프스키 신부님이 앞쪽 독서대에 서서 우리네 영혼과 순결, 하느님을 따르는 여정의 시작에 관하여 설파했다. 짙고 묵직한 향불내에 머리가 빙빙 돌았다. 나는 곁눈질로 장의자에 빼곡히 들어찬 가족들을 흘긋대다가 할머니와 이모할머니들과 어머니가 긴장되면서도 대견스러워하는 기색으로 나를 바라보는 모습을 발견했다. 맞잡은 할리나의 손이 무슨 작은 동물처럼 뜨겁고도 축축했다. 하지만 여전히 베니에크는 없었다. 클라셰프스키 신부님이 감실을 열고 제병(祭餠)으로 가득한 은제 성합을 꺼냈다. 오르간 연주가 시끄럽고 처연해지면서 음악은 우렛소리와 같이 변했고, 소년 소녀는 한 사람씩 신부님에게 나아가 무릎을 꿇고 신부님이 입안에, 혀에 놓아주는 제병을 받아먹은 다음 다시 한 사람씩 걸어 나가 성당을 떠났다. 앞쪽의 줄은 줄어들고 줄어들어서 금방 내 차례가 되었다. 나는 붉은 카펫 위에 무릎을 꿇었다. 신부님의 늙은 손가락이 내 혀에 박편을 올리면서 건(乾)이 습(濕)을 만났다. 나는 일어나 눈이 시린 햇빛 속으로 걸어 나가며 혼란스럽고도 두려운 채로 입안의 씁쓸한 혼합물을 삼켰다.

이튿날 나는 베니에크네 집에 찾아가서 손바닥에 하릴없이 땀을 쥔 채 덜덜 떨리는 손으로 현관문을 두드렸다. 잠시 뒤 현관문 저편에서 발소리가 들려오더니 문이 열리며 일면식도 없는 부인이 나타났다.

"뭐야?" 부인은 거칠게 말했다. 부인은 몸집이 컸고 그 얼굴은 구겨진 잿빛 종이 같았다. 담배 한 개비가 입에서 덜렁거렸다.

당황해버린 나는 이미 헛된 질문임을 아는 목소리로 베니에크는 집에 없느냐고 물었다. 부인은 입에서 담배를 빼냈다.

"문패에 쓰인 이름 안 보여?" 그녀가 초인종 곁의 작은 사각형 문패를 탁탁 쳤다. **'코발스키'**라고 대문자로 쓰여 있었다. "그 유대인이고 나발이고는 이제 여기 안 산다 이거야. 알겠어?" 무슨 개라도 야단치는 듯한 어조였다. "또 우리 집에 와서 귀찮게 했단 봐라. 우리 남편이 아주 먼지 나도록 두들겨 패서 평생의 추억을 만들어줄 테니까." 부인은 내 면전에 대고 문을 쾅 닫았다.

나는 어안이 벙벙하여 그대로 서 있었다. 그런 뒤 계단을 달음박질로 오르락내리락하면서 이웃집 현관문에서 아이젠슈타인이라는 명패를 찾아보다가 다른 집 초인종도 눌러보다가 빌라 건물을 잘못 찾았나 고민하기까지 했다.

"그네 일가는 떠났단다." 반쯤 열린 문틈으로 어떤 목소리가 속삭였다. 성당에서 알고 지내던 아주머니였다.

"어디로요?" 일순간 절망을 유예한 채 나는 물었다.

아주머니는 듣고 있는 사람은 없는지 확인이라도 하듯 층계참을 둘러보았다. "이스라엘로." 속삭이듯 내뱉어진 그 단어가 나는 무슨 뜻인지도 몰랐지만, 그래도 그 불길하게 굴려진 소리는 불안하게 다가왔다.

"언제 돌아오는데요?"

아주머니는 양손으로 현관문을 감싸 쥐고는 천천히 고개를 저었다. "같이 놀 친구를 새로 찾는 게 좋을 거다, 꼬마야." 아주머니는 고개를 끄덕이고는 현관문을 닫았다.

그리하여 고요한 계단통에 서 있는 사이 공포심이 배꼽에서부터 타고 올라와 목구멍을 옥죄고 눈을 쥐어짜는 것이 느껴졌다. 눈물이 녹은 버터처럼 뺨을 타고 미끄러지기 시작했다. 한참이 지나도록 느껴지는 건 눈물의 열기뿐이었다.

네게도 그런 사람이, 어렸을 때 덧없이 사랑했던 사람이 있었을까? 너도 내가 맛본 수치심 같은 걸 느껴본 적이 있었을까? 나는 항상 너도 그래봤겠지, 아무리 그래도 그간 행세하던 대로 평생을 무심하게 살아왔을 리는 없겠지 짐작했더랬다. 그러나 이제는 모든 사람이 같은 방식으로 고통받는 것은 아니라고 생각되기 시작한다. 아닌 게 아니라, 모든 사람이 고통받는 것은 아니라고. 여하간 같은 것 때문은 아니라고. 그리고 어떻게 보면 그렇기에 너와 나, 우리가 가능했던 것이리라.

2

우리는 그 버스에 함께 있었다. 1980년 바르샤바에서. 때는
따스한 유월 초순으로, 마지막 대학교 기말고사를 마치고 맞이
한 여름이었다. 우리는 재학 내내 같은 학년이었음에도 서로를
몰랐다. 너는 강의에 출석한 적이 없었고 출석할 필요도 없었으
니. 그러니까 우리는 영영 만나지 못했을 수도 있었던 거다.

버스는 더 올 사람들을 기다리고 있었다. 나는 햇살을 가리려
주황색 모직 커튼을 쳐둔 창가 자리에 앉아 《쿠오바디스》[1]를 다
시 읽고 있었다. 종교적인 부분보다는 사랑 이야기, 영웅적 반
전, 반대할 용기에 더 마음이 갔다. 당시에 나는 이렇게 살았다
—책을 통해. 나는 책 속 이야기에 스스로를 가두었고, 밤에는
등장인물들의 꿈을 꾸었으며, 내가 그들인 양 행세했다. 책은 현
실의 매서운 칼날을 막아주는 나만의 갑옷이었다. 주머니 속에
호신부를 넣어두듯 어디를 가든 책을 가지고 다니면서, 등장인

---

1 폴란드의 소설가 헨리크 시엔키에비치가 1896년에 발표한 애국적 역사 장편소설.

물들을 거의 주변 사람들보다도 실제적인 존재라고 생각했다. 주변 사람들은 아무것도 보지 못한 척 말하고 살아갔던 데다, 당시 내 생각으로는 이야깃거리가 될 만한 행동이라고는 한번 해보지도 못할 운명들이었으니 말이다.

나는 커튼을 열어젖히고 창문에 비친 나의 투영을 바라보았다. 내 눈에 비치는 모습이 마음에 드는 날도 있었다—아치형의 긴 코가, 아몬드 모양의 눈이. 그러나 대개의 날에는 그러지 못했다. 대개의 날에는 스스로를 향한 무딘 책망을, 스물둘 내 몸으로부터 소원감을 느낄 따름이었다.

버스가 차면서 여름 기운이 가미된 공기는 활기를 띠었다. 비어 있던 내 옆자리에는 카롤리나가 나타나 털썩 주저앉았는데, 입을 크게 벌리고 웃는 그 미소에는 특유의 빈정대는 기미가 어려 있었다.

"농부가 될 준비는 되셨나?" 그녀가 말했다.

나는 책을 넓적다리 위에 내려놓았다. "기대돼서 죽겠다." 나는 짐짓 무표정한 얼굴로 말했다.

카롤리나는 고개까지 젖히며 웃어댔다. "나는 네가 거기 논밭에 내려가서 더러워지는 꼴을 보는 게 기대돼서 죽겠다, 야."

버스는 이제 거의 만석이었고, 운전기사가 입술에 담배를 붙인 채 올라타자 우리는 출발했다. 우리는 털털대는 엔진의 박자와 공명했다. 햇살이 내 얼굴로 흘러내렸고 바깥으로는 바르샤바의 상징—스탈린 문화과학궁전[2]—에서 내뻗친 첨탑이 연청색 하늘을 찌를 듯이 솟아오른 나머지 바라보려다가 목이 다 뻐

근해질 정도였다. 나는 기이하게도 고양되었다. 나는 떠나는 행위 자체가, 출발과 도착 사이에서 어디에도 있지 않은 듯하며 다른 유의 시간으로 정의되는 그 막막함이 언제나 좋았다. 이렇게 여행하자니 사 년 전에 올랐던 여행길이 떠올랐다. 태어나서 처음으로 혼자 바르샤바행 열차에 타서 수도로 올라왔던, 옛날의 나 자신을 등 뒤에 남겨두었던 그날이. 그때 나는 커다란 여행 가방 두 개를 곁에 놓아두고 할머니와 승강장에 서 있었는데, 할머니의 장갑 낀 손에 들린 손수건이 울먹울먹한 할머니의 눈가를 훔척거렸더랬다. 할머니는 내가 가지 않았으면 했건만 아무 말도 하지 않았다. 열여덟의 나는 떠나고 싶어 몸이 근질거렸다. 할머니를 놔두고 떠나다니 나도 참 이기적이라고 생각하면서도 급하게 할머니에게 키스한 뒤 열차에 올라 여행 가방들을 내 객실로 끌고 가면서, 좁은 통로에서 창문 밖으로 기대어 담배를 피우는 군인들을 지나쳐갔다. 이윽고 객실에 자리를 잡고, 닳은 양복을 입은 아저씨들과 모자를 쓴 아주머니들이 납작 물병에 든 차를 마시고 사과를 깎으며 세례받은 아기들처럼 하얀 레이스 천에 싸둔 삶은 달걀을 먹는 그 틈바구니에 앉았다. 열차가 움직이기 시작하고 숲에 파묻힌 마을들이 스쳐 지나가자 나도 진정되었다. 이기적. 자기 자신으로 성장한다는 건 그저 이기적인 것이다.

---

2 1955년 소련이 바르샤바 중심부에 세운 고층 건물. 폴란드에서는 해당 건물을 소련의 잔재라고 생각하여 부정적으로 여기는 국민적 정서가 강하다.

우리가 탄 버스는 달려나가다가 다리 위로 비스와강³을 건넜다. 나무들은 싱그러운 초록이었으며 강기슭에 가득 들어찬 모양이 곱슬머리가 빽빽이 자라난 머리통 같았다. 공기 중에 섞인 보리수나무와 라일락의 달콤하고 다채롭고도 고혹적인 향기에 온 도시가 잠겨 들었다. 모래사장에는 인적이 없어 강둑 전체에서 야생적인 분위기가 풍겼다. 빼곡하게 들어선 나무들 바로 뒤편으로 삐져나온 잿빛 고층 아파트들의 정수리만 아니었더라면 여긴 사람이 거주한 적이 없는 곳처럼 보였을 테다.

나는 다시 카롤리나에게 고개를 돌렸다. 담배를 피우던 터라 그녀의 가로로 널찍한 입술에 발린 코랄 레드 립스틱이 담배꽁초의 입 닿는 부분에 자국을 남겨두고 있었다. 그녀가 그 립스틱을 바르지 않은 모습이라든지, 그 길들지 않는 눈매를 부각하는 검노란색 앞머리를 없앤 모습은 한 번도 본 기억이 없다.

"괜찮아?" 그녀가 고개를 까딱이며 물었다. 나는 끄덕였고 절로 웃음이 나왔다. 그녀가 함께 있어서 다행스러웠다. 우리가 일학년 때 만난 이래로 그녀는 내게 누나와 같은 존재가 되었다. 내가 알 마음이 있던 것의 절반은 그녀가 알려준 것이었다. 그녀는 암시장 도서를 무더기로 가지고 있었기에 우리는 그 책들을 함께 읽고 토론했다. 그녀 덕에 나는 시몬 드 보부아르⁴와 미워시⁵를, 심보르스카⁶의 시선과 카푸시친스키⁷의 여행기를 접했

---

3 폴란드의 국가적 상징으로 여겨지는 폴란드에서 가장 긴 강.
4 시몬 드 보부아르(1908~1986). 프랑스의 실존주의 사상가 겸 소설가. 저서《제2의 성》으로 여성 문제에 관하여 큰 사회적 반향을 불러일으켰다.

다. 가끔 그녀는 우리나라를 하일레 셀라시에[8] 통치하의 에티오피아에 비교하며 우리 역시 비슷한 혁명을 일으켜야 한다고 주창하곤 했다. 나는 속내를 내뱉는 그녀의 용기가 경탄스러웠다.

"**제발**." 소리 내어 말하는 것이 두렵지 않으냐고 내가 물을 때면 그녀는 눈살을 찌푸리며 이렇게 말하곤 했다. 우리 집에선 어머니와 할머니가 공포의 일화를, 알고 지내던 사람들이 단 한 마디의 체제 비판에 실종되던 그때 그 시절의 일화를 내게 읊어 댔던 것이다.

"스탈린이 죽은 지가 언젠데."[9] 카롤리나는 말하곤 했다. "이 체제가 웃기지도 않는 연극이라는 건 우리도 알고 **웃대가리들**도 알아. 게다가 천만다행으로 우리가 동독에 있는 것도 아닌데, 뭐. 여기 짭새들은 거의 자면서 순찰하잖아."

전원 지대가 시작되자 우리는 덜컹거리며 길을 따라 너른 들판과 자작나무숲과 끝없이 펼쳐진 소나무 삼림에 더해 교회 첨탑이 삐죽삐죽 튀어나온 피로한 소읍들을 스쳤다. 카롤리나가 내 성향까지 알고 있었는지는 모르겠다—그쪽으로 의심은 하

5 체스와프 미워시(1911~2004). 1980년 노벨문학상 수상자인 폴란드계 미국인 저항시인. 사회주의 체제를 비판하는 이념 서적 《사로잡힌 마음(Zniewolony umysł)》을 집필하였다.

6 비스와바 심보르스카(1923~2012). 1996년 노벨문학상 수상자인 폴란드의 시인 겸 번역가. 스탈린주의를 비판하는 작품들을 내놓았다.

7 리샤르트 카푸시친스키(리샤르드 카푸시친스키, 1932~2007). 폴란드의 기자 겸 작가. 전 세계를 돌아다니며 총 27회의 혁명 및 쿠데타를 취재한 경험을 작품에 녹여내었다.

8 1930년부터 1974년까지 에티오피아를 통치한 황제. 1974년 에티오피아에 기근이 닥치며 쿠데타가 일어나 황위에서 축출당했다.

9 소련의 독재자 이오시프 스탈린은 1953년 사망하였다.

고 있었다고 생각하지만. 그런데도 그녀는 나를 절대 재우치거
나 절대 닦아세우거나 하지 않았고, 그래준 것에 대하여 언제나
고마운 마음이 들었다. 그것은 내가 그녀의 입장이었다고 해도
똑같이 베풀었으리라고 자신할 수 없을 그런 섬세함이다. 딱 한
번 그녀가 선을 넘을 뻔했던 적은 있었다. 농촌 활동에 오기 한
달 전쯤의 일로, 둘이서 국립극장에서 공연을 관람한 뒤였다—
우리는 므로제크[10]의 〈탱고〉를 보러 갔던 것이다. 서로 한잔할까
싶은 기분이 들어 그녀가 구시가지의 좁은 옆길에 콕 박혀 있는
작은 바로 안내했다. 배우들이 다니는 곳이라고 했다. 그곳에 가
득한 담배 연기와 카운터 근처에 선 활발한 검은 형체들이 보
도까지 넘쳐흐르고 있었다. 여름의 초입이었다. 나는 거기 남자
들 상당수의 성향을 알아보았지만, 처음에는 내가 본 것이 진실
이 아니기를 바랐다. 그들에게는 뭔가 방정맞은 느낌이 있어 심
기가 심히 불편했다. 그 간드러지는 목소리, 문장마다 굳이 갖다
붙이는 "자기야", 휙휙 돌아가는 탐욕스러운 눈동자, '아이 필
러브'[11](한때 좋아했지만 이제는 한때라도 좋아했던 자신을 질책하게 되
는 곡)의 최면을 일으키는 듯한 전자음 비트에 맞추어 신음하는
도나 서머라도 되는 양 씰룩대는 엉덩이까지. 그들이 은근한 눈
길을 슬쩍 던지자 나는 속을 훤히 내보인 기분이었다. 카롤리나

---

10 스와보미르 므로제크(1930~2013). 폴란드의 극작가 겸 만화가. 극작품 〈탱고〉(1965년
폴란드에서 초연)를 발표하면서 명성을 떨쳤다.

11 'I Feel Love'는 1977년 미국의 싱어송라이터 도나 서머(1948~2012)가 발표한 댄스곡
이다.

는 딱히 이상한 점은 눈치채지 못한 듯했다—그곳에는 여자들도 있었는데, 태평하고 앙큼하며 시끄러웠다. 나는 카롤리나를 곁눈질하며 정말로 눈치채지 못하는 건지 그냥 눈치채지 못한 체하고 있는 건지 의심했다. 나는 당장 그 자리를 박차고 나가고 싶었고, 눈치도 그만 채고 욕망해 봤자 결코 가질 수 없을 미안(美顔)도 그만 찾아보고 싶었으나, 카롤리나가 음료를 주문해 버리는 바람에 애써 엉덩이를 붙이고 앉아 얘기하며 시선은 그녀에게 붙박아두다시피 했다. 서로 맥주잔을 거의 비웠을 무렵에는 나는 초조해지고 화도 나서 그녀에게 왜 거기로 데려왔는지를 물었다. 그녀는 언제나처럼 태연스러웠다. 어떤 친구가 그곳을 추천했노라고 했다.

"무슨 친구?" 내가 물었다.

그녀는 생각하려는 듯 얼굴을 찌푸렸다. "네가 모르는 남자애일걸."

나는 끄덕이고 빈정대듯 미소 지었다. "그래. 우리 이제 나가도 될까?"

그녀의 표정은 마치 내 말을 듣지 못한 양 변함이 없었다. 그녀는 남은 맥주를 한꺼번에 털어 넣고는 음료 값을 카운터에 올려둔 뒤 높은 의자에서 일어섰다. "잠깐 화장실만 좀 다녀올게."

그녀가 걸어가버리자 잡담 속에 홀로 선 나는 완전히 무력한 심정이자, 붙잡을 수 없는 쾌락의 한가운데에서 난감해하는 아이와 같은 심정이었다. 아니, 그보다도 엉망인 심정이었다. 내 곁에서는 우리를 뜯어보던 양복 차림의 노신사 둘이 들뜬 목소리로 말하는 중이었다.

"있지, 자기야." 재킷 옷깃에 모피 깃을 두른 한쪽이 자기 친구에게 취한 목소리로 방백을 읊었다. "내가 전에 말한 그 볼드윈의 국내 미출간 작품은 꼭 읽어봐야 해. 그거 읽고 눈물이 다 나더라니까. 그걸로 눈뜰 수 없다면 뭘 봐도 눈뜨지 못할 거야."

다른 쪽—매우 마른—이 끄덕였다. "나한테도 빌려줄 거지, 자기야?"

"그럼, 그런데 조심해서 다뤄야 해. 알잖아, 애초에 내 책도 아니라는 거. 그녀 거야." 그러고는 그는 카운터 건너편의 하얀 실크 셔츠를 입은 남자를 가리켰다. 그 사람은 우리가 관람한 연극에 나온 배우 중 하나로 보이는, 물결치는 금발과 작은 들창코를 지닌 예쁘장한 남자애와 대화에 심취해 있었다.

이윽고 카롤리나가 여자 화장실에서 돌아왔고 우리는 자리를 떴다. 나는 이곳에서 아무것도, 단 한 조각의 기억도, 나 자신에 관한 단 하나의 결론도 가져가지 않겠다고 굳게 결심했다. 그러나 있는 힘껏 하늘에 던져진 돌멩이처럼, 그날 밤의 파편들—소년들과 그들을 원하던 남자들, 나야 그저 짐작할 수만 있었던 추파와 유혹의 암호들—은 내가 체험한 것보다도 격렬한 강도로 내게 돌아왔다. 중력의 법칙은 기억에도 적용된다. 그리하여 어느 날, 도서관에 앉아 마음을 비우고 작업하려 애쓰던 중에 나는 그 책을 떠올렸다. 이에 그 이름을 외국 문학 자료실 일람표에서 찾아내었다. 제임스 볼드윈. 그의 작품 목록도 나와 있었는데, 그중 단 한 권에 한해서만 정식으로 발간된 역서가 없었다. 《조반니의 방》[12]. 바로 이것이었으리라고 나는 생각했다. 나는 일람표를 닫고 그 책에 관해서는 잊어버리려 했다. 그러나 그 제목은 좀체 나를 가만히 두지를 않아, 흔들리는 이처럼 감질나게 했다. 그리하여 그 책을 찾아 나섰다. 그렇게 몇 주간 찾아다닌 끝에, 몇 주간 미심쩍게 쳐다보는 점원들에게 물어보아 그런 책 없었다, 번역된 적도 없는 책이었다는 말만 듣던 끝에 행운이 찾아왔다. 때는 농촌 활동이 시작되기 바로 며칠 전으로, 예의 바에 있던 그 남자들의 친구였을 수도 있을 법한 남자가 운영하는 예술 및 역사 서적 전문의 조그마한 **안티크바리아트**[13], 서적상에서였다. 주인장은 의미심장하면서도 거의 재미있어하는 시선을 던지더니 뒷방으로 걸어가 부스럭거리는 갈색 종이 꾸러미를 들고 돌아왔다.

 농촌 활동을 위해 짐을 쌀 때가 되자 나는 책 표지를 뜯어내어 책장들만 다른 책 안쪽에 깔끔하게 붙여 넣은 뒤 가방 바닥에 깊숙이 파묻어두었다.

 오후가 끝나갈 때쯤, 태양이 기세가 약해지고는 있었지만 아직 지기 시작하지는 않았을 무렵에 버스는 목적지에 도착했다. 훈련소는 마을 바로 바깥에 있었는데 주위로는 낮은 목제 울타

---

12 미국의 소설가 제임스 볼드윈(1924~1987)이 1956년 출간한 장편소설. 약혼녀가 있는 미국인 데이비드가 이탈리아인 바텐더 조반니를 파리의 게이 바에서 만나면서 겪는 감정과 절망을 탐구하는 작품이다.

13 antykwariat. 폴란드어로 '헌책방'.

리가 둘렸고 한쪽이 작은 강으로 구획되어 있었다. 버스가 멈춘 곳은 중앙 건물 앞으로, 그 널찍한 콘크리트 방갈로의 정면에는 시계가 달렸고 그 앞쪽으로 일군의 깃발이 (백색과 적색으로 망치와 낫이 그려진 채[14]) 흐느적대며 걸려 있었다. 제복 차림의 땅딸막하고 비대한 남자가 작은 눈으로 우리를 주의 깊게 지켜보는 사이 우리는 차를 타고 오느라 시달려 약간 어지러운 상태로 버스에서 내렸다.

"나는 벨카 지도자 동지라 하오." 그가 우렁차게 말하며 우리더러 앞쪽에 정렬하라고 명령했다. 그 목소리에는 어쩐지 고압적인 인상이 있었고 행동거지에는 어쩐지 피로하면서도 분노한 듯한 태도가 있었다. 그것은 내가 학교 선생님들에게서, 본인들조차 체제를 좀처럼 신봉하지 못하면서도 마찬가지로 체제를 신봉하지 못하는 다른 이들을 벌하던 그들에게서 목격한 피로 및 분노와 동류의 것이었다. "노동교육 훈련소에 잘 오셨소이다." 벨카는 우리가 지은 열을 오르락내리락 걸어 다니며 외쳤다. "이 중대한 복무에 자원해준 동무들이 자랑스럽소." 우리의 얼굴은 무표정했어도 그의 말에 담긴 역설은 아무도 놓쳤을 리없었다. 농촌 활동은 강제였다―누가 되었든 농촌 활동에 참여하지 않고서는 졸업 허가를 받지 못할 터였다. 그는 연설을 이어가며 농업의 중요성과, 우리네 사회주의 투쟁 속 노동 계급의 역할과, "지식인층"(이 단어에 그는 얼굴을 찌푸렸다)이라 할지라도

---

14 망치(노동자의 상징)와 낫(농부의 상징)이 겹쳐진 모양은 무산 계급의 연대와 동시에 공산주의를 상징한다.

열외 없이 아버지 조국의 대업에 일조해야 한다는 겨레의 의무를 찬양했다. 요는 복종심이었다고, 그는 말했다.

그것은 신념의 정도는 덜하거나 더했을지언정 우리가 살아오는 내내 들어온 그런 장광설이었다. 나는 고개를 돌려 열을 눈으로 훑으며 카롤리나를 찾았지만, 대신에 시선이 너에게 떨어졌다. 나는 일찍이 너를 본 일이 없었다—여하간 의식해서 본 일은 없었다. 그런데도 마치 아는 얼굴을 알아본 양 내 마음은 기묘하게 안심되었다. 너는 키가 나만큼 컸고, 어깨가 넓었으며, 눈동자는 밝은색이라 짙은 색의 머리칼과 대비를 이루었다. 벨카에게 주목하고 있던 너를, 나는 잠시 나 자신을 잊고 무방비한 상태로 눈에 담았다. 그러자 마치 직감적으로 제게 내려앉는 시선을 불현듯 의식한 동물처럼 너는 내게 고개를 돌렸고, 이에 내가 미처 눈길을 피할 겨를도 없이 우리의 시선이 만나며 무한하고도 가없는 일순간 공중에서 얽혀 들었다. 확확한 열기가 배 속에서 뺨으로 타고 올라왔고 생각은 실 뭉텅이처럼 엉켜 들었다. 나는 최대한 재빨리 고개를 돌렸다. 연설의 나머지 시간 동안 나는 지도자 동지만 똑바로 바라보면서도, 마음속으로는 평정심을 찾으려 분투하다가 제멋대로 곱드러지고 있었다.

벨카가 연설을 마치자 우리는 버스에서 각자의 배낭을 챙기고는 훈련소 부지에 흩어진 통나무 오두막들에 각기 배정되었다. 나는 보이테크, 다레크, 필리프라는 남자애 셋과 같은 오두막에 들어갔다. 신기하리만치 미성숙하고 천진난만한, 좋은 애들이었다. 우리는 이층 침대 두 개와 탁자와 의자 두 개를 같이 썼다. 저녁을 먹으러 구내식당에 가자, 앞치마와 쪼그라든 종이 보닛 차림의 여성 부대가 마치 수년 전부터 거기 배치되어 있었다는 듯한 모습으로 카운터 뒤에 서서 배식해주었다. 표정 변화가 없고 몸집이 큼지막한 부인이 토마토 쌀죽을 배식해주었고, 나이를 가늠할 수 없는 외양에 피부가 불그스름한 소녀가 으깬 비트와 감자를 수북이 쌓아 올려주었다. 나는 같은 오두막의 남자애들 및 카롤리나와 함께 앉았다. 그들은 쉬이 말을 트고 농담하고 장난을 쳤다. 그러나 나는 온전히 거기 있지 못했다. 나는 구내식당을 둘러보다가, 기다란 식탁들 너머 뒤엉킨 음성과 달그락대는 수저 사이로 너를 발견했다. 식당 반대편 끝에 있는 식탁에 앉아 어느 여자애에게 고개를 돌린 채 그녀와의 대화에 열중한 너를. 구내식당의 삭막한 백색광을 받아 너의 검은 머리칼이 반들거렸고, 그런 너의 태도에는 유달리 집중한 기색이, 그 눈빛에는 선선하면서도 굴하지 않는 기색이 어려 있어 내게 질투와 욕망을 한꺼번에 불러일으켰다. 마치 나로서는 헤아릴 수 없던 계시처럼 너의 존재가 이미 나를 압도한 것만 같았다.

그날 밤, 주위의 다른 남자애들은 푹 잠들었고 반쯤 걷힌 커튼 틈새로 달빛은 쏟아져 들어오는데 나는 말똥말똥하게 침대에 누워 있었다. 예리한 기억들이 의식의 문을 두드리더니 이윽고 찾아온 것은 오랜 악몽으로, 어릴 적 종종 꾸었던 꿈이자 베니에크의 이사 전후로 잔인하리만치 자주 덮쳐들던 꿈이었다.

꿈속에서 나는 수풀이 무성하고 까마득한 들판에 서 있었다. 모든 것은 석화된 듯 가만하고 있었고 횡포한 고요만이 군림하였다. 그곳에는 아무도 없었다―지척이나 가청 거리에만 없었다는 말이 아니라 어디에도 없었다. 꿈 특유의 설명할 수 없는 논리로써 내가 이 세상에서 혼자였으며, 버림받은 인종의 마지막 구성원이었음을 나는 확신했다. 주위를 둘러보자 수풀에서 뻗어 나오는 직사각형의 돌들이 눈에 들어오기 시작했다. 그 공백의 매끄러운 돌들은 묘비였음을 나는 알아차렸다. 묘비들은 나를 보고 있었다. 그것들의 괴괴함에 심장이 공황으로 널뛰어 갔다. 그곳에 서 있자니 무한히 추락하는 것만 같았다. 그 상황 일체가 너무도 엄연히 실재하는 것처럼 느껴져, 단순한 꿈이 아니라 예지몽만 같았다. 그렇게 잠에서 깰 때면 유린당한 느낌이 들곤 했다. 바깥으로는 한밤의 암흑 속에서 밤나무 가지가 바람에 흔들리며 들여보내달라고 윽박지르는 괴물처럼 내 방 창문을 긁어대곤 했고, 그러면 나는 생각할 것도 없이 잠자리에서 일어나 서늘한 나무 바닥을 까치발로 건너 어머니의 방으로 향하곤 했다. 우리는 그렇게 함께 자곤 해서, 어머니가 내 배에 양팔을 둘러 등 뒤에서 나를 감싸 안으면 머리 위로 오가는 어머니의 숨결이 퀴퀴하고도 따스했는데, 그런 식으로 둘이서 한목소리로 호흡하며 크고 작게 숨을 들이마시고 내쉬다 보면 아침이 와서 이내 어둠이 가시기 마련이었고 그러면 할머니가 들어와 우리를 흔들어 깨우며 혼내던 통에 우리는 눈가에서 잠 덩어리를 비벼 떨어내곤 했다.

"그러면 못쓴다―너희 둘이 그렇게 붙어 있으면." 언젠가 할머니는 우리를 깨우며 말했다. "남자가 돼서 홀어미랑 같은 침

43

대에서 자 버릇하면 어쩌려고 이러냐?" 할머니의 목소리에는 성마른 목청에서 곧장 튀어나오는 쇳소리가 배었다.

"엄마, 나쁜 꿈을 꾸었다잖아요. 게다가 얘가 무슨 남자예요. 아직도 요만한 어린애인데." 어머니가 자리에서 일어나 할머니의 손을 내게서 떼어내며 말했다. 그래도 할머니의 표정은 변함없이 매서웠다.

"아무리 네가 아직도 어린애라고 생각해 봤자 애는 자라고 있다, 마우고시아. 가뜩이나 집안에 남자다운 게 뭔지 가르쳐줄 남자도 없는 마당에, 이렇게 **바바**[15]만 있는 집구석에서 오냐오냐하면서 키워버리면 얼마나 나약한 남자가 되겠냐?"

"제발 사사건건 남자 운운하는 것 좀 그만하시면 안 돼요?" 어머니가 외쳤다.

"나는 나약한 남자 아니에요!" 나는 소리치며 침대에서 일어섰다. "그리고 엄마는 다른 남자 필요 없어요. 내가 돌봐줄 거예요."

"그러다 너도 네 짝 만나서 장가 가버리면?" 할머니가 내 말투를 따라 하듯 목소리를 새되고 심술궂게 내며 물었다. "그러면 너희 엄마는 어쩌냐, 응? 혈혈단신으로 살라 이거냐?"

"나는 장가 안 갈 거예요." 내가 말했다. "절대로. 엄마를 떠나지 않을 거예요."

"내 말뜻을 이제 알겠냐?" 할머니가 어머니를 쳐다보며 말했다. "네가 애를 무슨 꼴로 만들어놓고 있는지 알겠냐고? 애가 **비**

---

15 baba. 폴란드어로 '여자'.

정상이잖느냐."

"나는 비정상 아니에요!" 나는 비명을 지르며 침대 위에 엎어져 어머니의 솜이불을 그러모아 주먹을 꽉 쥐었다. 낙엽 이불 아래에서 스르륵 지나가는 뱀처럼, 이 말마디들 뒤편에서 수치심이 지끈거렸다. 때로 한밤중에, 원치 않게 자라나는 욕망으로 잠들지 못할 때면 나는 그 욕망의 급류에 굴복하곤 했다. 숨겨진 환상들에 휩쓸리도록 몸을 내버린 채, 소년들과 그들의 육체, 그들 흰색의 단단한 형체, 땀 냄새와 사향과 살 냄새에 관한 그 속삭임에 귀 기울이곤 했다. 그러면 체육 시간의 순간들이 명멸하곤 했다. 반바지 속의 허벅지와 민소매 상의 속의 겨드랑이가. 학급에서 가장 힘이 센 남자애인 헨리크가 가죽으로 싸인 체조용 링을 잡고 체육관에 모인 우리 모두 위에 매달리자 불끈대던 이두박근이, 피부와 대비를 이루던 겨드랑이의 검은 털이, 양 팔뚝을 온통 타고 올라가던 조숙한 정맥이, 하얀 짧은 반바지 속의 불룩한 곳이……. 탈의실 내부와 이후 끼었던 샤워 중의 장면들이—물이 등을 타고 흘러내려 가슴골을 따라 배꼽으로 들어가다가 음경이라는 아성까지 내려가는 자태를, 나는 그저 아주 잠깐 훔쳐볼 엄두밖에는 나지 않아 나도 모르게 마음속에 각인해두곤 했다.

볼일이 끝나 몸에서 내보낸 다음에는 이런 생각들을 마음속 저 아래 우묵한 구석 깊이 밀어두곤 했다. 그래 봤자 접착테이프에 들러붙은 날벌레처럼 예의 장면들이 머릿속에 박힌 채로 잠에서 깨어나곤 했다. 수년간 꾹꾹 눌러 참은 열망이 무슨 근육처럼 인정사정없이 발딱거리던 탓에. 나는 무용하게 가스레인지에 타오르는 채 내버려진 가스 불 같은 심정이었다.

기말고사 직전이었던 방과 후 어느 날, 더는 참을 수가 없었던 나는 곧장 집으로 가지 않고 세상으로부터 동떨어진 기분을 느끼며 혼자서 도심으로 걸어 들어갔다. 어디로 가는지도 모르고 걸어가면서, 데이트를 한다고 양복과 넥타이와 치마와 블라우스로 차려입고 머리까지 정돈한 남녀들이 나누는 대화의 파편들을 귀담으며, 여자의 외투를 들어주고 여자를 포근한 눈길로 건너다보며 농담하는 남자를 지나쳤고, 교복을 입고 하교하는 여학생 무리가 긴 파란색 치마와 무릎까지 올라오는 흰 양말 차림으로 둘씩 짝지어 걸어가는 동안 꼬리처럼 등 뒤에서 달랑거리는 땋은 머리를 지나쳤고, 말없이 담배를 태우는 아저씨 무리가 붉으락푸르락한 얼굴로 벤치에 앉아 들이켜는 상표 없는 병술[16]도 지나쳤다. 건물 정면에 더께와 연식이 켜켜이 쌓인 이 도시는 더럽고 부서진 것이, 무엇도 깨끗하지 않고 무엇도 투명하지 않은 혼탁한 중고의 세계였다. 나 자신으로부터도, 이 세계로부터도 결코 달아나지 못할 것만 같은 기분이 들었다. 걷고 또 걷자 다리와 발이 아파왔고 이 고통만이 유일하게 나를 조금이나마 잠재워주었다.

강 건너편에서는 성당의 부서진 첨탑 위로 태양이 지고 있었다. 가게들은 문을 닫기 시작했고 검은 신발을 신은 남녀들도

16 당시 폴란드에서는 주류 배급이 제한되었던 탓에 밀주 유통이 횡행하였다.

건물에서 잰걸음으로 나와 버스 줄을 서기 시작했다. 나는 집에 가지 않을 것이었다. 나는 지붕이 있는 오래된 재래시장 근방에 서서 그물 장바구니에 채소와 빵을 채우고 떠나는 부인들을 바라보다가, 이윽고 시장 안으로 걸어 들어가 점포 물건을 정리하는 노점상들을 보았다. 다시 위층으로 올라가, 등불과 철제 거근(擧筋)들이 붙은 채 가파르게 아래로 휘어지는 거대한 천장 바로 아래에서 철제 통로를 따라 서성거리면서 구멍가게들을 지나쳤다. 어느 가게에는 노신사가 하얗게 센 숱 없는 머리칼을 두피를 가로질러 단정하게 빗어둔 채 판매대 뒤에 서 있었다. 그 가게에는 전구가 딱 하나밖에 없어 천장으로부터 노신사의 얼굴 근처까지 내려와 매달려 있었는데, 왠지 모를 그 분위기에 가게에 들어가게 되었다. 상표 없는 병들이 노신사 뒤편의 선반에 놓여 있었다. "일 리터요." 나는 말했다. 노신사는 막연한 호기심을 띠고 나를 건너다보더니 뒤편에서 병 하나를 집어 건넸다. 나는 용돈으로 셈을 치렀다.

병을 코트 속에 숨긴 채 나는 강 근처에 있는 스타로미에이스키 공원[17]을 향해 걸었다. 그 공원은 모두에게 '성도착자'가 다닌다고 알려진 곳이었다. 나는 공원 바로 바깥의 벤치를 발견했고, 밤이 깔리면서 부인들과 남녀들이 빠져나가는 모습을 바라보며 병술을 홀짝댔더니 입안과 목구멍이 타오르면서 배 속까지 쫙 타들어갔다. 고통에 마음이 진정되었다.

17 폴란드 브로츠와프 구시가지에 있는 공원.

충분히 용기가 나고 정신도 오락가락한다 싶어지자 나는 공원의 어둑한 입구로 들어섰다. 공원은 첫눈에는 텅 비어 보였다. 그런데도 두려우면서도 기대되는 마음에 몸이 덜덜 떨려오기 시작했다.

그곳에는 벤치 하나가 강을 등진 채 희미한 달빛에 빛나고 있었다. 거기 앉으려니까 온몸이 덜덜 떨리면서 무릎이 자꾸만 제멋대로 튀어 오르는 것이 느껴졌다. 몇 모금을 더 홀짝거리면서 둘러보자니 눈이 어둠에 익어갔다. 그때 산책로에서 어떤 형체가 나타났다. 그 남자는 천천히 다가오더니 내 옆자리에 앉았다. 더럭 겁이 난 나는 그의 얼굴을 똑바로 들여다보지도 못했다. 그는 내게 몇 살이냐고 물었는데 그 목소리는 상냥하면서도 무미건조했다.

"열여덟이요." 이렇게 거짓말하자 그가 고개를 끄덕이는 것이 느껴졌다.

"얼굴 한번 잘생겼구나. 밤중에 이런 데 나와서 뭐하는 거니?" 몸이 아직도 떨리는 것을 나는 알았다. 그는 내 무릎에 한 손을 올리고 내 몸을 진정시켰다. "긴장했구나, 응?" 그가 말했다.

나는 고개를 끄덕이고는 신체 접촉에 마음이 놓여 드디어 용기를 내어 그를 마주 보았다. 그를 마주 보자마자 받은 인상은 그가 어찌나 나이가 많았으며—아버지뻘은 되어 보였다—그 얼굴은 어찌나 수척했던지, 마치 삶이 이미 그에게서 알맹이를 송두리째 앗아가고 껍데기만 남겨둔 듯했다는 것이었다. 그래도 무릎에 올려진 그의 손은 기분 좋았다. 그는 재킷 안주머니에서 납작한 술병을 꺼내더니 내게 건넸다. 나는 병뚜껑에 묻은 그의 냄새를 느끼며 한 모금을 마셨고, 그러자 의도치 않게 그가 옷을 벗고 내게 올라탄 모습이 상상되었다. 그렇게 될 가망성이 가진 힘은 목구멍에서 타오르는 증류주와 더불어 나를 도취케 했다.

"자." 그는 내게서 술병을 받아들고 한 손으로는 내 허벅지를 훑으면서 말했다. "가자. 좀 더 조용한 곳이 좋겠지." 그는 내 반응을 기다릴 것도 없이 일어섰고, 나도 그를 뒤따랐다. 나는 그를 따라 완벽한 어둠으로 들어가면서 맹인이 된 양 느껴질 정도로 껌껌한 덤불 속 구덩이로 향했다. 내 걸음걸이는 비틀댔다. 얼마쯤 가자 그가 멈췄고, 이에 내가 그와 부닥치면서 우리 둘은 갑자기 서로를 마주하고 섰다. 어둠이 위안이 되었던 것이, 마치 우리가 밤 속에 녹아든 터라 이제부터 일어날 어떤 일도 온전히 실제가 아닐 것만 같았다. 그가 거칠고 굳은살이 박인 손가락으로 내 목을 어루만지기 시작하자 급박한 숨결이 얼굴에 와 닿았다. 내 심장은 아예 가슴을 뚫고 나오기 직전이었다. 다급하면서도 능숙한 손놀림으로 그가 내 바지 혁대를 끄르고 꺼낸 내 음경은 낯선 손가락과 여름 공기의 감촉에 반응했다. 그는 무릎을 꿇어 시야에서 사라지더니 따스한 동굴 같은 입으로 나를 감쌌다. 극상의 감각이었다. 마치 내가 터널을 미끄러져 내려가는 듯한, 아니, 터널이 나를 뚫고 지나가는 듯한 감각이었다. 고개가 뒤로 젖혀지며 하늘의 별들이 보였다. 그때 그가 바지 지퍼를 내리는 소리가 들리더니 자위하는 것이 느껴져서, 그 조급하고도 긴박한 움직임에 나는 흥분했다. 이렇게 어울리며 그는 헐떡이고 나는 경련하는 사이 긴박함과 비참함이 내 안에서 열병처럼, 억누를 수 없는 신음처럼 올라와서 고조되고 치받다가 장악하는 찰나 불이 꺼져 나는 눈을 감고 그의 입에 분출했고, 온기와 물기가 굉장히 끔찍한 안도 속에서 합일되었다.

나는 곧장 집으로 달려가고 싶었고, 이곳에서 벗어나야 한다는 것도 알았으며, 지금쯤 나를 죽을 만큼 걱정하고 있을 할머니를 떠올렸다. 그러나 그러지 않았다. 이 낯선 사람의 입에 사정하고 나자 내게는 이제 집이라는 게 없는 듯이 느껴졌기 때문이다. 그리하여 그가 나지막이 신음하며 끝마치고 서로 지퍼를 올리자, 우리는 내 삶의 이면(裏面)에서 서로를 만나게 해준 예의 벤치로 돌아와서 갑자기 장벽을 걷어내고 얘기를 나누기 시작했다. 그는 꼬리에 꼬리를 물고 이야기보따리를 풀어놓았고, 나는 그에 관해 알아가는 게 내 의무인 듯한 기분마저 느끼며 질문에 질문을 던졌다. 그는 같은 마을에 살던 농부를 상대로 숲속에서 겪은 첫 경험을 말해주었다. 2차 세계대전에 참전했던 일과 죽을 고비를 넘긴 일과 전쟁 포로수용소에서 러시아 군인들에게 강간당한 일도 말해주었다.[18] 나는 고개를 끄덕이면서 참 안된 일이라고 말하면서도 정작 마음속으로는 아무런 공감도 하지 않도록 했다. 그의 고통에 잠식되는 것은 사절이었다.

18 1939년 소련이 폴란드를 침공하여 폴란드군 수십만 명을 전쟁 포로로 체포하였다.

"가족 분들과 함께 사시나요?" 나는 재빨리 물었다.

그는 웃었다. 그는 혼자 살았다고 했는데, 이 도시가 아직 브레슬라우[19]라고 불리던 시절 독일인들이 지어둔 큼지막한 자본주의식 아파트에서, 이제는 폐허가 되어 가구당 열댓 명까지도 입주하는 그런 아파트에서 방 하나를 얻어 살고 있었다.[20] 각기 방 하나씩을 사용하는 세 가족과 주방과 욕실을 함께 썼다. 공원에는 매일 밤 왔다고 했다. 그가 왜 이렇게까지 내게 흉금을 털어놓았는지는 모르겠지만 덕분에 혼자라는 생각이 조금은 가셨다.

"누군가……." 나는 머뭇거렸다. "사랑할 수 있는 사람을 찾아보시는 건 어떨까요."

그는 코웃음을 치고는 처음으로 미소를 지으며 줄지은 회색 이를 드러내었다. "치오타[21], 호모인 이상." 그가 이윽고 말했다. "언제나 고독할 거다. 그리고 그 고독을 견디는 법을 배우게 될 거고. 아내와 아이까지 둔 부류도 있는데"—그가 고갯짓했다—"아까 너도 지나가는 걸 봤던 그 남자가 딱 그렇지. 근데 그런 놈들이 제일 저질이야. 그런 인간들은 자기 자신을 더 못 견뎌 하는 거거든. 나는 최소한 싱글이잖아." 그는 어둑한 공원을 건너다보다가 담뱃불을 붙여 밤중에 담배 연기를 내뿜었다. "우리

---

19 1945년 이전, 브로츠와프가 독일령이었을 당시의 독일식 명칭.
20 2차 세계대전 이후 사회주의 폴란드에서는 전쟁의 여파로 주거지가 대거 파괴된 탓에 하나의 커다란 아파트에 다수의 세대가 입주하는 경우가 흔했다.
21 ciota. 폴란드어로 동성애자를 일컫는 은어.

야 하룻밤만 사랑을 주고받고, 어쩌면 두어 주쯤은 지속할 수도 있겠지. 하지만 그보다 길게 끌지는 않아. 그러다 보면 원망이 너무 많이 차오르거든. 증오도 너무 많이 차오르고. 이렇게 생겨 먹은 이상 쾌락이나 찾아 살면서 경찰에게 잡히지 않기를 바라는 것뿐이지, 뭐. 그러고 보니 나도 경찰에 두어 번 잡히기는 했는데, 매번 어떻게든 잘 구슬려서 빠져나왔다니까."

그가 한 말들은 이후에도 오래도록 나를 쫓아다녔다. 나는 그에게 이름을 말해주었지만—그도 자기 이름을 말해주었으니 나도 응당 그래야 할 것만 같았다—다시는 이런 저열한 유혹에는 빠지기는커녕 근처에도 오고 싶지 않았다. 나는 절대 그 사람처럼 되고 싶지 않았다. 내게 가장 두려웠던 건 결국 혼자가 되는 것이었다. 그러나 마음 한구석에서 결국 나는 혼자가 될 것이었다고, 또 혼자됨이 인간 만사 중에서도 최악의 일이었다고 확신하고 있었다. 나는 혼자됨을 견뎌내지 못하리라는 것을 알았다. 그리하여 다시는 공원에 돌아가지 않기로, 다시는 학급 남자애들을 예전과 같은 눈으로 바라보지 않기로, 나를 개조하기로 결심했다. 그날 밤 이래로, 내가 귀가하자 할머니가 달려와서 대체 어디 있었는지를 물으며 울고불고하다가 내 숨결에서 술 냄새를 맡고는 철썩 때린 뒤 끌어안은 이래로, 내 안의 악이 나를 장악하도록 놔두지 않으리라 결심했다.

그즈음이었던가, 그로부터 조금 지나서였던가, 나는 욜카를 만났다. 그녀는 학교 친구의 친구로, 내게 마음이 있던 걸 알고 있었다. 나는 그녀가 학교 체육 대회에 출전한 모습을 보았는데,

그녀의 몸—단단하고 훌쩍하고 늘씬한—은 부드럽고 둥글어 무서운 느낌을 주던 여느 여자애들의 몸과는 달랐다. 어느 날 밤, 체육관에서 열린 학교 무도회에서 마릴라 로도비치[22]의 음색을 뒤로하고 나는 그녀의 작은 입술에 키스했고, 그렇게 곡조의 애수는 체육관을 채워가는데 그런다고 결코 내가 온전히 위장되지 못할 것을 알면서도 나는 그 무언가에 전념하고자 기를 썼다. 우리 머리 바로 위에는 체조 링이 걸려 가죽과 땀 냄새를 내뿜고 있었다.

그 주에 나는 욜카의 손을 잡고 우리 집 앞 골목을 오르내리며 함께 걸었다. 할머니와 어머니는 부엌 창문으로 우리를 내다보았다. 그들은 대견스러워하며 함박웃음을 짓고 있었다.

*

농촌 활동에서 처음 맞는 아침에 지도 교사들이 오두막으로 쳐들어와 호루라기를 불어대면서 일찌감치 깨워대는 통에 우리는 간신히 세면장에서 양치하고 구내식당에서 우유 수프와 차로 요기할 짬이 났다. 이어지는 몇 주간 내가 깨달은 점은 구내식당에서는 무슨 음식이 나오든 간에 항상 양배추와 기름 냄새가 난다는 것이었는데, 마치 우리가 도착하기 직전에 건물이 통째로 그 둘의 혼합물에 푹 담가져 있었기라도 한 듯했다. 매일

22 1945년에 출생한 폴란드의 가수 겸 여배우.

매일 우리는 그다지 원치도 않는 것을 얻고자 줄을 서곤 했고, 점차로 그것밖에는 선택지가 없음을 깨닫게 되었다.

아침 식사 후에 우리는 작업복을 받았는데, 남녀 동일하게 초록색 반바지에 초록색 셔츠였다. 작업복은 뻣뻣하고 거친 면으로 되어 있어 살에 닿는 느낌이 캔버스 천 같았다. 아침 햇살이 허벅지와 팔뚝에 서늘하게 내려앉을 무렵 우리는 오두막을 떠나 다시금 중앙 건물 앞에 집합했다. 우리를 맴도는 지도자 동지의 시선에 사소한 흡족함이 담겼다.

"앞으로 몇 주간 동무들은 저쪽 밭에서 비트를 수확할 것이오." 그는 훈련소의 울타리 너머를 가리키며 짖어댔다. 그는 명단을 보며 호명했고 우리를 몇 개의 작업반으로 나누었다.

내 이름이 호명되자 나는 한쪽에 서 있던 무리와 합류했다. 나는 모르는 얼굴 속에서 너만을 알아보았다. 나도 모르게 간담이 쿵 떨어졌다. 우리는 돌아가며 자기소개를 했고, 자기 차례가 되자 너는 내 손을 잡고 악수하며—너의 손은 푹신하고 커다랗고 따스했다—이름을 밝히는데 그 낮고도 또렷한 목소리에서 타고난 자신감이 드러났다. 나는 대답할 말조차 잘 나오지 않았다. 너의 얼굴은 너르고도 딴딴하게 잘 구성된 모양새였고, 높이 솟은 광대뼈는 강렬한 회청색을 띤 너의 가는 눈을 수호하는 전초기지만 같았다.

"만나서 반가워." 너는 말했다. "나는 야누시야."

야누시. 올라갔다가 내려가며 서로를 논리적으로, 거의 필연적이다시피 좇아가는 그 두 음절[23]이 합쳐진 소리는 너무도 친

54

숙하고 너무도 자연스러워, 각 음절에 숨겨져 있던 의미가 보인 건 수년이 지나서였다. **야**는 폴란드어로 '나'를 뜻하며, **누시**는 '칼'을 지칭하는 폴란드어 단어와 소리가 똑같다는 사실이.

지도자 동지가 호루라기로 공기를 삐익 가르며 훈련소 건너 편으로 손짓했다. 작업반 무리가 이동하기 시작하자 나는 뒤로 빠져, 앞서 걸어가는 너의 모습을 아리면서도 다행스러운 심정 으로 바라보았다. 우리가 끝도 없어 보이던 광대한 밭에 다시 집합하자, 앞쪽에서 지도자 동지와 함께 마을의 어느 얼굴이 붉 은 농부 아저씨가 모직 바지를 입고 낡은 셔츠의 소매를 말아 올린 채 우리에게 비트를 뽑는 시범을 보였다. 양손으로 비트 주변의 흙을 헌 다음 이파리와 구근이 만나는 지점을 움켜쥐고 세게 잡아당겨 비트를 뿌리째 뽑아 올리는 것이었다. 작업반마 다 작업 구역이 할당되었고 바구니와 장갑도 배부되었다. 매일 아침 아홉 시부터 저녁 다섯 시까지 할당량을 채워야 했다.

"농땡이 피우지 마시오, 동무들!" 벨카가 우리 전원을 한 번 에 쳐다보려 애쓰며 소리쳤다. "내가 밭에서 순시를 돌고 있을 거요."

뭐가 어떻게 돌아가는 건지 내게는 도통 생소하게만 느껴졌 기에, 작업을 시작할 무렵에는 몸이 천근만근 무겁고 뻣뻣한 것 이 몸뚱이가 쇠붙이로 만들어졌던가 싶을 정도였다. 비트를 꽉 움켜쥐려면 갈색 흙바닥에 무릎을 꿇어야 했고, 그러자 마음이

---

23 야누시(Janusz)라는 이름은 우리말로 표기하면 3음절이나 원래 발음에 따르면 2음절 이다.

심란해졌다. 너는 마치 우리를 이끌어나가듯이 맨 앞줄에서 다리를 구부리고 등은 꼿꼿이 세운 채 민첩하게 움직이고 있었다. 너의 불뚝대는 다리 근육이 피부 바로 아래로 드러나면서 힘줄은 잡아 당겨진 끈처럼 팽팽해졌고, 정맥은 아래쪽 팔뚝으로 흘러내리며 지도에 그려진 강줄기처럼 산란해졌다. 강인하고도 큼지막한 너의 손에는 네모난 손톱과 스크루드라이버 손잡이처럼 두꺼운 손가락이 달렸다. **저건 도시 사람 손은 아니군**, 하고 생각하던 것이 기억난다.

얼마 지나자 몸이 쑤시기 시작했지만, 이런 너의 모습을 보자니 나도 밀어붙여나가게 되었다. 햇빛은 점차 강해져서 우리네 팔뚝과 다리와 뒤통수에 열기를 던져댔다. 우리가 움직여나가는 동안 땀이 송골송골 맺히기 시작했다—처음에는 땀방울들이 띄엄띄엄, 이마와 목덜미 여기저기에 맺히기 시작하다가 작업을 이어나가자 그 움직임에 탄력을 받아 작은 줄기를 이뤄 흘러내렸다. 몸이 저려오는 게 느껴지다가 이제는 그걸 넘어서 슬슬 맥을 못 추기 시작한다는 느낌이 오는데도 밀어붙여나갔다. 몸이 쑤시는 경지를 넘어섰는데도 솟아오를 기운이 있었다니 나조차도 놀랐다. 작업의 리듬에 계속 움직이게 되었고, 흙의 감촉과 작물의 감각에 최면마저 걸리고 있었다. 축축하면서도 아리면서도 싱싱한 냄새가 났다. 그 냄새를 맡자니 브로츠와프 외곽에 있는 마리시아 이모의 과수원이 떠올랐는데, 딸기 덤불과 과일나무는 물론 몸을 숨길 장소도 여럿이었으며 울타리 너머로는 들판만이 펼쳐진 곳이었다. 그곳을 떠올린 것도 정말 오래

간만이었다. 어릴 적에는 어머니가 거기에 데려가주곤 해서, 몇 시간이고 혼자서 놀면서 땅을 파서 애벌레와 딱정벌레를 찾다가 흙을 그러모아서 손가락 사이로 바스러뜨리다가 먹어보려고 하기도 했다.

나는 흙과 씨름하면서 무아경에 이르렀다. 저 멀찍한 곳에서는 다른 작업반들이 전원 비트에 몸을 숙인 채 숨을 몰아쉬고 있는데 하늘은 너르고 탁 트여 있었다. 우리는 점심을 먹으러 휴식했고, 이후 각자의 오두막에서 한 시간 동안 낮잠을 잔 뒤 밭일을 하러 돌아올 무렵에는 햇빛이 조금 순해져 우리 몸도 조금은 식었다. 시간을 채우고도 더 일하고 있으려니까 지도자 동지의 호루라기 소리가 밭을 가로지르면서 그날 작업의 끝을 알렸다. 이전에는 의식한 적도 없던 부위들이 욱신거리는 탓에 나는 기진맥진한 채로 잠자리에 들어, 어릴 적 이래로 가장 깊은 잠에 빠졌다.

시야에 들어오는 네가 익숙해져 갔지만, 그래도 우리는 말 한 번 섞지 않았다. 휴식 시간이면 우리 작업반이 밭 가두리에 있는 오두막이 드리운 그늘에서 쉬곤 할 때 너는 다른 남자애들 몇몇과 담배를 피웠고, 나는 여자애들과 잡담을 나누었다. 그러나 너와는 잡담하지 않았다. 네가 나를 피할 수 없도록 내가 너를 피했다. 나는 네 영향력이 미치는 세력권 안에 있고 싶지 않았다. 네가 너무도 아무렇지도 않게 내뿜는 경쾌함과 아름다움이 나는 부러웠다.

식사 시간에 나는 카롤리나와, 강의에서 만난 베아타라는 친구와 함께 앉았다. 키가 작달막하고 얼굴이 둥글며 가슴이 풍만했던 그녀는 곧잘 웃었고 곧잘 겁먹었다. 그녀는 농촌 활동이 끝나자마자 한 학년 아래의 남학생과 결혼할 예정이었다고 말해주었다.

"너 혹시 임신한 건 아니지?" 카롤리나가 염려스러운 얼굴로 물었다.

"아니, 무슨 소리야!" 베아타가 약간 얼굴을 붉히며 소리쳤다.

"그게, 콘돔은 못 믿는 거 알잖아." 카롤리나가 베아타의 짙어지는 홍조를 못 본 체하며 말했다. "어떤 가게 할망구들은 가늘디가는 바늘로 콘돔에 구멍을 뚫어서 그 채로 팔아버린다니까. 연놈들 재미 보는 꼴은 못 보겠다 이거지. 그러니까 원래대로라면 약을 먹어야 해. 너만 생각이 있으면 내가 아는 의사한테 데려가줄게. 여의사라서 결혼 여부 같은 건 안 물어볼 거야."

베아타는 비트처럼 시뻘게져서는 고개를 저었다. "우리야 사귄 지 여섯 달밖에 안 됐는걸." 그녀가 자기 접시를 내려다보며 중얼댔다. "그런데 당국에서 신혼부부에게 우선적으로 아파트를 준다잖아. 부모님이랑 사는 건 이골이 났어."

"얘, 아파트를 어느 세월에 줄 줄 알고." 카롤리나가 말이 얄궂게 나가지 않도록 애쓰며 말했다. "최소 이 년 이상이야. 물론 어쩌면 운 좋게 얻어걸릴 수도 있겠지만."

둘이서 얘기하는 동안 나는 식당 건너편에서 전날 저녁에 너와 함께 있는 모습이 눈에 띄던 그 여자애와 앉아 있는 너를 지켜보았다. 그녀는 데님 재킷을 입고 있었는데, 신품에 눈이 시리도록 새파란 게 페벡스[24] 관영 상점에서 달러로만 살 수 있는 물건이었다. 나는 못 박힌 듯 그녀를 쳐다보았다. 그녀는 딱히 예쁘지는 않았다—너무도 평범하게 가운데 가르마를 탄 어두운 생머리가 첫눈에는 그저 그런 인상을 풍겼으니. 그러나 그 몸가짐새와 네가 말할 때 지어 보이는 미소에는 어쩐지 매우 시원스럽고 자신만만한 구석이 있었다. 그녀 곁으로는 당 고위 간부의 아들이라는 것으로도, 또 거의 모든 여자애를 꼬시려 든다는 것으로도 (거기다 대개 성공한다는 것으로도) 악명이 높던 막시오 카로프스키라는 덩치 큰 남자애가 앉아 있었다.

밭일을 마치고 저녁이 되면 가끔 나는 카롤리나와 베아타와 함께 훈련소에서 가장 가까운 마을로 걸어가곤 했다. 우리는 광장의 과일나무들 아래 놓인 벤치에 목조 성당을 향해 앉아 있곤 했으며 노부부들이 소요하며 지나다니는 모습도 바라보곤 했다. 할머니들은 꽃무늬 머릿수건으로 머리카락을 감쌌고 할아버지들은 지팡이를 짚고 모자를 썼으며 본인들이 신은 신발만큼이나 닳고 닳은 얼굴을 하고 있었다. 또 마을에 딱 하나 있던 가게에 가서 담배나 탄산음료가 있는지 알아보았다(대개 없었다). 이에 베아타는 이게 바로 경제가 곧 무너질 징조였다고 속

---

24 PEWEX. 사회주의 폴란드 시절 미국 달러를 위시한 경화로만 돈을 받던 가맹점. 술, 담배, 가전, 자동차 등 시중에서 구매가 불가한 값비싼 품목을 판매함으로써 부와 특권의 상징으로 자리매김하였다.

삭이곤 했고, 그러면 카롤리나는 웃곤 했다.

"경제는 우리가 태어난 이래로 쭉 무너지고 있었어." 카롤리나는 어느 저녁 립스틱을 바른 입술을 벌려 커다란 이를 드러내며 말했다. "우리의 경애하는 기에레크 당수[25]께서 서방에서 어찌나 돈을 많이 빌리셨는지 우리 손주 대가 되어서도 그 빚이 탕감이 안 될걸. 그런데 **정말로** 무슨 일이 일어나기도 전에 내가 먼저 무너지게 생겼다—이 시골 촌구석에 넌덜머리가 나서 말이야." 그녀는 도심에서 산 담배에 불을 붙여 한껏 들이마신 다음 콧구멍으로 연기를 내보냈다.

성당 종이 울리기 시작했고 제비 떼가 석음 속에서 보이지 않는 곤충들을 쫓아다녔다. 나는 여름이 지나면 뭘 하게 될지 생각하기 시작했다. 수년 전 우리 빌라 밖에서 함께 놀던 아이들은 공장으로, 상점으로, 버스로, 광산으로 일하러 간 반면에 나는 공부하러 수도로 올라왔다. 당시 취업은 끝장의 시작인 것만 같았고 대학은 유년의 연장인 것만 같았다. 나야 대학 생활을 즐겼지만 나름의 제약은 있었다—교수 대다수는 거의 당을 신경 쓰는 시늉조차 하지 않았어도 우리는 읽고 싶은 걸 읽을 수 없었고 모든 서방 지문에서 자본주의의 퇴폐를 발견해야만 했으니 말이다. 그러다 대학 공부도 끝난 이 마당에는 뭐가 닥쳐올지 감도 잡히지 않았다. 문학과 교수 한 분이 나를 좋게 봐주셔서 박사 과정을 밟을 수도 있지 않겠느냐는 언질을 준 적

---

25 에드바르트 기에레크(1913~2001). 1970년부터 1980년까지 사회주의 폴란드의 당수직을 수행하였다. 외채로 경제를 운용한 끝에 실패한 정책을 펼친 것으로 알려진다.

은 있었다. 그러나 교수가 나더러 뭔가 같잖으면서도 뭔가 정치적으로 유용한 주제를 연구하도록 만들어서 괜히 몇 년 동안 절절매게 되는 건 아닐지 의구심이 들었다. 게다가 내가 교수직을 견뎌내지 못할 것도 뻔했다. 평생 형편없는 봉급을 받는 것도, 서방 세계의 안락함에 대한 갈망이나 소비에트 연방에 대한 증오는 입에 담지도 못하거나 말해 봐야 해임으로 죗값을 치르게 되는 상황에서 모두가 아는 단순한 진실이나 읊는 것도 사양이었다.

그 시기의 나는 어디로 향하게 될지 전혀 감이 잡히지 않는 상태였기에, 훈련소에서의 농촌 활동은 약간의 해방감을 주는 듯했다. 태양은 가차 없었고 내 몸은 육체노동에 항거하며 땀을 흘리기를 거부했다. 흙을 헐고 비트를 뽑아 올리는 동안 머릿속 상념은 네게로, 카롤리나가 데려갔던 술집으로, 눈앞에 펼쳐진 공허로 튀어 돌아가곤 했다. 나는 그들과 (상념과, 비트와) 씨름했고, 그것들의 완강함과 억척스러움에 분투했다. 나는 그들과 씨름했고 그들도 나와 씨름하다가 내가 그것들을 잡아 뜯어내면 다음 것이 왔다. 이쯤 되자 나는 민첩해졌고 강인해졌다. 더는 흙바닥에 무릎을 꿇지 않아도 되었다. 나는 너처럼 무릎은 구부리고 등은 세운 채 섰다. 그래도 여전히 고된 일이었다. 진짜 고된 부분은 흙이나 작물이 아니었기에. 차츰차츰 나는 리듬을 찾았다. 씨름하기를 멈췄다. 생각하기를 멈췄다. 어느 날인가에는 이렇게 작업해나가다 보니 땀이 흘러나오기 시작했다. 이에 나는 흙과 신체가 합일되도록 스스로를 놓아버렸고, 그러자 살면서 처음으로 모든 것에 있는 그대로 감사하면서 모든 것에서 기적을 보게 되었다. 흙이 흙임에, 내 손이 내 손임에, 식물이 씨앗에서 자라났음에, 주변에 있는 사람 모두가 각자의 권리와 꿈과 내면의 세계를 가진 존재들임. 여느 때 없이 땀이 쏟아져내려 얼굴을 흠뻑 적시며 빽빽한 눈썹을 훑고 눈으로 들어오다가 목으로 등으로 쇄도하며 대홍수를 이루었고, 나는 땀이 주는 선물을 받아들였다. 그것은 마치 땀이 과거는 물론 그 모든 미래에 관한 상념과 두려움을 씻어 내려가 남은 것이라고는 깨끗하고 가벼우며 한없이 덩실거리는 지금뿐인 것만 같았다.

그날 저녁 나는 다른 이들을 남겨두고 산책하러 나섰다. 저녁 공기는 온유했다. 나는 울타리를 넘어 비트밭을 지나 작은 강가에 도착했다. 강기슭에는 빨갛고 노란 양귀비꽃이 자라났고 훌쩍한 강풀들이 강바람에 흔들렸다. 중얼거리는 듯한 물소리가 잠재의식으로 얽혀 들어오며 마음을 진정시켰다. 나는 계속 걸었다. 저쪽 강기슭에서 산토끼가 들판을 가로질러 달려나가다 나를 발견하고 우뚝 멈춰 서서는, 귀를 솜털이 난 양치식물처럼 쫑긋 세우고 자그마한 코를 위아래로 실룩거렸다. 그렇게 우리 둘은 미동도 없이 서서 서로를 주시하였다. 끝내 산토끼가 고개를 돌리더니 깡충 뛰어갔다.

이렇게 산책을 하자니 기분이 나아졌다. 이러고 있자니 브로츠와프에서 할머니와 같은 공간에 있거나 학교에 있는 게 도저히 참을 수 없어졌을 때 정처 없이 오르곤 했던 산책길이 떠올랐다. 그곳에서는 다른 이 없이 있을 만한 공간이 전혀 없어서 어떻게든 교류하거나 처신해야만 했다. 바로 집 앞 골목만 돌면서 산책해도 이웃들이 인사를 하고 살펴보았다. 그래서 때로는 전차를 타고 도심부를 가로질러 가본 적도 있었다. 그러다 종점에 내려서 아무도 나를 모르는 동네에서 생각 없이 거닐면서 모르는 길가와 집과 사람들을 쳐다보며 자유로운 익명의 감각을 느끼곤 했다. 마치 무기명 종이와 같은 감각을. 그간 이러한 산책의 즐거움을 잊고 있었는데, 그때 거기 강가에서, 눈앞으로는 들판이 펼쳐지고 훈련소는 저 뒤편에 있던 그곳에서 그때의 자유와 비슷한 감각이 되돌아왔다. 강물도 맑아 아래를 들여다보니 강바닥에 깔린 자갈들과 연갈색 진흙에 앞뒤로 헤엄쳐 다니는 작은 물고기들까지 보였다.

나는 어딜 가는 건지 생각도 하지 않고 계속 걸어가다가 딱히 왜인지는 몰라도 멈춰 섰다. 물속에서 뭔가 거대한 게 움직이고 있었다. 누군가 헤엄치고 있었다. 그 뒤통수가—젖은 검은 머리가 찰싹 달라붙은 채—멀어져가는 것을 나는 멈춰 서서 바라보며, 눈에 띄지 않은 채로 눈길을 주었다. 넓은 어깨와 등의 잔근육이 재빠르고도 자신 있는 크롤 영법으로 움직였고, 물에 잠긴 머리는 팔을 두어 번 저을 때마다 공기를 들이마시러 올라왔다. 내가 미처 알아채기도 전에 그 형체는 벌써 방향을 틀어 내 쪽으로 헤엄쳐 오기 시작하고 있었다. 한 번 움직일 때마다 다가오고 다가왔다. 태양을 등지고 있던 나는 물 위로 긴 그림자를 드리웠다. 그 형체는 이 길쭉한 응달을 헤엄쳐 지나자마자 멈춰서 고개를 들었다.

너는 손등으로 눈가를 훔쳤고 허리춤까지밖에 오지 않는 물속에 섰다.

"안녕." 네가 말하는 투는 내가 누군지 모른다는 듯했다. 너의 상체에서 물줄기가 흘러내렸다. 너의 몸은 늘씬하고도 강인했고, 가슴과 배에는 저만의 중력의 법칙에 따라 선이 그어지고 구획이 나뉘어 있었다.

"안녕." 나는 도망치고 싶은 마음과 너를 바라보고 싶은 마음 사이에서 어쩔 줄 몰라 하며 말했다.

너는 눈을 찡그리고 손날을 눈썹 위에 대어 내 등 뒤에서 비추던 햇살을 가렸다. "나랑 같은 작업반에 있는 애 맞지?"

나는 끄덕였다.

"나는 야누시." 너는 여유롭게 미소 지으며 말했다. 거기 선 너는 거의 무례할 만큼이나 태평스러워 보였다. 발가벗은 기분이 드는 쪽은 나였다.

"신경 쓰지 말고 하던 거 해. 방해하려던 건 아니었어." 나는 떠나려 몸을 돌렸다.

"너는?"

나는 다시 몸을 돌렸다. "나는 뭐?"

너는 웃었다. 그 경쾌하고도 흔쾌한 웃음소리는 자족적이었으면서도 전염성마저 있었다. "뭘 멍쩌 있고 그래? 너는 **이름**이 뭐냐고."

나는 얼굴이 달아오르는 것을 느끼며 따라 웃었다.

"나는 루드비크. 루드비크 그워바츠키." 이때 새삼 내 이름이 내게 무척이나 의미가 없지 않았나, 그 이름으로써 나를 담으려는 시도부터가 무척이나 어이없지 않았나 하는 생각이 들었다.

너는 끄덕였다. "정식으로 만나게 돼서 반가워. 물에 들어와보고 싶지 않아?" 너의 양팔이 물속에서 하느작댔다. "지금 딱 좋은데."

"고마운데. 사실 난 수영은 안 해서."

너는 이상하다는 얼굴로 나를 바라보았다. "수영할 줄 모르는 거야?"

나는 고개를 저었다. "아니, 그게 아니라. 그냥 수영이 별로 안 내켜서 그래."

"이렇게 더운데도? 왜 안 내킨대?" 너는 못 믿겠다는 듯이 웃었고, 그런 너의 미소는 희롱하는 듯하면서도 매력적이었다.

나는 어깨를 으쓱하고 두어 발짝 뒷걸음질 쳤다. "다른 날에 기회가 되면."

"그래." 너는 고개를 끄덕이며 말했다. "다른 날에 봐. 나야 거의 매일 저녁이면 여기 있으니까."

"그럼 다음에 또." 나는 말하고 걸어갔다. 그렇게 몇 걸음을 내디디다가 나도 모르게 뒤를 돌아보았다. 너의 몸은 물살을 미끄러지듯 헤치며 수면에 파문으로 자취를 남겨두었다.

이튿날에는 네가 다른 사람들이라는 배경 위에 그려지기라도 한 양 이전보다도 뚜렷이 보였다. 난 서슴없이 너를 쳐다보면서, 일하는 너의 모습과 식탁에 함께 앉은 이들 중에서도 특히 서방의 옷을 입은 그 검은 머리 여자애에게 말하는 너의 모습을 바라보았다. 너의 행동거지에는 타고난 우아함이, 자기 자신과 세상을 향한 여유가 있어 마치 어떤 두려움도 너의 마음을 잠식한 적이 없는 것만 같았고, 마치 네가 걸어온 길은 고분고분하여 알아서 너의 발에 맞추어 형태를 바꾸어왔던 것만 같았다. 하지만 그때까지도 우리는 서로 말하지도 알은체하지도 않았고, 네가 밭에서 건네던 작은 고갯짓과 알은체하는 작은 미소가 다였다. 그것을 제외하고는 우리의 밀회는 장외에서, 비공식적으로 진행되었다.

그날 저녁 나는 강가의 같은 장소에 갔지만 너는 그곳에 없었다. 그래서 풀숲에 드러누워 하늘을 바라보며 물소리를 들었다. 네가 나를 피하려고 오지 않은 건지, 아니면 달리 무슨 뜻이 있는 건지 고민했다. 그때 가까이서 움직임이, 웬 인기척이 느껴져서 나는 몸을 일으켰다. 저기 훌쩍 자란 수풀 너머에 어떤 몸체가 가려질락 말락 하게 땅바닥에 누워 있었다. 나는 소리 없이 다가갔다. 너는 등을 대고 쭉 뻗은 채 드러누워서, 한 손은 머리 뒤에 받치고 다른 한 손은 배 위에 올리고 있었다. 눈은 감고 있었다. 배에 올린 손이 느릿하고도 안정적인 호흡의 박자에 맞추어 오르락내리락했고, 티셔츠는 살짝 젖혀져 너의 그을린 복부와 길을 이루어 아래로 내려가는 가는 털들을 드러내었다. 네가 깨어나 내가 이러고 있는 걸 볼까 봐 나는 잠시 얼어붙은 듯 멈춰 서서 너를 바라보았다. 너의 긴 속눈썹을. 네 팔뚝에 도드라진 아름다운 정맥을. 나는 그저 그곳에 서서 너를 눈에 담고만 싶었다. 그때 네가 눈을 뜨며 회청색의 눈부신 눈동자가 드러났다. 네가 나를 쳐다보자 심장이 멎는 것만 같았다.

"안녕." 네 목소리는 나른했다.

"안녕. 내가 깨워버렸나?" 내가 있어도 되는 곳이 아니라는 느낌에 나는 몇 발짝 뒷걸음질 쳤다.

너는 팔꿈치로 짚고 몸을 일으켜 세우며 눈을 꼭 감았다 다시 떴다. "그런가. 근데 잘됐지 뭐. 이러다 내일 아침까지 잘 기세였어." 너는 하품하며 양손으로 얼굴을 쓸어내렸고, 그런 뒤 마치 이제야 나를 제대로 알아채기라도 한 듯 내게 고개를 돌렸다. "그래, 왔구나." 네가 미소 지었다. "생각해보니 수영하는 법을 배우러 가야겠다 싶어졌어?"

"수영하는 법은 안다고 했잖아."

너는 일어서서 티셔츠를 벗어 던진 뒤 나를 스치고 달려나가 수영용 반바지만 입은 채로 물속에 뛰어들었다.

"그럼 보여줘봐!" 머리카락이 검게 젖은 채 네가 물속에서 나타나며 소리쳤다.

"아냐. 그런 문제가 아니라니까."

"얼른! 그럼 발만이라도 담가봐. 얼마나 좋은데." 너는 손을 흔들며 나를 불렀다.

나는 네가 기대에 부풀어 서 있는 물가로 가서 수면을 바라보았다. 속까지 들여다보이는 강물에는 초록빛으로 찬란한 물풀들이 바람을 맞은 밀밭처럼 물살에 하늘대고 있었다. 네가 눈빛으로 "얼른" 하고 말하고 있었기에 나는 물속으로 걸어 들어갔다.

부드럽고 미끈한 진흙이 발바닥에 밀려나면서 냉기가 발목에 감겨들었다.

"왜 진작 안 들어왔나 싶지?" 너는 말하고 미소를 띤 채 나를 바라보았다. 늦은 오후의 햇살이 수면에서 일렁이다가 너의 얼굴을 애무하듯 반사되었다. 나는 아무 말도 나오지 않아 간신히 고개를 끄덕이기만 했다. 배 속이 배배 꼬이고 붕 뜬 느낌이었다. 너는 내가 완전히 들어왔으면 했지만 나는 됐다고 했다. 내가 거절하자 너는 웃었고 나는 더더욱 기분이 이상해졌다. "어차피 농촌 활동이 끝나기 전에 여기서 거리낄 것도 없이 헤엄치고 있을걸." 너는 이렇게 말하며 옷을 입고 무릎까지 물에 담근 채 거기 선 나를 남겨두고는 잠수했다.

나는 물에서 나와 강기슭에 앉아 네가 헤엄치는 양을 바라보았다. 하늘은 점차 남청색으로 변해가고 있었다. 내가 거기서 뭘 하고 있는지는 잘 몰랐어도 떠나고 싶지 않다는 것만큼은 알았다. 마침내 네가 물속에서 나타나, 물은 몸을 타고 흘러내리고 머리칼은 머리에 착 달라붙은 채 너의 존재감이라는 실체로 나를 강타하였다.

"그나저나 왜 여기 혼자 오는 거야?" 나는 네가 몸을 말리는 사이 물었다. 너를 빤히 쳐다보지 않으려 애썼다. "친구들은 어쩌고?"

너는 특유의 경쾌한 웃음을 웃었다. "무슨 친구들?"

나는 얼굴을 붉히지 않으려 애쓰며 으쓱했다. "보니까 맨날 구내식당에서 똑같은 사람들이랑 앉아 있던데."

"아, 그래?" 너의 미소에 놀리는 기색이 어렸다. 그런 뒤 안심되는 일이지만 실망스럽게도, 너는 티셔츠를 다시 입었다. "글쎄." 너의 머리가 티셔츠의 목 부분으로 나타나는 사이 네가 말했다. "그러는 **너는** 친구들은 어쩌고?"

"그냥 가끔은 사람들에게서 벗어나 자기 생각에 귀 기울이는 시간도 괜찮은 것 같아서. 맨날 다른 사람들에게 둘러싸여 있으면 돌아버릴 것 같거든."

"뭐, 나도 같은 이유라고나 할까." 너는 말하면서 뒤돌아 수영용 반바지를 벗었고, 이에 너의 둔부가 드러나며 나의 맥박이 빨라졌다. 너의 엉덩이는 바다가 조각한 두 개의 매끈한 거석만큼이나 강인했다. "게다가 수영하고 있으면 머리가 비워지거든." 너는 목소리 하나 바뀌지 않은 채 말을 이으며 삼각팬티를 입었다. "아주 텅텅. 마치 마음이 씻기는 것 같아."

그렇게 마음속에서 비워내야 했던 것들이 무엇이냐고 물어보는 사이 너는 바지를 입은 뒤 검은 머리칼을 이마에 드리운 채 내게 돌아섰다.

"이런저런 거지 뭐. 취직. 진로 같은. 너는? 뭘 하면 머리가 비워져?"

"책 읽기." 나는 생각할 것도 없이 말했다.

"그래? 지금은 뭐 읽는데? 뭐 좋은 거 읽어?"

생각이 지나가는 동안 나는 도저히 너를 쳐다볼 수 없었다. 하늘은 더욱 짙은 남청색으로 바뀌어 있었고, 이렇게 어스레한 땅거미 속이라 다행스러웠다.

"지금은 읽는 거 없어. 그치만 곧 새 책을 시작할 건데, 정말 좋은 작품일 것 같아." 나는 가방 밑바닥에 숨겨둔 《조반니의 방》을, 읽어주기만을 기다리고 있는 그 귀중한 책장들을 떠올렸다.

"제목이 뭔데?"

너는 내 곁에 앉았다. 그런 너를 바라보자니 목구멍 속 공기가 갑자기 꽉 막힌 듯 무거워지면서 머리까지 빙빙 돌았다. 애초에 왜 이 비밀을 꺼내버렸는지도 모르겠어서 네게 말해줄 다른 책 제목을 떠올리려 기를 썼다. 그때 훈련소의 아득한 종소리가 대기 중에 울려 퍼지는 바람에 우리 둘은 움찔했다. 그러자 우리 사이에 내린 야릇한 침묵은 뭔가가 끄트머리에 아슬아슬하게 놓여서는 어느 쪽으로 굴러떨어질지 재기라도 하는 듯했는데.

"저녁 시간이네." 네가 마침내 일어나며 말했다. "가자. 배고파 죽겠다."

우리는 어스름 속에서 다시 밭을 가로질러 훈련소로 걸어갔다. 네가 유달리 가깝게 느껴졌고, 길동무라고는 우리를 내려다보는 하늘밖에는 없이 너를 온전히 독차지하게 되어 기뻤다. 나는 어디서 배워서 수영을 그렇게 잘하느냐고 물었고, 너는 집에서 멀지 않은 곳에 강이 있어서 형들과 물장난하며 놀았다고 말해주었다. 형들이 네게 수영을 가르쳐주었다고.

"또 여름이면 가족끼리 산을 돌아다니면서 그쪽 강에서 수영하기도 했지." 너는 말했다.

"어느 쪽?"

"라프카[26] 근처인데. 타트라산맥[27] 옆쪽."

"남부 출신이구나." 나는 미소 지으며 말했다.

너는 고개를 끄덕였다. "내 억양 들으면 딱 알지 않아?"

"이제 듣고 보니까 알겠네." 훗날까지도 네가 말하는 단어 몇 개는 남부 특유의 끄는 말투로 굴절되어 있어, 마치 말랑말랑한 반죽을 잡아당기듯 마지막 음절에서 늘어졌다.

"너는?"

"브로츠와프 쪽."

"도시 출신이시구만, 응?" 네 눈이 어둠 속에서 빛났다.

그때 즈음에 우리는 훈련소에 도착했다. 우리는 마치 이전에 짜두기라도 한 양 구내식당 앞에서 멈췄다.

"내일 보자." 너는 말하며 내 어깨에 잠시 손을 올렸다가, 바깥에 선 나를 남겨두고 안쪽으로 들어갔다.

그날 밤 다른 이들이 잠든 후 나는 가방의 가장 깊숙한 구석에서 《조반니의 방》을 꺼내어 손전등 불빛에 의지하여 읽어나가기 시작했다. 그 책은 나를 두렵게 하면서도 나에게 위안을 주었다―처음 몇 페이지만으로도. 약혼녀를 향한 서술자의 죄책감, 조반니를 향한 욕망과 그에게 저지른 모종의 일에 관한 깊은 회한까지. 그 운율과 언어에는, 은연중 암시되는 지식과 내재한 불운에 관한 직감에는 무언가 마음에 곧장 꽂히는 게 있었다. 이 책은 기분 전환용도 오락용도 아니었다. 이것은 나를 위

---

26 라프카-즈드루이. 폴란드 남부의 온천 도시.
27 폴란드와 슬로바키아의 국경에 위치한 산맥.

해 쓰인 듯한 책으로서, 제 영역으로 나를 끌어올려서는 줄곧 그곳에 존재해온 듯했으며 나도 그 일부를 이루는 듯했던 무언가와 나를 합일시켰다. 서술자의 말과 생각이—거기 밴 고뇌에도 불구하고, 고통에도 불구하고—단지 존재한다는 이유만으로 내 고뇌와 내 고통이 일부 치유되는 듯한 느낌이었다.

나는 이어진 며칠간 서술자 안에서 살아가며 밭에서 일할 때도 그의 삶에 관해 생각했고, 내가 의탁할 나의 장소가, 온전한 나만의 장소가 존재했음을 갑자기 깨달았다. 밭일이 끝나자마자 나는 사복으로 갈아입고 책을 집어 든 뒤 정문을 걸어 나갔지만, 네가 있으리라 생각되는 곳으로는 가지 않았다. 나는 한동안 혼자 있고 싶었다. 이에 나는 반대쪽 강가에서 가시나무 덤불로 둘러쳐진 한구석을 찾아냈고, 그곳에서 등을 대고 누워 볼드윈의 세계로 빠져들곤 했다.

어느 날 내가 막 읽으려고 자리를 잡았을 때 웬 그림자가 책장을 스쳤다. 고개를 돌리니 내 뒤에 선 네가 보였다.

"그동안 여기 숨어 있었구만." 네가 말하며 곁에 앉았다. 네가 책을 쳐다보기에 나는 재빨리 닫아 땅바닥에 내려놓았다. "그래서 이 책이 그렇게 좋단 말이지."

아무 말도 나오지가 않았다. 고개가 끄덕여지지도 않았다.

"무슨 책인데?"

심장 박동이 빨라지기 시작했다.

"어떤 남자가 나오는 책이야." 나는 목소리를 침착하게 내려 애쓰며 말했다. "파리에 사는 미국 남자."

너는 기대에 찬 눈으로 나를 바라보았다. **"그래서? 그 남자가** 파리에서 뭘 하는데?"

"그 남자는…… 그 남자는 자기가 뭘 원하는지, 어떻게 스스로 선택해나가야 할지 알아내려는 중이야."

너는 책 표지를 쳐다보았다. "봐도 돼?"

나는 책을 건네자마자 네게 무겁고 위험한 물건을 건네버린 양 후회했다. "왜 다른 책 표지 속에 붙여뒀지?" 너는 눈썹을 찌푸리며 물었다.

나는 어깨를 으쓱했다. "비인가 도서라서 그렇지 않을까."

놀랍게도 너는 웃었다. "네가 이런 반항아일 줄은 짐작도 못 했는데." 너는 말하며 책을 돌려주었다. "너 다 읽으면 나도 읽어도 돼?"

간담이 내려앉았다. "읽고 싶으면."

"어, 읽고 싶은데. 불온서적은 읽어본 적이 없거든."

"정말이야?" 나는 기쁨을, 추호의 힘을 느끼며 미소 지었다. "난 너야말로 약간 반항아일 줄 알았는데."

＊

내가 네게 이 책의 존재를 이토록 일찍 공유했다니 놀랍다. 그런데 거기 강기슭에서는 이상하게도 믿을 마음이 들었다. 나를 바라보는 네 모습에서 어쩐지 너는 재단하려 들지 않겠다는 느낌이 들었다. 인생을 살면서 그런 느낌이 드는 사람을 만나는 경우는 얼마 되지 않는다. 그런데도 그날 밤, 다른 이들이 잠든 뒤 침대에 엎드려 책을 읽어나가던 나는 두려워졌다. 너를 믿음으로써 스스로 파버린 구멍이 두려워졌고, 그 구멍으로써 생긴 취약성이 두려워졌다. 책을 읽어나갈수록 나는 점점 두려워졌다. 수년간 나 자신에게 읊어오던 거짓말과 진실의 막대한 총체가 서술자의 삶이라는 거울에 비쳐 내 앞에 놓이면서, 누군가 내게 삿대질을 하는 양 예의 수치심이 차갑고도 또렷한 조명을 받아 흰 바탕 위 검은 글자로 빛났다. 광휘 속에서 나는 거의 과학적이리만치 명료하게 수치심을 뜯어볼 수가 있었고, 그러자 갑자기 서술자의 고통이 더는 나의 고통을 달래주지 못하게 되었다. 서술자의 공포는 나의 공포를 부풀렸다. 나는 서술자, 데이비드와 같아 이곳에도 저곳에도 있지 못했고, 어디에서든 편치 못했으며, 헤어날 길을 찾지도 못했다.

어느 날 저녁, 책을 베개 아래 숨겨둔 채로 저녁 식사를 하러 갈 무렵, 내 삶의 표리부동함—내 안의 나와 다른 사람에게 비치는 나—이 문득 비현실적으로 다가왔다. 그 책과 네가 그 이중성이란 감각을 다시 투척해주었으니, 나는 다시는 그렇게 취약해지지 말자고, 다시는 그 공황을 느끼지 말자고, 다시는 다른 이를 믿지 말자고 결심했다. 그리하여 나는 그날 저녁 네가 우리 식탁을 지나갈 때 시선을 피하며, 피처럼 붉은 보르시치[28]에서 눈을

28 동유럽에서 주로 먹는 비트로 만든 수프.

떼지 않았다. 그리고 이어진 며칠간 강가에도 가지 않았다. 농촌 활동 종료일도 이제 코앞이었다. 나는 오두막에 남아 책을 읽으며 너를 피하면서, 남은 며칠도 이러구러 흘러가고 나는 그렇게 집으로, 원래의 생활로 돌아갈 수 있기를 소망했다. 밭일 도중에 휴식 시간이 되면 나는 그늘로 들어가 농기구용 목조 창고의 널판자에 기대어 앉곤 했고, 그러는 동안 너는 양수기 옆에서 남자애들 몇몇과 어울려 담배를 피우고 농을 치면서도 나와 눈을 마주치려고 애쓰곤 했다. 나는 그러는 너를 보지 못한 체했다.

그때 즈음에는 작업복도 내 몸에 익어 체형을 따라 감겨왔고, 내 몸도 땅에 익었다. 우리는 이제 밭일도 감이 잡혔으니, 거의 온종일 들려오는 것이라고는 비트가 바구니에 떨어지는 턱턱 소리뿐이었다. 비트로 된 산더미는 더욱 빨리 불어났고 이제 남은 이랑도 거의 없었다. 농촌 활동 마지막 주의 언제였던가, 반복되는 움직임에 정신을 놓고 작업해나가는데 위쪽에 서 있는 네가 보였다. 너는 작업하는 나를 지켜보면서 거기 한참을 서 있었던 모양이었다.

"책 다 읽었어?" 너의 질문은 도전장처럼 들렸다.

"응." 나는 땅에 대고 말했고, 턱이 악물리는 것을 느끼면서도 작업을 계속했다.

"아직도 나한테 빌려주고 싶어?"

나는 땅을 파던 손을 멈췄다. 심장이 달음박질하고 있었다. 나는 너를 올려다보았고 나로서도 왜 그랬는지 모르겠지만—어쩌면 네 질문에 담기고 네 얼굴에 쓰인 진심 때문이었을지, 어

쩌면 일종의 체념 때문이었을지―고개를 끄덕였다. 어차피 밑
질 것도 없는데 싶어졌다. 우리가 가는 길은 다시는 겹치지 않
을 터였고, 나는 스스로를 두려워하며 회한에 집어삼켜진 데이
비드처럼 되고 싶지는 않았다.

"저녁 먹을 때 가져다줄게." 이렇게 말하는 내 목소리가 들렸다.

그날 밤 나는 구내식당 출입문 옆에서 너를 기다리며, 사람들
이 잠자리에 들기 전 담배를 피우고 담소를 나누던 어스름 속에
있었다. 기다리다 보니 시간이 늦어져서 떠나는 이들의 물줄기
도 말라붙었기에 너를 놓쳐버렸나 싶었다. 슬슬 오두막으로 돌
아갈까 하던 차에 드디어 네가 식당 문 사이로 나타났다. 예의
여자애도 네 바로 뒤에 있었다. 그녀는 태연자약한 모습이었다.
그 눈은 머리칼처럼 검고 강렬했지만, 피부는 거의 창백하다시
피 희어서 지난 몇 주 내내 아예 태양 아래 선 적이 없었던 것만
같았다. 너는 내게 보이지 않게끔 그녀와 눈길을 주고받았고, 그
러자 그녀는 애매한 미소를 띠고 나를 흘긋거리더니 어둠 속으
로 걸어갔다.

"나 워낙에 빨리 읽어." 너는 바지 뒷주머니에 책을 밀어 넣으
며 말했다.

"신경 쓰지 마." 나는 엄습하는 슬픔을 느끼며 말했다. "뭐하면
가져도 되고."

너는 내가 터무니없는 말이라도 했다는 양 나를 쳐다보았다.
"무슨 소리야? 당연히 돌려줘야지." 그런 뒤 너는 우리가 두 번
째로 대화했을 때 그랬던 것처럼 이번에도 내 어깨에 손을 올렸

다. 그러자 그때 그랬던 것처럼, 내 배 속 밑바닥의 응어리—공포와 욕망의 원천—가 밀물처럼 술렁였다.

마지막 주가 흔히 그런 것과는 정반대로 당시의 마지막 주는 그간의 주들보다 빨리 지나가주지는 않았다. 사족보행으로 구물대며 말미에 다다랐다. 마지막 주 내내 나는 일주일이 끝나버리기를 바랐고, 그렇게 어중간한 상태에서 네 주위에 있어야만 하는 상황에서 해방되기를 바랐다. 나는 여전히 너를 피했고, 날이 찜통이라 차가운 강물에 두 발을 담그고 싶은 마음이 굴뚝같았어도 여전히 강에는 얼씬도 하지 않았다. 그러면서도 서로 시선이 마주치지 않으리라는 확신이 들 때면 거듭 너를 쳐다보면서 네게서 조그마한 변화의 조짐이라도 찾아보려 했다. 그러나 너는 똑같아 보였다. 너는 구내식당에서는 똑같은 무리와 앉았고, 밭에서는 쉴 틈 없이 일했다.

농활에서 마지막으로 맞는 저녁에 지도자 동지는 우리의 노고에 감사하는 뜻에서 연설했다. 그런 다음에는 우리에게 강으로 내려가라고 지시했다. 그리하여 우리는 삼삼오오 모여 걸어갔는데, 무슨 일이 일어날지 알 수 없던 탓에 기분이 잔뜩 들뜨면서도 어딘가 불안한 채였다. 그러나 우리가 이윽고 마주한 것은 강물 위에서 찰싹거리는 소형 보트 수십 척이었다. 한 척당 여섯이 올라탔기에 나는 카롤리나와 베아타, 오두막을 함께 쓰는 남자애들과 함께 노를 저으며, 우리 훈련소 쪽 말고 숲이 시작되는 반대 방향으로 강을 내려갔다. 우리는 벨카를 선두로 보트의 행렬을 이루었다. 저 멀리 지는 태양을 배경으로 지난 한 달간 우리가 그토록 품을 들여 수확한 밭이 펼쳐지고, 그곳을 휘도는 강의 얄팍한 팔뚝이 숲속까지 휘감겨 들어가는 양이 우리에게 보였다. 우뚝한 소나무들이 향기롭고 엄숙하며 무한해 보이는 모습으로 우리를 에워싸기 시작했다. 그곳으로 진입하니 한층 서늘해지고 완전히 껌껌해져서, 바야흐로 보이는 빛이라고는 머리 위로 우듬지가 이룬 협곡 사이에서 보일락 말락 어슴푸레한 달빛과 앞장서는 벨카의 멀찍한 손전등 불빛이 고작이었다. 숲속 땅바닥을 디디는 가벼운 앞발 소리와 나뭇가지가 똑똑 부러지는 소리가 들려왔다. 올빼미가 부엉거렸다.

이윽고 호송함이 멈춰 서기에 우리는 모두 배에서 내렸다. 숲속에 빈터가 있었다. 모닥불이 지펴지자 땅바닥에 불빛을 던지며 서늘한 밤공기 속에서 훈기를 주었다. 소시지도 잔가지에 꽂혔다. 그다음 누군가 기타를 꺼내어 노래하기 시작하자, 조금씩 조금씩 이 어둑한 야생의 공간이 친숙하게 변모해갔다. 밤은 소란과 타닥거림과 대화로 가득 찼다. 우리는 모닥불 가에 서서 맥주를 마셨고 남자애들은 저번에 다녀온 루마니아 여행 얘기를 했다. 나는 저 멀찍이 나무 몇 그루 사이에서 예의 무리와 함께 선 너를 보았다. 검은 머리의 여자애와 막시오 카로프스키와 함께 선 너를. 나는 너를, 어둠 속 너의 옆얼굴을, 엄지와 검지 사이에 꽁초를 끼우고 담배를 피우는 너의 모습을 잠시 지켜보았다. 그런 뒤에는 애써 시선을 돌려버렸다.

그렇게 밤이 끝나갈 무렵 나는 홀로 모닥불 가에 앉아 맥주를 홀짝이며 불꽃을 응시하고 있었다. 남은 여름에 관하여, 남은 인생에 관하여 생각하며 뭐라도 갈피를 잡으려 고심하고 있었다. 다만 확실한 것은 변화 그 자체, 장작을 좀먹어가는 불길처럼 막을 길 없고도 무심한 그것뿐인 것만 같았다. 그때 그림자가 일렁이더니 네가 곁에 놓인 통나무에 앉았다. 우리는 한동안 아무 말도 하지 않았다. 나는 주눅이 드는 기분이었다. 불꽃이 던지는 빛에 드러나 더더욱 잘생겨 보이던 너는 붉은색과 검은색의 체크무늬 셔츠를 입고 눈동자에 불길을 담아내고 있었다. 너는 듣는 사람이 있는지 확인하려는 듯이 주위를 둘러보았다. 우리 주위로는 다들 왁자지껄 대화 중으로, 남녀는 춤을 췄고 다른 이들은 통나무에 앉아 기타 반주에 맞추어 노래를 부르고 있었다.

"나 책 거의 다 읽었어." 마침내 네가 말했다.

"그래서?" 내가 무심한 듯한 목소리를 내려고 애쓰는 사이 맥박은 빨라지기 시작했다.

너는 모닥불을 들여다보았다. "괜찮던데. 정식으로 출판되지 않는 이유를 알겠어."

우리의 시선이 잠시간 만났고, 너는 미소 지었다.

"왜 강에는 안 오게 된 거야?"

나는 고개를 돌렸다. 아무 말도 떠오르지 않았다. 끝내 나는 올려다보았고 그러자 나를 다정하게 바라보던 네가 보였다.

"두려워하지 마."

이렇게 말하는 너의 모양새는—조곤조곤하고도 완벽히 차분한 모습은—나를 곧장 꿰뚫었다. 불꽃이 타닥거렸다. 나는 고개를 끄덕였다. 그것밖에 할 수가 없었으므로. 너는 미소 지으며 긴장감을 녹였고, 그러는 너의 치아가 불빛에 반짝였다. 우리가 그곳에, 둘만의 침묵 속에 잠시간 앉아 있는 사이 내 안에서 세계가 요동쳤다.

"난 내일 호수 지방에 갈 거야." 네가 말했다. "계속 가보고는 싶었는데 한 번도 가본 적이 없거든. 그래서 수도로 돌아가기 전에, 정말로 일을 시작하기 전에 이번이 기회다 싶어서. 그쪽에 괜찮은 데가 좀 있대. 호수에 강에. 나야 텐트랑 뭐랑 다 있으니까." 네가 말을 멈췄고 우리의 시선이 잠시 다시 만났다. "너한테 계속 물어보려고 하고 있었어. 나랑 같이 갈래?"

3

다른 이들을 태운 버스가 너와 나만 남겨두고 떠나던 게 기억난다. 우중충한 날이었다. 등에는 배낭을 짊어지고 양손으로는 가방끈을 거머쥐고 우리는 히치하이크라도 하면 좋겠다 싶은 마음으로 시골길을 걸어 올라갔다. 나는 긴장했고 우리는 거의 대화가 없었지만, 어쩐지 우리 사이에서는 침묵이 모종의 합의와 같았다. 나는 새장에서 풀려난 작은 새와 같이, 눈앞에 펼쳐지는 허공이 두려우면서도 짜릿한 기분이었다.

손짓에 제일 먼저 멈춰준 차는 우리를 동쪽으로 데려다주었다. 차를 운전하던 중년 아저씨는 이따금 우리를 곁눈질하기는 했지만 아무런 질문도 하지 않았다. 그렇게 우리는 침묵 속에서 우뚝한 밤나무가 늘어선 시골길을 따라, 양귀비꽃이 둘린 들판을 지나 달렸다. 우리가 지금 어디에 있는지 도통 감이 잡히지 않았다. 우리에게는 지도도 없었거니와 도로 표지판마저 드문드문했던 탓이었는데, 하긴 표지판이 더 있었다고 한들 나는 그 지명들을 알아보지도 못했을 거다. 내가 이름 모를 이 광활한 대지를 눈에 담는 동안 너는 창문에 얼굴을 대고 잠을 잤다.

오후 어느 때쯤, 운전하던 아저씨는 우리를 무슨 시골 교차로에서 내려주었다. 너는 히치하이크용 소책자¹에서 응모권을 찢어서 아저씨에게 건넸다.

"꼭 응모하셔서 헤어드라이어 같은 거라도 당첨되시기를 바랄게요!" 너는 이렇게 외치고는 차 문을 홱 닫았다. 아저씨는 고개를 끄덕이고는 지평선을 향해 차를 쌩하니 달렸다.

축축한 강풍이 우리 쪽으로 불어왔다. 하늘은 까만 먹구름으로 가득 찼고, 공기에서도 전광(電光)이 느껴졌다. 그때 마치 무슨 단추가 눌린 것처럼 비가 떨어지기 시작했다. 혹시나 할 겨를도, 중간 단계도 없었다. 비가 일절 사양 않고 쫙 쏟아지면서 페인트처럼 묵직한 빗방울이 무수히 떨어지는 바람에 우리는 배낭을 짊어진 채 우산도 없이 도로 한복판에 꼼짝없이 붙들려 버렸다.

"빨리!" 네가 소리쳤다. "저기 나무 아래로!"

나도 너를 따라 들판을 전력 질주하는 사이 우리 옷은 벌써 빗물에 거뭇해졌다. 우리는 오크 나무에 다다라 나뭇잎이 이룬 지붕을 보호막 삼아 나무 몸통 옆에 앉았다. 비는 계속해서 땅을 두드려댔고, 온 세상에서 물 냄새와 흙 내음이 났다. 그때 번개가 우리 눈앞에서—컴컴한 지평선 위로 형광 백색으로 갈

---

1 폴란드에서 히치하이크는 1957년에 합법화된 이래로 대중적인 교통수단으로 자리매김하였다. 히치하이크하고자 하는 사람이 여행사에서 히치하이크용 소책자를 구매하여 응모권을 운전자에게 주면, 운전자는 응모권의 개수에 따라서 경품을 받았다. 이러한 히치하이크의 형태는 1995년 소책자 판매가 중단될 때까지 유행하였다.

라지는 악마의 삼지창처럼 번쩍였다. 천둥이 뒤를 이었다. 우리
는 경외감에 사로잡혀 말없이 이 장관을 바라보면서 얼굴에 들
러붙은 젖은 머리칼을 넘기고 양팔로 무릎을 끌어안았다. 한참
을 그렇게 앉아서 하늘을 쳐다보고 있자니 빗발이 점차 가늘어
졌다.

"가끔 어디 다른 곳에 있었더라면 좋았겠다는 생각 해본 적
없어?" 난데없이 이 질문이 내게 떠올랐다.

너는 내게로 고개를 돌렸다. "서방 국가 말하는 거지?"

나는 끄덕였고, 내 솔직함에 내가 놀랐다. 이런 문제에 관해
서는 카롤리나를 제외한 누구에게도 얘기해본 적이 없었던 것
이다.

"없는데." 너는 단호히 말했다. "왜?"

"그냥. 나는 줄곧 궁금했거든. 저쪽에서는 모든 게 더 좋아 보
여서. 더 아름답고. 더 자유롭고. 그렇게 생각하지 않아?" 나는
희망을 품고 너를 바라보았다.

너는 고개를 젓고는 지평선에 놓인 아득한 어딘가를 응시했
다. "너도 그런 부류라는 걸 알아봤어야 하는데."

"그런 부류라니?" 나는 이렇게 말하며 내가 무슨 큰 실수를 저
질렀나 싶은 마음에 갑자기 긴장했다.

너는 내게 고개를 홱 돌렸다. "몽상가 부류." 이렇게 말하는 너
의 입이 벌어지며 짓궂은 미소를 지었다.

내 얼굴에 다붙어 짓는 너의 미소에 안심되고 따스해진 나는
잠시 그 단어가 울려 퍼지게 두었다. "자유를 몽상하는 게 뭐가

나쁜데?" 나는 말했다.

"**자유?**" 너는 헛웃음을 치고 비소를 띠었는데, 마치 이전에도 몇 번이고 같은 대화를 해봤다는 투였다. "연중 다달이 오렌지랑 바나나 먹는 거[2]—그게 너한테는 자유야?" 네 얼굴에서 웃음기는 사라져 있었다.

"자유란 원하는 것을 가지는 거야." 나는 조심스레 말했다. "스스로 선택하는 거고."

너의 눈이 찌푸려졌다. "그런 걸 위해 대가를 치러야 한다는 생각은 안 들지? 서방의 그 잘난 인민들이 그렇게 소비하기 위해서 돈을 버느라고 평생토록 기계처럼 일만 한다는 생각도 안 들고?"

"나는 힘들게 일하는 건 개의치 않아. 땀 흘릴 보람이 있는 뭔가가 주어진다면."

"다른 곳은 언제나 더 좋아 보이기 마련이야." 너는 내 말은 무시한 채 말했다. "여기도 기회가 얼마나 많은데. 나를 봐." 이때 너는 약간 얼굴이 붉어진 듯하더니 잠시 시선을 내리깔았다. "나는 가난한 집에서 태어났어. 그래서 제대로 된 교육을 받은 사람은 집안에서 내가 처음이고. 우리 집이 노동자 계층이라고 입학시험 때 가산점까지 주더라니까. 이젠 내가 정부를 위해 일할 거야. 이게 자유야. 자본주의 체제였으면 난 그런 기회는 꿈도 꾸지 못했을걸. 당에서 인민을 배려해준다니까. 우리 어머니

---

2 당시 사회주의 국가에서는 열대 과일을 맛보기가 어려웠다.

가 병이 나셨을 때도"—너는 침을 삼켰고 목소리가 한층 작아졌다—"석 달씩 요양원에 보내주기까지 했어. **석 달씩이나.** 너 서방에서도 누구에게나 그렇게 해준다고 생각해? 무료로?"

나는 몸을 들썩이며 나무의 두꺼운 뿌리들 위에서 고쳐 앉았다. "그런데 **우리**가 실제로 자유롭지 못하다는 부분은 상관없는 거야? 위에서는 자기네들이 알려주고 싶은 것만 말해주고 그걸로 끝이잖아. 심지어 우리가 출국하고 싶을 때 나갈 수조차 없어. 우린 **갇혀** 있는 거야."

너는 매우 침착한 모습으로 한참을 아무 말도 하지 않았다. "그렇게 실제보다도 안 좋게 말할 거 없잖아." 네가 마침내 말했다. "게다가 다른 곳은 진짜로 더 좋은지 네가 어떻게 알 거야? 어차피 우리는 주어진 걸로 해나갈 수밖에 없잖아. 그렇게 복잡할 것 없어." 너는 미소 짓고는 나를 바라보았다. "게임이라고 생각해—모든 이가 규칙을 아는 그런 게임. 어차피 규칙을 바꿀 수 없다면 안달해 봤자 무슨 소용이야."

서늘한 바람이 불어오기 시작했고, 나는 몸서리가 쳐지며 양팔에 소름이 돋았다.

"하지만 어쩌면 우리가 규칙을 바꿀 수 **있을지도** 모르잖아." 나는 이렇게 말하면서도 이미 그곳에 없는 무언가를 향해 손을 뻗는 것처럼 갑자기 미련한 기분이 들었다.

너는 가볍게 웃었다. 네게는 한 톨의 불안도 없다는 점이 놀라우면서도 안심되었다. "네 질문에 답하려면…… 언젠가 직접 가서 보는 것도 괜찮겠네. 서방을. 하지만 도피 수단으로서는 말고.

나는 《조반니의 방》의 데이비드 같은 사람은 아니니까." 너는
다시금 미소 지었고, 그러자 떨림이 내 안을 훑었다. "그래도 다
른 것들도 보고 싶기는 하네. 모름지기 뭐든지 해보고 두 눈으
로 직접 봐야 하는 거잖아?" 너는 내 무릎을 철썩 때리고는 몸
을 일으켰다. "일어나세요, 몽상가 씨. 이제 슬슬 다시 가야지.
여기 땅바닥에서 노숙하고 싶지 않다면 말이야."

　비는 그쳐 있었고, 사위의 모든 것이 조용했다. 고개를 내민
태양은 희미한 게 금방이라도 지평선 너머로 사라질 듯했다. 우
리는 엄지손가락을 쭉 뻗은 채 도로를 걸어 내려갔지만 어떤 차
도 서주지를 않았다. 그렇게 걷고 걷다 보니 어느새 해가 졌는
데, 여전히 이렇다 할 곳에 도착하지 못한 상태였다. 주변의 들
판은 비를 맞아 축축해서 야영하기에도 알맞지 않았으니 우리
는 뭘 어째야 할지를 몰랐다. 끝끝내 발견한 농가의 가족들이
우리를 하룻밤 재워주기로 동의했다. 농장주의 딸이 안내해준
헛간에서 우리는 하룻밤을 묵도록 허락받았다. 그녀가 빵과 돼
지비계를 가져다주기에 우리는 이리 떼처럼 게걸스레 먹어 치
웠다. 그런 다음에는 건초 위에 나란히 침낭을 펼쳤다.

　"잘 자." 너는 손전등을 끄고는 말했다. 너는 하등 신경 쓰는
기색도 없이 옷을 벗어 던졌고, 어둠 속 윤곽이 되어 옆에 놓인
침낭으로 기어들었다. 너의 숨소리가 잔잔히 부서지는 파도 소
리와 같이 들려왔다. 이윽고 천천히, 방울방울, 비가 다시 내리
기 시작했다. 피아노 운지법을 연습하는 손가락처럼 비가 지붕
을 후드득후드득 두드렸다. 우리는 바로 누워 한마디도 없이 들

고만 있었다. 가까이서 네가 느껴졌고, 너의 몸은 가만히 있는데도 어쩐지 약동하는 느낌이었다. 내 심장은 빗소리보다도 빨리 뛰고 있었다. 갑자기 나는 네게 가까이 가고 싶었다. 아주 지독하게도. 네 몸으로부터 인력이, 나를 네게로 끌어당기는 작은 줄들이 느껴졌다. 그러나 나는 움직일 수 없었다. 심장이 박동하는 사이 마음속으로는 몇 광년을 갈팡질팡하고 있었는데, 아무래도 영영 용기를 낼 수 없겠다고 생각되던 바로 그때 네가 내 쪽으로 옮겨 오더니 내 어깨에 머리를 기대었다. 순간 심장이 멎었다. 감히 숨조차 내쉴 수 없었다. 너의 머리는 따스한 대리석처럼 묵직했고, 그러는 너의 머리칼이 나의 뺨을 스쳤다. 나는 오만 가지 가능성에 몸이 굳어버린 채, 망상이 실화가 되었다는 데서 오는 현기증과 불확실성이라는 구렁텅이 사이에서 옴짝달싹하지 못했다. 나는 수년 전 그날 밤 무도회에서 전등이 나갔을 때 베니에크에게 경솔하게 굴었던 일을 떠올렸다. 또 그 경솔함이 어찌나 고통스럽고도 예측 불가한 결과를 낳았는지도. 그럼에도 네 머리칼에 손을 대보면 어떤 기분일지 생각하며, 지금 상황에서는 그렇게 하는 것만이 옳았다며, 지금은 그때와는 달랐다며 용기를 막 그러모은 찰나에 네가 "잘 자, 루지오." 하고 속삭이며 내게서 떨어졌다. 네가 나를 그렇게 부른 건, 내 이름을 애칭으로 바꿔 부른 건 그때가 처음이었다. 그러자 내 어깨 위의 빈자리가 더더욱 견디기 힘들어졌다.

"잘 자." 이렇게 힘없이 답하며 돌아눕자 회한이 나를 휩쓸었다. 너의 숨소리는 차분해졌고 진정되어갔다. 내 마음만이 발광하는 말처럼 내달리고 있었다. 비는 밤새도록 내렸다.

아침에 잠에서 깨자 네 몸이 들숨 날숨에 따라 평화롭게 올라 갔다가 내려가는 것이 보였다. 널판자 틈새로 헛간으로 들어온 빛줄기가 너를 비추었다. 네 어깨는 이전엔 전혀 눈치채지 못했 던 자잘한 주근깨로 뒤덮여 있었는데, 무작위적이고 아름다운 것이 마치 별자리가 수놓인 것만 같았다.

나는 가능한 한 소리 없이 침낭에서 기어 나와 티셔츠와 반바 지를 입은 뒤 샌들도 슬며시 신고는 아침 속으로 걸어 나갔다. 맑게 갠 날씨에 벌써 떠올라 있던 태양은 갓 껍질을 벗긴 달걀 처럼 보드랍고 새로웠다. 공기에서는 초록과 노랑과 깊고도 비 옥한 갈색의 냄새가 났다. 백주(白晝)에 보니 농가는 기억에 남 아 있던 것보다는 작아서, 낡은 갈색 기왓장이 붙은 지붕이 가 파르게 올라가고 어두운 목재로 만들어진 고작 일 층짜리 건물 이었다. 전반적으로 오래되었으면서도 허술해 보이던 것이 태 곳적부터 이 장소에 서 있었던 것 같으면서도 손쉽게 으스러질 수도 있을 법했다. 농가 바로 바깥에서는 농장주의 딸이 무리 지은 닭에게 모이를 주고 있었다. 열다섯 정도였던 그녀는 하 트 모양의 밝은 얼굴에 아이같이 쭈뼛대는 미소를 띠고 머릿수 건을 쓰고 있었다. 그녀는 내게 인사하더니 우리를 아침 식사에 청했다.

"부엌에 있을 테니까요." 그녀가 말했다. "친구 분도 데려오세 요."

이에 나는 헛간으로 돌아가 딱 붙는 하얀색 삼각팬티 위로 바지를 추켜 입던 너를 발견했다.

"안녕." 쥐어 짜내는 듯한 내 목소리를 의식하면서 나는 말했다.

너는 바지 지퍼를 올리고는 이쪽으로 돌아섰다. "안녕." 너는 부끄러워하다시피 하는 모양으로 한 손으로 머리칼을 빗어 넘겼다.

"배고파?" 내가 물었다.

"배고파 죽겠어."

우리는 헛간에서 걸어 나와 농가로 들어갔다. 집 안에는 어두컴컴한 복도가 있었는데 곰팡내와 그을음 냄새와 흙냄새가 났다. 움직이는 것이라고는 아무것도 없어 보였다. 빛줄기 몇 가닥이 공기 중에 떠다니는 먼지 입자의 세계를 드러내어주었고, 벽면에는 예수가 요의(腰衣)만 걸치고 근육과 갈비뼈가 도드라진 나신으로 십자가에 걸려 있었다. 우리는 의아해하며 잠깐 서로를 쳐다보았고, 그러자 갑자기 다시금 어둠 속에서 가까이 있게 되었다. 그렇게 삐걱거리는 복도를 내려가다가 오른편에서 부엌을 발견했는데, 예의 소녀가 가스레인지 곁에서 김이 모락모락 나는 우유 냄비에 수그린 채 서 있었다. 그녀는 머릿수건을 벗어둔 터라 어두운색의 긴 금발 머리가 등허리까지 내려와 있었다.

"와서 앉으세요." 구석에 놓인 식탁 곁에서 어느 노부인이 말했다. "두 분 다 배고프시죠."

우리가 목제 의자에 앉자 몸무게에 눌려 삐걱대는 소리가 났다.

모든 것이 먼지로 뒤덮인 듯한, 몇 세대에 걸쳐 쓰인 나머지 닳아버린 듯한 느낌이었다. 접시들은 죄다 이가 나간 데다 다시 붙여져 있었고, 찻잔의 문양도 바래 있었다. 백옥 같은 햇빛이 희미하게나마 작은 창문으로 들어왔다.

노부인은 우리를 약삭빠르고도 궁금해하는 시선으로 훑어보았다. "남편은 출타 중이라서요." 그녀가 말했다. "사양 말고 잡수세요." 그제야 나는 실은 이 사람이 노부인까지는 아니며 소녀의 할머니가 아니라 어머니임을 퍼뜩 깨달았다.

우리는 식사를 들기 시작했다. 오이와 무, 꿀단지, 빵 한 덩이가 차려져 있었다. 딸이 가스레인지에서 건너와서는 우리 찻잔에 뜨거운 우유를 부어주었다.

"대학생들이신가 봐요." 어머니 쪽이 말했다.

"맞습니다, 사모님." 너는 무를 한입 베어 물고는 말했는데, 나보다야 마음이 편해 보였다. "마지막 학기를 이제 마쳤거든요."

그녀는 불분명한 무언가에 동의라도 하듯이 고개를 끄덕였다. "기혼이시고?" 부인은 너를 바라보며 물었다.

"아뇨, 사모님." 너는 이렇게 말하면서 고개를 저으며 그녀에게 미소를 지어 보였다. "아직입니다. 저야 아직 어린데요."

부인은 거친 목소리로 웃으며 일군의 빠진 앞니를 드러내었다. "그쪽은요?" 부인이 내게 고개를 돌리며 말했다.

얼굴이 달아오르는 게 스스로도 느껴질 정도였다. "아직입니다, 사모님." 나는 우유를 한 모금 홀짝이며 불편함을 내색하지 않으려 했다. 입술이 우유 위에 형성된 휘주근한 막을 스치자 배 속까지 욕지기로 울렁거렸고 우유로 입안마저 데어버렸다. 나는 무표정한 얼굴을 유지하려고 애쓰며 빵에 손을 뻗었다.

부인은 너무도 티가 나도록 흡족해하는 모습으로 우리가 먹는 양을 지켜보았다. "그래서 여행을 하신다고요. 뭐 정해진 목적지는 있으시고?"

"그냥 조용한 데를 찾고 있어서요." 네가 말했다. "어디 추천해주실 곳이라도 있으세요, 사모님?"

부인은 창밖을 내다보았는데, 바깥 경관이랄 것이 그다지 보이질 않아 수목의 흐릿한 초록빛과 창공의 어렴풋한 하늘빛뿐이었다. "여기서 멀지 않은 곳에 우리끼리 가을에 버섯을 따러 가는 데가 있거든요. 여행객들은 여길 모르지. 예쁜 데예요." 그녀의 눈에 광채가 돌았고, 그러자 일순 보이기를, 정말로 보이기를, 그녀도 한때는 어린 소녀였던 것이다. "거기 어떻게 가는지 말해줄게요."

아침 식사 후에 우리는 각자 침낭을 말아 넣고 소지품을 배낭에 챙겼다.

"마리안키 교차로에서부터 사 마일 정도 숲속을 똑바로 쭉 걸어가요." 부인이 농가 현관문 곁에 서서 말했다. "도착하면 여기구나 할 거예요."

"감사합니다. 이렇게 친절히 대해주셔서." 내가 말했다.

그녀는 단단한 밀랍 같은 양손으로 내 얼굴을 감싸 쥐더니 뺨에 건조하게 키스해주었다. "돌아오는 길에 우리 보러 들러요.

좋은 여행 하시고."

근처 마을에서 우리는 딱 그쪽 방향으로 향하는 소형 트럭을
만났다. 운전사는 북쪽으로 체리를 한가득 실어 가고 있었기에
우리에게 내어줄 수 있는 자리라고는 트럭 짐칸에 산더미처럼
쌓인 과실들 틈바구니가 다였다. 우리는 배를 채우고도 남을 만
큼 먹었다. 볼은 빵빵하게 불리고 손은 과즙으로 물들인 채 스
쳐가는 들판에다 씨앗을 뱉어냈다. 하늘은 한없고도 가벼워서
마치 우리가 하늘 속으로 비행하는 것만 같았다. 우리가 지나친
거의 모든 농가 지붕에는 황새 둥지가 하나씩 있었고, 둥지 위
에서는 그 우아한 생물들이 아프리카에서부터의 긴 여정을 마
치고 쉬고 있거나 먹이를 찾아서 비상 중이거나 했다.

우리는 정차하는 일 없이 달려갔다. 달구지와 말과 함께 밭일
하는 사람들을, 커다란 나무 곡괭이를 든 남녀와 아이들을 지나
쳤다. 야생화와 노란 고원이 파란 하늘과 만나더니 어느새 대지
가 점차 평탄해지고 첫 번째 **체르크비에**[3]가, 첫 번째 정교회 성
당이 구근처럼 생긴 돔 지붕을 얹은 검고 작고 신비로운 모습으
로 시야에 잡혔다. 그런 성당들은 이곳과는 다른 영토를, 왕들이
들소를 사냥하곤 했고 평야가 무한히 펼쳐지는 그런 야생적이
고도 불가해한 동쪽 영토의 시작점을 알리는 신호였다. 운전사
는 거의 건널목인지조차 뚜렷하지 않은 곳에서 멈추더니 차창
으로 고개를 쑥 디밀었다. "다 왔다, 얘들아." 그러기에 트럭에서

---

3 cerkwie. 폴란드어로 '정교회 성당'. 폴란드에서는 천주교, 정교회, 개신교 순으로 신자가
   많다.

펄쩍 뛰어내리고 보니 우리는 무슨 솔숲 어귀에 서 있었다.

"정말 여기가 맞아요?" 내가 물었다.

고개를 끄덕이며 우리에게 행운을 빌어준 그는 트럭을 몰고 떠나며 먼지구름만을 뒤편에 남겨두었다. 우리는 머뭇거리며 서로를 바라보았다.

"정말 들어갈 거야?" 나는 말하다가 갑자기 다시 너와 나 둘뿐임을 의식하고는 너를 만난 첫날처럼 긴장했다.

"안 가면 어쩌겠어?" 너는 차분하게 미소 지으며 말했다. "가자." 네가 내 허리춤에 손을 얹고 함께 숲으로 향하며 밀자 내 온몸에 찌릿한 열기가 통했다.

숲속에는 과연 부인의 말대로 좁은 오솔길이 나 있었다. 우리는 소나무의 바다로 걸어 들어갔다. 깊숙이 들어가니 태양이 내리쬐는 뙤약볕 아래 있는 것보다는 서늘하고 어둑했다. 우리는 나란히 계피 색깔로 마른 솔잎 융단 위를 걸었다. 전날 밤의 장면이 부표처럼 나의 마음속 수면을 떠다녔다. 지붕을 두드리던 빗소리, 어깨에 기대 오던 네 머리의 무게. 나는 이런 생각을 떨쳐버리려 애썼다. 너는 전날에 입었던 하얀 리넨 셔츠를 그대로 입고 있었는데, 밤사이 마르긴 했어도 체리 즙은 물들었고 단추도 끌러져 쇄골이 드러난 채였으며, 천 아래로 비치는 거뭇한 빛무리가 유두마저 짐작케 했다.

숲이 점차 무성해지고 빽빽해질수록 하늘은 더 멀찍이 물러나는 듯했고 햇빛조차 거의 우리 쪽으로 들지 않았다. 그러나 앞서 걸은 사람들의 발로 다져진 작은 오솔길만은 변함없이 그곳에 있었다. 너는 날래게 앞서 걸었고 나는 뒤따랐다. 서로 이야기도 나누지 않았던 데다 너도 혹시 내가 뒤처지진 않았는지 확인한다고 뒤돌아보는 일도 없었던 것이 마치 우리 사이가 끈으로 연결되어 있는 듯했다.

"친절한 분들이셨지?" 나는 어느 시점에선가 정적을 깨고자, 내 생각을 덮어보고자 말을 꺼냈다.

너는 고개를 돌리지 않은 채 끄덕였다. "응. 친절하시더라."

너도 나만큼이나 깊이 생각에 빠진 듯했다. 그렇게 계속 걸어나가자 나무가 점점 듬성듬성해지더니 볕뉘가 재차 가늘게 흘러내렸다. 그러던 중 머지않아 저 멀리에 숲이 끝나는 지점이, 저편에 뭔가 반짝이는 것이 보였다. 우리는 발걸음을 빨리하다가 이쯤 되자 뛰다시피 했다. 끄트머리에 늘어선 나무들에 다가가자 드디어 보였다. 빈터에 가득 찰 정도로 커다랗고 눈부신, 신비로운 비경(祕境)처럼 훌쩍 자란 물풀로 둘린 호수가. 우리는 좀 더 가까이 다가갔고, 나는 이 발견에 벅차 무릎까지 후들거렸다. 수면은 오후의 햇살에 아른거리며 깊고도 침착한 푸른빛을 띠었다. 근방에는 아무도 없었다. 우리는 호숫가까지 걸어가 배낭은 땅에 떨구고는 한낮의 햇살을 직격으로 받은 거울처럼 번뜩이는 호수를 건너다보았다. 우리 주위는 온통 숲이었고, 우리는 숲의 중심부에서 이처럼 반짝이는 눈의 가호와 평안 속에 있었다.

"도착했네." 내가 속삭였다.

너는 고개를 끄덕였다.

"이런 데라고 언질이라도 해줄 것이지, 그 아줌마 진짜!" 급작스러운 너의 외침과 동시에 너의 몸이 불쑥 움직이기 시작했다. 너는 실오라기 하나 걸치고 있지 않게 될 때까지 옷을 한 겹 한 겹 벗어던지더니, 구릿빛으로 그을린 등과 대비를 이루는 그 하얀 엉덩이를 내놓고 소리를 지르면서 물에 뛰어들어 빈터에 메아리를 울렸다. 그런 뒤 의기양양한 미소와 함께 재차 떠올랐다.

"들어올 거지?"

먼저 나는 샌들을, 그다음에 셔츠를 벗었다. 셔츠는 조심스레 접어 땅바닥 중에서도 반반한 자리에 놓아두었다. 반바지도 벗었고, 그런 뒤 잠깐 머뭇거리다가 속옷마저 벗었다. 너는 돌아서서 저쪽으로 조금 헤엄쳐나간 터였다. 나는 그대로 서서 바람이 가슴을 스치고 다리 사이를 간질이는 감각을 느꼈다. 그러다 호숫물을 바라보았다. 그 심수(深水)가 꿰뚫려 보이지도, 그 내용물이 헤아려지지도 않았다. 그래도 물속으로 발을 내디뎠다. 그러자 물이 나를 온전히, 부드럽고도 시원하게 감싸 안았다. 내 안의 무언가가 긴긴 시간 끝에 탁 켜진 것처럼 나 자신이 새로워지는 느낌이었다. 가벼우면서도 힘차면서도 온전히 무책임한 감각이었다. 움직이기 시작하자 동작 하나하나가 나를 앞으로 밀어주었다. 머리 위의 하늘은 호숫물보다도 밝은색이었으며, 자잘한 구름이 점점이 박혀 있었다. 한편 아래쪽 미지의 세계도 의식되는 채였다.

"봐, 수영 할 수 있네, 뭐!" 너는 신바람이 나서 호수 건너편에서 소리쳤다.

나는 잠잠했다.

내 몸이 네 쪽으로 움직였고, 너는 나를 바라보고는 갑자기 덩달아 잠잠해졌다. 양팔을 양옆으로 쭉 뻗은 너는 도약하다 공중에서 멈춘 발레 무용수 같았다. 수면 아래 모종의 온기가 배 속에서 요동쳤다. 계속 다가가자 네 이마와 코끝과 입가에 맺힌 물방울까지 보였다. 우리는 아무 말도 하지 않았다. 다만 이미 언어를 초월한 채 서로를 바라보았다. 네가 그곳에서, 나도 그곳에서, 바투 호흡하고 있었다. 이윽고 내가 너의 반경 안으로 들어섰다. 기다리는 너의 몸과 잠잠하게 터놓은 얼굴과 입술에 맺힌 물방울을 향해. 네 양팔이 나를 감싸 안았다. 세게. 이에 우리 둘은 바닥에 닿는 일 없이 호수에 무중력으로 떠 있는 하나의 몸이 되었다.

그날 저녁, 태양이 지기 시작할 무렵 우리는 커다란 소나무 아래 텐트를 쳤다. 날은 아직 더웠지만 호수는 검게 변한 뒤였으며 매미가 잔잔히 울어대던 사이 얄따란 초승달 말고는 사위에 불빛이 전무했다. 우리는 침낭에 드러누웠다. 바람이 텐트를 부드럽게 쓸어주었고 온통 고요한 가운데 위쪽의 소나무가 바람결에 흔들리면서 솔잎이 바스락거리고 저들끼리 속닥거리는 소리만이 들려왔다. 우리는 바로 누워 손을 머리 뒤에 포개둔 터라 팔꿈치가 서로 살짝 닿아 있었다. 텐트 지붕의 덮개 사이로 별이 그득한 하늘이 보였다. 별이 자잘해서 언뜻 그렇게 많아 보이지는 않았지만, 자세히 들여다볼수록 더 많은 별이 있었다.

절대 그 모든 별을 다 포착할 수가 없었다. 별들을 보고 있자니 머리가 뜨끈해지며 빙빙 돌았다.

"이렇게 돼서 좋다." 이렇게 말하자 내 목소리의 울림과 몸속에 퍼지는 그 잔잔한 진동에 기분이 좋았다.

"나도." 너는 내게 고개를 돌렸고, 그러는 너의 눈빛은 밝았다.

"처음부터 이렇게 될 줄 알고 있었지." 너는 미소 지으며 말했다.

"그래?"

"그럼. 우리가 도착한 첫날 네가 나를 바라보았을 때부터. 너는 읽기 쉽거든."

나는 웃고는 너를 밀어냈다. "그렇단 말이지?"

네게서는 물과 솔 냄새가 났다. 부드러움도 있었고, 단단함도 있었다. 손끝에 너의 그을린 피부가 느껴졌고, 너는 강인하고 튼튼한 손으로 나를 새로이 그려내어 재창조했다. 내 등허리를, 안쪽 허벅지를…… 그리고 너는. 너의 등, 가슴, 배, 허벅지, 음경은. 부드러운 삼각팬티 속에서 단단하고도 난감하리만치 터질 듯하게 내 손바닥을 애무하는 그것은 노골적으로 세상을 산산조각 내고도 더 요구했고. 우리는 열에 달아 움직이면서 바르작댔다. 너무도 방대하여 아무리 해도 모자랐고, 너무도 방대하여 아무리 노력한들 결코 손에 쥘 수도 소유할 수도 없을 터였다. 그래도 나는 노력했고, 우리는 노력했다. 서로의 몸으로 서로를 덮고 하나로 녹아들어 끌어당기며, 끌려가도록 내맡기다가 그 격류에 장악당하며. 날숨마저 섞여 들면서 우리를 놓아주질 않았다. 그날 밤은 어렸을 때 근처 공원에서 구경하곤 했던 부활절 모닥불을, 피라미드처럼 쌓인 장작을 꼭대기에서부터 밑바닥까지 태워버리면서 겨울철의 망령을 쫓아내고 해빙기를 불러오며 겨울잠에, 안식에 빠진 것들로부터 온기를 불러일으키던 그 불길을 떠오르게 했다. 그 불길은 나를 홀리곤 했다. 나는 그 불길에, 불길의 무도와 파괴와 거동에 동화되곤 했다. 둘이 이렇게 바르작대다 보니 숨결은 가빠지고 고조되었고, 머릿속은 몽롱하고 여념이 없이 빙빙 돌던 차에 우리는 그만 탈진하여 서로의 위에 사정하고 물풀처럼 얽힌 채 잠들었다.

우리가 호숫가에서 며칠이나 머물렀는지 모르겠다. 하루하루가 하나의 온전한 세계와 같았고, 매 순간이 새롭고 다시 오지 않을 경험이었으니까. 어떤 면에서 호숫가에서의 나날들은 내 생애의 첫 나날들처럼 느껴지기도 했다. 마치 내가 그 호수와 호숫물과 네게서 태어난 듯이. 마치 내가 허물을 한 꺼풀 벗어 던지고 이전의 삶일랑 등져버린 듯이.

호수와 숲은 우리 영역이 되었다. 우리는 나뭇가지로 낚싯대를 만들고 빵 조각을 미끼로 삼아 낚시했고, 그렇게 잡힌 생선—회색빛의 납작한 모양으로 군침이 돌던—을 모닥불에 구워서 손가락으로 잡고 먹었다. 호수 뒤편에 있는 숲속으로 걸어 들어갔다가 딸기 덤불은 물론 하얀 꽃밭 위로 나뭇가지가 드리워진 거실만 한 크기의 자그마한 빈터들도 발견했다. 우리는 거기 드러누워 사랑을 나눈 뒤 잠들곤 했다. 그런 뒤 태양이 아직 떠 있을 무렵 몽롱한 행복감에 젖어 깨어나곤 했고, 그렇게 텐트로 다시 걸어오곤 할 적에 뒤편에 남기던 건 우리 몸의 형상을 따라 눌린 잔디뿐이곤 했다.

호수는 매일 아침저녁으로 우리를 정결케 해주었다. 여름철과 성관계가 남긴 땀도, 어쩌면 우리 몸에 묻은 지문들마저도 씻어주었다. 게다가 나는 헤엄칠 때마다 호수에 처음 발을 내디뎠을 때 느낀 고양감을 똑같이 경험했다. 아등바등함이 가신, 내가 느낄 수 있으리라고 상상하지도 못했던 무중력 상태와 같은 그 감각을. 호숫가에서의 그 나날들 동안 내 안의 수치심은 혀에 올린 박하사탕처럼 고형(固形)에서 단맛을 흘리며 녹아내렸다.

내가 물속에서 부유하는 사이 너는 호숫가에 누워《조반니의 방》을 읽었다. 공기는 우리 피부와 같거나 살짝 낮은 온도로 우리를 어루만져주었다. 그러다가 우리는 서로의 곁에 누워 구름을 바라보며 그 기상천외한 형태 변화를 관찰하곤 했다. 알아볼 수 없는 형태에서 익숙한 형태로, 다시 익숙한 형태에서 알아볼 수 없는 형태로.

어느 날 오후, 호숫가에서의 체류가 끝나갈 무렵 우리는 한 시간쯤 걸으면 나오는 가장 가까운 마을로 향했다. 작은 상점이 보이기에 빵과 오이와 사과와 맥주를 샀다. 우리가 돌아올 즈음에는 해가 저물고 있었다. 숲에 다다르기도 전에 어둠이 깔렸다. 너는 손전등을 깜빡했다. 오솔길을 비추는 건 달빛뿐이었다. 그렇게 우리가 들판을 걸어가는데 어릴 적 악몽 속의 장면이 과거가 내미는 도전장처럼 다시금 나를 찾아왔다―세상의 공허한 괴괴함, 사방으로 펼쳐진 들판, 거석들이 내 시선을 되받아치는 듯한 감각이. 그러나 이번에는 두려운지 아닌지 고민할 필요조차 없었다. 두렵지 않았으니까. 그 묘비들은—수치심과 마찬가지로—다만 기억이었을 뿐으로, 여름비를 맞은 각설탕처럼 녹아내렸다.

둘이서 숲속을 걸어가며 숲의 은밀한 소리들을 귀에 담고 있자니 어느덧 머물던 빈터에 다다라 호수 표면에 걸린 달이 보였다. 우리는 걸음을 멈추고 바라보았다. 그런 뒤 둘이서 한마디도 없이 옷을 벗고 물속으로 미끄러지듯 들어갔다. 우리는 겁도 없이 자유롭게, 찬란한 어둠에 파묻힌 채 헤엄쳤다.

4

오늘은 밤이 유달리 빨리 내렸고, 창문 바깥으로 강 저편에서 도시가 강철로 된 스팽글 드레스처럼 반짝인다. 아까는 집에 돌아오자 허기가 져서 샌드위치를 만들기로 했다. 빵은 하얗고 이미 잘려져 있다. 이곳에서는 음식을 씹기만 하면 된다. 나는 빵에 버터를 바르고 그 위에 설탕을 뿌렸다. 고향의 맛과 똑같지는 않아도 그럭저럭 기분은 났다. 그런 뒤 수화기를 집어 들어 할머니네 전화번호를 눌렀다. 할머니네 전화는 계속 통화 중이었다. 며칠간 계속 걸어보았는데도. 나는 애써 걱정을 몰아내며 대신에 어떻게 지내시냐고 여쭙는 편지를 썼다. 당연히 할머니가 편지를 받기 전에 당국에서 뜯어서 읽어볼 것이다. 하지만 이제 그런 건 상관도 없다.

그런 다음에 나는 텔레비전을 켰다. 뉴스에서 들리는 소식은 악화일로이다. 당국에서는 반대 세력을 색출하고, 솔리다르노시치의 주요 인사를 체포하고, 지하 조직을 해산시키고, 노조 지도자들마저 색출하고 있다. 고문이 자행되는 것으로 추정됩니다,

라고 말하는 뉴스 앵커의 예쁜 얼굴은 사무적이었다. 자행되고
도 남으리라. 그렇게 생각하지 않고 싶지만 어쩔 수가 없다. 나
는 궁금하다. 너도 개입되어 있을까? 나를 그림자처럼 따라다
니는 질문은 바로 그것이다. 너는 지금도 변함없이 당을 옹호할
텐가?

어쩌면 가장 큰 문제는 내가 터놓고 말할 사람이 아무도 없다
는 것, 창문을 열고 이 추측이라는 퀴퀴한 공기를 환기해줄 사
람이 아무도 없다는 것이리라. 나도 안다, 결국에는 누군가 신
뢰할 수 있는 사람을 찾아야 하리라는 것을. 사무실에서는 다들
매일같이 내게 안녕하냐고 열댓 번은 물어본다. 왜 다들 내가
대답하느라 고심하는 모습에 당혹스러워했는지를 이해하기까
지, 여기서 요점은 정말 안녕한가를 대답하는 것이 아님을 이해
하기까지 한참이 걸렸다. 요점은 안녕하냐고 **묻는** 것임을. 그래
서 이제는 안녕하다고 말한다. 미소까지 지어 보이려고도 한다.
그러나 이러나저러나 내가 이방인이라는 점 때문에 어쩐지 그
들의 재단을 면하고 있다는 느낌이 난다. 그들이 볼 때는 이방
인이라는 점이 나의 기행을 필시 완벽하게 설명해줄 테니.

*

내가 아직 어렸을 때 어머니와 할머니는 매일 저녁이면 어머
니의 방에 둘이서만 틀어박히곤 했다. 둘이서 그 안에서 뭘 하
는지 나는 아예 몰랐고, 내게 들어오라고 허락해주는 일도 결코

없었다. 내가 물어볼 때마다 둘은 나더러 아직 이런 걸 알 나이
가 아니었다고 말하곤 했다.

"그리고 절대로 아무한테도 할머니랑 엄마가 이러더라는 걸
말하면 안 된다." 어머니는 내 눈높이에 맞춰 쪼그려 앉아서는
내 양어깨에 큼지막하고 단단한 두 손을 올리며 말하곤 했다.
"알겠니? 아무한테도 안 돼. 말하기라도 하는 날에는 우리 가족
한테 나쁜 일이 닥칠 수도 있어." 어머니의 얼굴은 긴장해서 그
런지, 걱정하면 눈썹 위에 생기는 깊은 이맛살로 지쳐 보였다.

"그 안에서 나쁜 일 하시는 거예요?" 나는 겁이 나서 물었다.

"아니야, 우리 아들." 어머니의 목소리가 유해졌다. "하지만 나
쁜 일을 하지 않더라도 나쁜 일이 닥칠 수가 있단다."

"왜요?"

어머니는 부드러운 표정을 지으려고 했으나 이맛살만큼은 완
전히 가시지 않았다. "원래 그런 거야."

내가 아무리 졸라대도 둘은 그 이상 말해주려 하지 않았다. 종
종 방문에 귀를 대보기도 했지만 알아들을 수 없는 목소리들이
지직거리면서 극히 나지막하게 들려오는 것이 고작이었다. 게
다가 아무것도 보이지 않았다—열쇠 구멍마저 열쇠로 막혀 있
었던 것이다. 한참이 지나서야 둘은 다급하면서도 숨죽인 목소
리로 대화를 나누며 방에서 나오곤 했는데, 가끔은 슬픈 분위기
였고 또 가끔은 거의 기쁜 분위기였다. 나는 둘이서 밤마다 의
례적으로 그러는 것이야 익숙했어도 여전히 둘만의 비밀에서
나만 쏙 빼놓았다는 건 분했다.

내가 베니에크가 가족들과 함께 떠났다는 사실을 알아버린 날, 귀가한 어머니는 내가 방에 틀어박혀서 옹송그린 채 울고 있는 모습을 보았다. 나는 자주 우는 애가 아니었으므로 어머니도 상황의 심각성을 눈치챘을 터인데, 어머니가 내게 왜 그러느냐고 묻자 나는 눈물에 목이 메어 말문이 막혔다. 어머니가 침대에 앉고 내가 어머니의 넓적다리에 고개를 누이자 치마 천이 서늘하게 뺨에 닿았고 어머니의 양팔이 나를 감싸 안았다. 어머니가 위로해주는 바람에 더 서러워진 나는 울음을 그치지 않고 눈물샘이 다 말라버릴 때까지 눈물을 쏟아냈다. 어머니는 내 머리칼을 쓸어 넘겨주었고, 그러다 좀 진정된 나는 아까 베니에크를 보러 다녀왔다고, 웬 이상한 아줌마가 현관문을 열고 나왔다고, 성당에서 알던 아줌마는 이렇게 말했다고 털어놓았다.

"왜 떠났을까요?" 내가 물었다. "다시 돌아올까요?"

어머니의 눈에서는 망설임이 엿보였다. 어머니가 뭐라고 말할 겨를도 없이 할머니가 마치 다 듣고 있었다는 양 문간에 나타났다.

"애도 이제는 알 나이가 된 것 같다." 할머니는 어머니를 진지하게 바라보며 말했다. "애도 알 건 알아야지."

어머니는 할머니에게서 시선을 거두고 나를 바라보면서 잠시 침묵했다. "루지오, 너 아무것도 말하고 다니지 않을 거지?"

나는 슬프다가 갑자기 정신이 퍼뜩 들어 고개를 획획 끄덕였다. 어머니는 손목시계를 쳐다보았다. "그럼 이리 와보렴." 우리는 어머니의 방으로 들어갔고, 다 들어온 뒤에 할머니는 방문을 닫더니 창문도 닫고 커튼까지 쳤다. 바깥은 아직 밝았던지라 저 아래 길거리에서는 아이들이 사방치기 놀이를 하면서 보도에서 깡충대며 팔짝대고 있었다.

"일단, 조용히 해야 한다." 할머니가 이웃집과 붙어 있는 벽면을 가리키며 말했다. "그리고 다 끝나기 전까지 어떤 질문도 하지 마라. 그냥 듣는 거야."

할머니가 서랍장으로 걸어가 라디오의 보호용 덮개를 들어 올리자 짙은 색의 매끄러운 목재로 된 라디오의 아담한 본체가 빛을 받아 윤을 내며 드러났다. 우리는 라디오 주위에 의자를 세 개 두고 둘러앉았다. 어머니가 검은색 단추를 누르더니 주파수 계기반을 신중히 조정했다. 처음에는 나지막이 지직대는 소리밖에는 들리지 않았다. 그러다가 웬 음악이, 쾌활한 곡조를 연주하는 플루트 소리가 들려왔다. 그러다가 음악이 끝나자 어머니와 할머니의 몸이 긴장으로 굳어지는 것이 느껴졌다. 어떤 목소리가 말하기 시작했다.

"서독 뮌헨에서 생방송으로 진행되는 자유 유럽 방송[1]과 함께하고 계십니다. 여덟 시 뉴스를 전해 드리겠습니다. 1968년 6월 21일 월요일 소식입니다."

그 남성의 목소리는 라디오에서 흔히 흘러나오던 여느 목소리들과는 달랐다. 한층 차분했고 덜 공격적이었다. 고함을 지르

---

[1] 자유 유럽 방송(Radio Free Europe). 사회주의 체제하에 있는 국가들에 뉴스를 전하는 미국의 방송국. 방송국 기지는 본디 서독의 뮌헨에 위치하였으나 1995년에 체코의 프라하로 이전하였다.

지도 뭘 선언하지도 않았다. 어머니와 할머니는 얼어붙은 채 앉아 양손으로 턱을 괴고 입가를 가리고 있었다. 나도 그 둘처럼 집중해보려고 했지만 무슨 말을 하는 건지 거의 이해가 되질 않았다. 그 사람은 내가 모르는 단어를, 영문 모를 두문자어를 많이 사용했다. 다른 나라 말 같았다. 어느 부분에서인가 그는 **"이스라엘"**을, 하루 만에 너무도 강력한 힘을 지니게 된 그 들쭉날쭉한 음절로 된 단어를 언급했다. 나는 이게 다 무슨 말일지 짐작해보고자 애썼으나 머릿속은 그저 백지일 뿐이었다. 방송이 끝나자 어머니는 주파수 계기반을 다시 다른 방송국 쪽으로 옮긴 다음 음량을 키웠다. 이것이 금지된 방송을 듣고 있었다는 사실을 아무도 절대 알지 못하게끔 어머니가 매일 밤 행하던 일과이구나, 하고 나는 눈치챘다. 그리하여 음악이 흘러나오는 동안 둘은 설명하기 시작했다. 유대인에 관해서 설명하면서 예전에는 폴란드에 유대인이 많이들 살고 있었다고 말해주었다. 천년 동안이나. 그러다 2차 세계대전 때 독일인들이 세운 수용소에서 유대인의 대다수가 살해당했다고. 할머니는 이웃들이 강제로 수송 열차에 오른 뒤 그네들을 영영 다시 보지 못했던 기억을 떠올렸다. 당연히 우리는 학교에서 이런 걸 사실대로 배우지 않았다. 우리는 독일인들이 **폴란드인**을 억압했으며 러시아 형제들이 우리를 구해주었다고만 배웠다.[2] 여기서 물론 유대인은 폴란드인이 아니었다. 일부 폴란드 사람은 아직도 2차 세계

2 1945년 폴란드를 점령했던 나치 독일군을 소련군이 몰아내면서 폴란드에 사회주의 체제가 수립된다.

대전을 유대인 탓으로 돌렸다. 그러던 중 그해에 데모가 일어나면서 전국적으로 학생 휴업이 벌어졌다고 어머니는 말했다.[3] 그러는 통에 당에서는 화살을 유대인들에게로 돌렸다. 당에서는 유대인들을 역적이라고 칭하며 죄다 일자리에서 내쫓았다. 이때문에 베니에크네 가족이 떠난 것이었다. 유대인들이 떠나고 나자 아무도 다시는 그들에 관해 일언반구도 하지 않았다. 조국이란 하루아침 사이에도 있다가 없어지는 법이다.

베니에크의 출국은 나의 신체적 유년기는 물론 정신적 유년기의 종식을 불러왔다. 마치 내가 이전에는 당연시했던 모든 것들이 거짓으로 판명된 기분이었고, 마치 세상의 모든 무해한 것들 뒤에는 뭔가 훨씬 어둡고 추한 것이 숨겨져 있던 기분이었다. 이제는 매일 저녁 할머니와 어머니가 나를 예의 작은 방에 들어오도록 했다. 우리는 스피커 곁에 옹기종기 모여 말없이 진지하게 앞으로 수그린 채 베를린 장벽을 넘어오는 목소리들에 귀를 기울이곤 했고, 그렇게 방송이 끝난 다음에는 할머니와 어머니가 우리나라의 역사에 관해 무언가 새로운 사실을 설명해주곤 했다. 우리나라가 한 세기도 넘는 기간 동안 러시아와 독일 양국에 의해 분단되어 있었다는 사실과 그로써 지도상에서도 자취를 감췄다는 사실을.[4] 우리나라의 문화가 암암리에 부모들이 자식들에게 금지된 모국어와 역사를 가르친 덕에 명맥

---

3 '학생들의 3월'이라고도 불리는 1968년 3월, 폴란드에서 민주화 학생 운동이 대대적으로 일어났다. 이에 당에서는 시위대를 무력으로 진압하는 한편 반유대운동을 전개함으로써 대중의 시선을 돌리려 하였다.

을 이어왔다는 사실과 우리나라가 1차 세계대전 이후에 드디어 독립을 쟁취했다는 사실을. 어머니와 할머니는 2차 세계대전에 관하여, 밖에서는 절대 말해주지 않는 이면의 사실들을 가르쳐 주었다. 나치에게 점령당하기를 수년간, 끝내 바르샤바의 주민들이 나치에 항거하여 봉기했다는 사실과[5], 그때 소련군이 도착했다는 사실과, 도착했는데도 민중 봉기를 돕기는커녕 비스와 강 건너편에서 그냥 손 놓고 지켜보기만 했다는 사실을. 소련군은 본인들이 전쟁에서 이길 것을 알았고, 종국에는 독일군이 후퇴하리라는 것도 알았으니 독일군이 폴란드 시민들에게 분풀이나 하도록 내버려두었던 것이다. 그리하여 소련군은 도시가 섬멸되면서 주민들이 학살당하고 추방당하는 참상을 그저 지켜만 보았다. 끝내 독일군이 떠나자 한 나라의 수도에 생존한 주민이 단 천 명도 되지 않았다.

아마 너는 학교에서 가르쳐주던 대로, 소련군이 우리나라의 해방군이었다고 믿었을 테다. 소련군은 우리 편이었다고. 우군이었다고. 가끔은 나도 너처럼 가벼울 수 있었더라면 싶다. 나라고 어머니의 방에서 보낸 이런 밤들이, 이런 끔찍한 진실의 폭로가 달갑지만은 않았으니까. 이런 밤들은 일종의 의례와 같았고 떨쳐내기에는 그 인력이 너무도 강했다. 나는 모든 걸 다 이

---

4 1795년 러시아와 프로이센(현 독일)은 폴란드를 침공하여 분단시켰다. 이에 폴란드는 1918년에 폴란드 공화국이 수립될 때까지 123년간 국가의 지위를 박탈당하고 지도상에서 사라진다.

5 1944년 여름, 5년간 바르샤바를 점령하던 나치 독일군을 몰아내고자 폴란드 레지스탕스 세력이 일으킨 '바르샤바 봉기'를 지칭한다.

해하지는 못했어도 배 속 밑바닥에 분노가 차오를 만큼은 이해가 되었다. 특히 아무에게도 말하면 안 된다는 사실 때문에 더더욱 괴로웠다. 나는 독이 든 선물을, 절대로 알고 있다고 시인해서는 안 되는 강력한 진실을 건네받은 것이다. 어머니는 내게아무에게도 아무것도 절대 언급하지 않겠다고 맹세하도록 했는데, 그게 다 직장에서 잘릴까 봐서—아니면 더 험한 꼴을 당할까 봐서였다.

내 생각에 가장 공포스러웠던 부분은 명확한 기준이 없었다는 점 같다. 50년대는 끝났으니 더는 사람들이 내놓고 말한다고 행방불명되지는 않았다.[6] 그러나 60년대에는—그 이후까지도—모든 게 한층 임의적으로 변했다. 고발자가 누가 됐느냐부터 당국이 피고발자에게서 무엇을 빼낼 수 있겠다고 여겼느냐에 따라 거의 모든 일이 가능해졌다. 이런 일에 보통 사람보다애 딸린 과부가 특히나 취약했다는 것쯤은 어린애의 직감으로도 알 수 있었다.

그래서 이전과 똑같이 나는 학교 조례에 참석하여 선생님의교탁 위에 걸린 초상 앞에서, 고무우카 당수[7]가 낡디 낡고 쭈글쭈글한 얼굴로 우리를 언짢게 쏘아보는 그 앞에서 경례하곤 했다. 행진이나 행군에도, 5월 1일 노동제에도 10월 혁명일[8] 기념

6　사회주의 체제 수립 초기의 폴란드에서는 정치범을 대거 체포하는 일이 흔했으나, 1953년 스탈린의 사망을 기점으로 압제적 규율이 서서히 완화되었다.

7　브와디스와프 고무우카(1905~1982). 1956년부터 1970년까지 사회주의 폴란드에서 당수직을 수행하였다. 이후 에드바르트 기에레크가 당수직을 이어받는다.

8　1917년 러시아에 사상 최초의 사회주의 정권을 수립한 '볼셰비키 혁명'을 기념하는 축제.

제에도 참석했다. 우리 소련 형제들을 찬양하는 비굴한 문구가 적힌 현수막을 들고 위에서 교육한 행진곡을 제창하며. 나는 한스 크리스티안 안데르센의 동화 〈벌거벗은 임금님〉 속 꼬마 남자애가 된 기분이었는데, 다만 차이점이라 한다면 나는 직언하지 않았다는 것이다. 나는 빤한 진실을 보지 못한 체했으므로. 우리는 이 체제를 청한 적이 없었다는 진실을. 이 체제는 우리에게 강제된 거였다는 진실을. 나는 수업 시간에 자리를 지키며 그 모든 것을 참아내면서도, 속으로는 베니에크가 추방당했다는 사실을 곱씹으며 명치에 차오르는 증오를 느꼈다. 쉬는 시간에 다른 남자애들과 싸움이 붙어 기어이 코피가 나거나 입술이 터지거나 하면 잠시나마 속이 풀려 자리를 뜨곤 했다. 그러면서 나는 절대 저들처럼은, 체제에 굴복하여 거짓으로 점철된 삶을 살아가던 저들처럼은 되지 않겠노라고 맹세했다.

*

어느 날 너는 호수에서 나오면서 내게 여자친구가 있느냐고 물었다. 네 질문이 당혹스러워서 나는 고개를 저었다. 너는 허벅지의 물기를 닦느라 수그리고 있던지라 표정이 보이질 않았다. 네게도 내 얼굴이 보이지 않을 텐데도 나는 당혹감을 감추려 미소 지었다.

"없어." 나는 끝내 말했다. "너는?"

너는 발까지 수그렸다. 얄팍한 수건 모서리로 발가락 사이사이

틈까지 닦아내는 너의 모습을 나는 지켜보았다. 너는 내가 본인을 기다리고 있으리라고 자신하는 양으로 그제야 올려다보았다.

"없지." 너는 조심스레 말했다. "있다고 볼 순 없지."

"그게 무슨 말인데?"

너는 한 손으로 머리칼을 뒤로 쓸어 넘기며 몸을 바로 했다. 건방지면서도 즐기는 듯한 얼굴이었다.

"옛날엔 있었다는 말이지. 이제는 없어. 지금은 **이게** 더 좋거든."

그렇게 내가 뭘 더 물어볼 틈도 없이, 네 말과 그 말 너머에 놓인 통로들을 재볼 틈도 없이 너는 다가와 나를 들이끌었다. 너의 입이 내 목에 탐닉하듯이 내려앉았다. **뱀파이어 같다**, 나는 생각하며 눈을 감았다.

호수에서 보내는 마지막 날 아침에 우리는 짐을 싸고 텐트를 해체했다. 텐트가 죽어가는 열기구처럼 땅바닥으로 허물어지는 양을 지켜보았다. 그런 뒤에 그 생명이 가신 몸체를 납작하게 눌러 접은 다음 원통형의 주머니에 밀어 넣었다. 이 모든 과정을 우리는 한마디도 나누는 일 없이 해치웠다.

"우리 둘 다 아무한테도 얘기하면 안 되는 거 알지." 너는 주머니를 조여 닫으며 갑자기 진지한 어투로 내게 말했다.

"뭘?" 나는 물었다. 뭔지 정확히 알았으면서도. 배 속이 수건처럼 비틀려 짜지는 것 같았다. 나는 네가 땅바닥에 여기저기 뒹구는 철봉을 모아 주머니를 다시 열고는 안쪽에 쑤셔 넣는 모습을 지켜보았다.

　너는 내게 은밀한 눈길을 던졌다. "이거 말이야."

　나는 괜히 나뭇가지를 주워다가 호수 쪽으로 던지고는, 나뭇가지가 날아가다가 허무하게 떨어지며 소리조차 내지 못하는 모습을 바라보았다.

　"그러네. 얘기하면 안 되겠네."

　우리는 사실 '우리'에 관해서라든지, 도시에 돌아가면 뭐가 어떨 거라든지, 하여간 뭐가 되었든지 간에 대화한 바가 없었다. '우리'란 없었다. 당연히 나도 그런 것들에 관해 생각은 들었고 이렇게 물어보고도 싶었다. "이게 **뭔데**? 우리가 돌아가면 이건 어떻게 되는 건데?"

　그러나 나는 적일백천에는 이런 쪽으로는 한 번도 묻지 않았다—물어볼 엄두조차 나지 않았을 테니. 어쩌면 너무 여러 가지 목소리가 한꺼번에 아우성치듯이, 여러 순간이 서로 합쳐지면서 서로를 어그러뜨리는 통에 나도 지금 혼동하고 있는지도 모르겠다. 그래도 다시 생각해보니 마지막 밤에, 우리가 사랑을 나눈 다음 잠들락 말락 하며 텐트의 어둠 속에 누워 있었을 때 딱 한 번 용기를 내어 물어본 기억은 난다. 나는 두려운 마음으로 어둠에다 대고 그 질문을 내뱉어보았다. 네가 끝없이 느껴지는 한동안 아무 말도 하지 않기에 나는 네가 잠들어버렸나 싶었다. 그러다 끝끝내 네가 속삭였다. "나는 이게 끝나지 않았으면 좋겠어."

　심장이 거세게 뛰면서 내 가슴벽을 두드려대던 사이 나는 대답했다. "나도."

도시에 도착하자 햇빛이 구석구석에서 비쳐들면서 건물 정면
이란 정면에서 죄다 뜨겁고도 환하게 튕겨 오르는데 나는 행복
감과 불안감이 사무치는 심정이었다. 더는 평정심이 유지되지
가 않았다. 나는 호수를, 텐트를 자꾸만 돌이키곤 했다—아직은
가늠이 되지 않던 무언가가 탄생한 근원이라도 되었다는 듯 강
박적으로. 나는 사암과 같은 너의 몸에서 내가 있을 곳을 찾았
었다—너의 허벅지와 유두라는 둔덕 사이에서, 네 겨드랑이라
는 동굴 속에서. 그러나 너라는 지형은 갑자기 도시의 그것처럼
명확해져, 피부는 다세대 주택의 벽돌처럼 달궈졌고 몸의 굴곡
은 끊긴 데 없는 일직선처럼 바뀌었다. 대로의 일직선, 전차 선
로의 일직선, 길바닥에 격자무늬의 그림자를 드리우던 뻣뻣한
철책의 일직선처럼. 일견 견고해 보이지만 체중을 실으면 떠밀
릴 수도 있어서 너무 오랫동안 기대고 있으면 삐걱거리던 것이
금방이라도 자동차가 득실한 번잡한 타르 포장도로로 튕겨 나
갈 것만 같던 그런 철책의 일직선처럼.
내가 사는 아파트에 도착하자 어쩐지 이전보다도 비좁게 느
껴졌다. 들어가자마자 오른편에는 주방이 있었다. 주방은 길고
좁아서 집주인 **파니** 콜레츠카가 들어서면 꽉 찼다. 주방은 그녀
의 관할이었다. 배급량이 얼마나 부족해지건, 배급 제도가 얼마
나 혹독해지건 간에 부인은 언제나 그곳에서 빵을 굽고 있었다.
어떻게든지 해서라도 주방에는 언제나 설탕과 밀가루와 부인이

악착스레 그러모으거나 물물교환해서라도 얻어내곤 했던 무언가가 있기 마련이었다. **샤를로트카**[9]라는 사과 타르트라든지 크림이 올라간 **바베치카**[10] 케이크라든지 층층이 자두 잼을 바른 생강 케이크가 있기 마련이었다. 부인은 목숨이라도 걸린 듯이 빵을 구워대었는데, 하기야 정말 목숨이 걸려 있던 걸지도 모르겠다. 나는 브로츠와프에서 갓 상경하여 학생 숙박 관리소의 중개로 이 하숙집에 들어온 이래로 쭉 부인이 좋았다. 부인의 따스한 목소리와 부드러운 풍채와 작고 아이 같은 얼굴이 좋았다. 부인은 너무 나이가 든 나머지 마치 별세계에서 온 존재처럼 나이를 먹지 않는 듯 보이기까지 했다. 주로 부인은 우리가 식사를 들던 식탁과 남편의 유품인 광물 소장품이 담긴 수납장 옆에 놓인 거실의 갈색 소파에서 잠을 자곤 했다. 그러나 여름철이면 건물이 온실처럼 달아올랐으므로, 가끔 밤중에 깨어나 화장실이라도 갈 때면 주방 샛문을 열어둔 채 그냥 거기 주방 타일 바닥에서 잠든 부인의 모습도 보이곤 했는데, 그럴 때면 커다란 몸체로 평화롭게 누워 있던 것이 해변에 쓸려 온 모종의 생물 같기도 했다.

내 방으로 통하는 문은 광물 수납장 옆에 있었다. 방에는 접이식 침대는 물론 한쪽으로 밀면 발코니로 통하는 문이 열리던 작은 책상도 있었다. 우리 아파트는 칠 층이었다. 그래서 보이는 것이라고는 다른 건물들의 정수리뿐이었는데, 마치 군중 속에

---

9 szarlotka. 폴란드어로 '사과 파이'.
10 babeczka. 폴란드어로 '컵케이크'.

서 앞쪽에 선 사람들의 머리통을 바라보는 기분이었다.

너와 나는 서로 도시의 반대편에 살았다. 나는 서쪽에, 너는 동쪽에, 비스와강으로 갈린 채. 전차가 구시가지를 관통해 강을 건너면서 우리 사이를 이어주었다. 남쪽으로는 항상 보이는 거대한 문화과학궁전이 도시의 나머지 지역 위로 우뚝 솟아 있었다.

나는 게토가 있었던 곳에, 나치가 제 범죄의 흔적을 깡그리 지우고자 모든 것을 쑥대밭이 되도록 헐어버렸던 곳에 살았다. 볼라[11]라는 이름의 동네였는데, 한국어로 치자면 '의지' 또는 '결심'이라는 뜻이다. 당에서는 사회주의적 이상을 실현한답시고 이쪽 동네를 재건하였다. 거미줄처럼 퍼진 똑같은 모양의 건물들이 판지 상자처럼 정갈하게 늘어선 광경이 시야 너머까지 이어졌다. 우리는 이것을 **블로코비스코**[12]라고 불렀다. 그곳에서는 새로운 공원, 새로운 나무 가운데 새로운 아이들이 보이지 않는 발자국과 잊힌 생명들의 재가 켜켜이 쌓인 그 위에 세워진 건물들 틈바구니에서 아무것도 모르고 뛰놀았다.

네가 살던 곳은 프라가[13]로, 전쟁의 상흔을 거의 입지 않고 끝난 보기 드문 동네 중 하나였는데, 그곳이 바로 러시아군이 손 놓고 기다리면서 독일군이 수도를 괴멸하는 것을 지켜만 보던

---

11 폴란드 바르샤바의 서부에 위치한 동네.

12 blokowisko. 사회주의 폴란드 시절 건축된 대형 아파트 단지. 시설이 형편없기로 악명이 높아 현재까지도 기반 시설이 부족한 교외의 신축 주거 단지를 일컫는 말로 쓰인다.

13 폴란드 바르샤바의 비스와강 동쪽 강기슭에 위치한 동네.

곳이자 독일군이 볼라를 파괴하는 동안[14] 총알 한 방 쏴보지도 않고 관망만 하던 곳이었다. 독일군이 조용하고도 냉철하게 구시가지를, 박물관을, 도서관을, 기록 보관소를 초토화하면서 온 세상을 불태워 망각의 잿더미로 변모시키는 동안.

돌아오고 처음 몇 주 동안 바르샤바는 텅 비었고 더웠다. 우리는 밝은 대로를 거닐다가 상점 아주머니들에게서 딸기와 해바라기 머리를 산 다음 우리 아파트 근처에 있는 사스키 공원[15]에 가서 하얀 파빌리온이 지어진 언덕 옆에서 먹었다. 우유 가게에도 들렀다. 차가운 **휘드니크**[16] 수프를 먹자 시큼한 우유와 분홍빛 비트가 우리 목을 축여주었다. 과일 **콤포트**도 마셨더니 혀에 색깔이 배어버렸고, 후식으로는 녹인 버터와 라즈베리 잼이 섞인 국수를 먹었다. 그런 다음에는 배도 부르고 흡족하여 우리는 프라가에 있는 동물원 근처에서 훌쩍 자란 풀밭에 누워 머리 위의 굳건한 나뭇가지들 틈새로 하늘을 바라보곤 했다. 우리의 말은, 우리의 이야기는 샘처럼 흘러나왔다. 나는 네게 어머니와 할머니에 관해서, 심지어 아버지에 관해서까지 털어놓았다. 내가 매우 어렸을 때 아버지가 집을 떠났다고, 아버지에 관한 기억이 거의 없었다고. 그렇다고 별로 아쉽지는 않았다고. 아버지는 칼

---

14 '볼라 대학살'. 나치 독일군이 '바르샤바 봉기'를 진압하고자 1944년 8월 5~12일에 바르샤바 볼라의 폴란드 시민 및 레지스탕스 세력을 대상으로 대학살을 자행한 뒤 시체를 소각하여 증거를 인멸한 사건을 일컫는다.
15 폴란드 바르샤바 중심부에 있는 공원.
16 chłodnik. 폴란드에서 여름에 비트를 넣어 차갑게 먹는 분홍색의 수프.

리시[17]로 떠난 이후 한 번도 집에 오지 않았으며, 아버지의 기별이라고는 매달 우체부가 가져다주던 변변찮은 이혼 수당이 전부였다. 어머니는 항상 아버지가 아이를 원한 적이 없었으며, 어머니를 독점하는 방식으로 사랑하고 통제하고 싶어 했다고 말해주었다.

그것을 듣던, 진심으로 듣던 너는 나를 다정한 눈길로 바라보면서도 함부로 재단하질 않아 나는 가능하리라고 예상했던 수준보다도 내 말이 경청되고 있다고 느끼게 되었다. 그런 다음에 너는 산골에 사는 너희 가족에 관해서 말해주었다. 너희 형들, 어린 소년이었을 때는 너의 우상이었으나 이제는 "뭣도 아니게" 되어버린 그들에 관해서, 여타 주정뱅이들과 별다를 것도 없이 봉급날이면 날마다 정신을 놓을 때까지 마시고 몸을 벤치나 보도에 부려두면 경찰이 유치장에 데려와서는 하룻밤 동안 정신이 들 때까지 가둬둔다던 이야기를. 너는 부모님에 관해서도 말해주면서 두 분이 제재소에서 일하셨다고 했다. 부모님은 너를 너무도 몰라주셨다고도. "부모님은 이게 무슨 의미인지를 도통 모르신다니까." 너는 도시를 둘러보며 말했다. "내가 증명해 보이고 싶어. 나도 부모님의 대견한 아들이 될 수 있다는 걸." 너는 그로부터 일주일 뒤에 첫 출근을 한다던 직장에 관해서도 말했다. "언론통제국에서 일하게 되는 거라고." 너는 무슨 신의 이름이라도 발음하듯이 반쯤 속삭였다. 내 몸에 오한이 들면서 여

17 폴란드 중부 지방의 도시.

름이라는 것조차 잊게 만들었다.

"검열국 말하는 거 맞지." 나는 너를 잠시 경멸하며 말했다. "우리가 가장 필요로 하는 책들을 금지하는 바로 그곳."

네 얼굴에 순간 짜증이 스쳤다. "뭘 딱딱하게 굴고 그래. 어디서라도 일단 시작은 해야 하는 거잖아. 그러는 너는 더 좋은 생각이라도 있어?"

"떠나버리자." 나는 뱉어놓고도 이 대담한 말에 놀랐다. 그러나 너는 그저 재미있어하는 표정만 지을 따름이었다.

"어디로 가고 싶으세요, 손님? 로마, 파리?"

"농담하는 거 아니야, 야누시."

"그거 알아, 루지오? 정신이 나간 건 너야. 주위를 좀 봐." 우리는 홀쩍한 풀숲에 수호되고 있었고, 그런 우리 위로 햇살이 내리쬐고 있었다. "왜 이 모든 걸 두고 떠나자고 그래?"

그날 저녁 둘이서 승강기를 타고 문화과학궁전 꼭대기까지 올라가서 우리 앞에 펼쳐진 도시를 보자니 그 광대한 도시가 갑자기 비좁아진 것만 같았고, 도시의 끄트머리—마지막 주택들 너머로 펼쳐진 공장 굴뚝들과 수림—를 보자니 어떤 비밀이 풀려버린 것만 같았다. 비스와강은 도시 중심부를 관통하여 휘돌아 나아가며 인간이 만든 구조물들 너머 남쪽의 산맥과 북쪽의 바다로 이어졌다. 대낮의 열기가 만들어낸 아지랑이는 건물들 위에서 녹아 사라졌다. 여름이 한창이던 그때, 시간은 멈춰 있었다. 그리고 나는 영영 시간이 다시 흘러가지 않았으면 싶었다. 핑그르르 돌고 또 돌기만 하면서 영영 멈추지는 않는 주사위처럼.

그렇게 농촌 활동 이래로 몇 주가 지났는데도 나는 카롤리나를 보지 못했다. 이에 그녀를 찾아가기로 했다. 그녀는 졸리보시에서 기중기 운전사인 집주인에게 원룸을 빌려 살고 있었는데, 졸리보시란 바르샤바의 저 북쪽에 있는 곳으로 너와 내가 만나기 딱 두 해 정도 전에 데이비드 보위가 모스크바에서 베를린으로 가던 중에 열차가 정차하는 바람에 구경할 수 있었던 유일한 지역이기도 하다.[18] 이 경험으로 보위는 '바르샤바'라는, 지독히도 황량한 곡을 썼다. 그러나 졸리보시는 단연코 최악의 동네까지는 아니다. 주택지인 그곳은 1930년대 바우하우스 양식의 아파트로 이루어진 쇠퇴한 전원도시라고 할 수 있다. 곳곳에 나무가 큼지막하고도 무심하게도 자라 있고, 잔디밭의 융단이 회색 건물들 사이의 공간이란 공간을 죄다 차지하고 있다. 여름철에는 두 가지 색깔의 세상으로 변모한다—회색과 초록색의 세상으로. 그러나 물론, 보위는 이 모든 것을 한 가지 색깔만 남은 겨울철에 보았던 거다.

나는 카롤리나네 공동 현관문을 두드렸다. 예의 기중기 운전사가 문을 열어주었는데, 머리칼에는 헤어 롤러를 꽂고 배럴 통 같은 몸통에는 실내복을 두르고 있었다. 그녀는 언제가 됐든 일

---

18 영국의 싱어송라이터이자 배우인 데이비드 보위(1947~2016)는 1973년 및 1976년에 모스크바와 서유럽 사이의 노선을 지나던 열차가 잠시 정차한 덕에 바르샤바의 졸리보시 지역을 구경할 수 있었다. 이 경험을 바탕으로 '바르샤바'라는 곡이 탄생하였다.

절 아는 체는 하지 않았어도 나를 알고 있었다. 무미건조하게 "좋은 아침." 하고 말하며 그녀가 앞서 들어간 복도에는 서방의 빈 담뱃갑(캐멀, 앰배서더, 말버러)들이 선반에 죽 늘어놓여 장식되어 있었다. 그녀는 다세대 주택에서 가장 끄트머리에 있던 카롤리나의 방으로 나를 안내하더니 내가 손을 올릴 겨를도 없이 그 문을 노크했다. 그녀의 짧은 머리칼에 박힌 헤어 롤러들이 흔들렸다.

"파토츠카 양." 그녀가 외쳤다. "또 남자 손님이 오셨네!" 그녀는 내게 흡족한 눈길을 던지더니 걸어가버렸다. 현관문이 열리고 나타난 카롤리나의 얼굴에 미소가 번졌다.

"루지오, 너구나." 그녀가 내 양 볼에 키스하자 그녀가 입은 블라우스가 나의 맨 팔뚝에 보드랍게 스쳤다. "들어와. 문은 닫아주고."

그녀는 방을 성큼성큼 가로지르면서 방바닥, 책상 의자, 침대에 여기저기 널린 옷가지들을 주워서는 구석의 옷장에 밀어 넣었다.

"좀 지저분해도 눈 감아줘." 그녀가 말하며 침대에 털썩 주저앉더니 눈을 휘둥그레 뜨고 나를 바라보았다. "네가 올 줄이야. 그래도 와주니까 진짜 반갑다. 앉아." 그녀는 손바닥으로 자기 옆자리를 툭툭 쳤다. 나는 그 말대로 했다. "저 아줌마가 너한테 뭐 성질부린 거 없지?" 그녀는 현관문 쪽을 쳐다보더니 눈알을 굴렸다.

"저 사람은 어떻게 성깔이 하나도 안 죽냐."

"저 여자가 나 쪽팔리게 하려는 거 너도 들었어?"

"무슨 **그런 걸로** 네가 쪽팔려 할 줄 아나 봐—또 남자 손님이 와 봤자 어쩔 건데."

그녀는 코랄 색 입술을 커다란 치아 위로 팽팽히 당기며 미소 지었다.

"그래서, 어떻게 지냈어?" 그녀는 내 속을 읽어내려는 듯 잠시 나를 바라보았다. "너 변했구나." 그녀는 누군가의 운명을 단언하는 선지자라도 된 양 담담하게 말했다.

"내가?" 나는 얼굴을 찡그렸다.

"네 얼굴이." 그녀가 내 얼굴에 손을 올리면서 중지가 광대뼈에 내려앉았다. "뭔가가 트인 것 같은 얼굴이야. 그동안 꽉 응어리져 있었던 뭔가가. 꽉 쥔 주먹처럼. 이전에는 눈치채지 못했는데 이제는 보이네."

"관상은 다른 남자 손님한테 봐주시고요." 나는 웃으며 가만히 그녀의 손을 밀어냈다. "나야 똑같은데 뭘."

그녀는 으쓱하며 침대에서 일어나서 벽에 붙은 거울과 더불어 화장대 구실도 하던 책상에 앉았다. 이자벨 아자니[19]의 사진이, 폴란스키의 〈세입자〉[20] 속 스틸 사진이 거울의 틀과 유리 사이에 끼어 있었다. 거대한 별갑테 안경을 낀 아자니는 뭔가에 몰입한 표정으로 커다랗고 곱슬곱슬하게 부풀린 머리 모양을

---

19 이자벨 아자니(1955년생). 프랑스의 영화배우이자 가수.

20 폴란드계 프랑스인 영화감독 로만 폴란스키(1933년생)가 1976년에 발표한 프랑스 심리 공포 영화.

하고 반지가 더덕더덕한 손가락을 매혹적으로 입가에 대고 있었다. 카롤리나는 족집게를 집어 들더니 눈썹 가닥을 뽑기 시작했다. 그녀는 내게 등을 돌리고 앉아 있었다. 거울에 비친 그녀는 깜짝 놀란 듯하면서도 집중한 표정으로 시선을 눈썹에서 사진으로, 또 내게로 옮겼다. "내가 기어이 너한테서 단어를 하나씩 잡아 빼야겠냐—개랑은 어땠어?"

그녀는 절대 너를 이름으로 부르지 않았다.

"좋았어." 나는 가능한 한 자연스러운 투로 말하려고 노력하면서 어깨를 으쓱했다. "호숫가에서 야영했거든. 수영하고 물고기도 잡고. 재밌었어."

"흐음." 그녀는 다듬던 눈썹을 약지 끝으로 쓸어보더니 다른 쪽 눈썹으로 넘어갔다. "너희 둘이 친구인 줄은 몰랐네." 그녀는 정신이 눈썹에 가 있다는 투였지만 그 무관심은 괜히 시치미를 떼는 것임이 느껴졌다.

"농활 마지막 밤에 같이 가겠느냐고 물어보더라고, 숲에서." 나는 으쓱하며 말했다. "딱히 개랑 내가 친구랄 것도 아니었어. 개가 같이 갈 사람이 없다길래 나도 할 일도 없으니까 그냥 따라가볼까 싶었던 거지."

그녀는 눈썹을 다듬던 손을 멈추고 시선을 거울에 비친 내게로 향했다. "나한테는 **말해도** 된다는 거 알지." 그녀가 가만히 말했다. 그 말들은 팽팽히 당겨진 줄처럼 나를 꿰뚫었다.

"말할 게 없다니까." 나는 말하고는 잠시 그녀를 쳐다보다가 창문 쪽으로 고개를 돌렸다. 침묵이 내림에 따라 그 공백 속에서 나는 갑자기 화가 난 게 그녀 때문인지 아니면 사실대로 말할 수 없는 나 자신 때문인지를 가늠해보려 했다. 현관문 너머로 틀어져 있던 라디오에서 웬 행진 악단이 끈질기리만큼 신나는 곡조로 빽빽대는 소리가 들려왔다.

"너는 무슨 소식 없어?" 나는 질문을 쥐어짰다.

"나?" 그녀는 계속 눈썹을 뽑았다. "여기 네 친구는 취직했단다."

"뭐? 잘됐네."

그녀는 족집게를 내려놓고 책상 위의 담뱃갑에서 한 개비를 꺼내더니 불을 붙이고 빠르게 콧구멍으로 연기를 내뿜었다. 그러는 손가락 끝이 값싼 루마니아산 스나고브 담배[21]에서 나온 검댕으로 거뭇해졌다. "법무부의 어떤 개자식의 비서로 말이야." 그녀는 누군가에게 징역형을 내리는 판사처럼 사무적이면서도 약간은 고소해하는 투였다.

나는 깜짝 놀랐다. "직업 연수는 어쩌고? 이혼 소송 전담 변호사들한테 연수 받기로 한 거 아니었어?"

"자리가 없단다." 그녀는 고개를 숙이고 카펫을 응시한 채 연기만 푹푹 뿜어댔다. 그 속눈썹이 방바닥만 향하는 게 보였다. "학점이 어떻든 애초에 연줄이 없으면 아무 데도 들어갈 가망이 없었던가 봐. 애초에 난 뭘 기대한 걸까?" 그녀는 한숨을 쉬며 고개를 들었다. 그녀의 슬픈 눈이 내 눈을 한순간 스친 뒤, 그녀

21 루마니아에서 당시 판매되었던 담배.

123

가 창문 쪽으로 고개를 돌렸다. "그래도 어쩌면 더 잘된 걸 수도 있지, 모르지만. 어쩌면 법조계 일을 싫어했을지도 모르고. 뭐하면 내년에 다시 지원해보면 되니까."

나는 고개를 끄덕이며 힘을 북돋아주는 얼굴을 하려 애썼다. "그럼, 그러면 되지. 이 일은 그냥 잠깐 거쳐가는 거야."

그녀는 내 말을 믿으려고 노력하는 양 고개를 끄덕였다.

"그래서 일은 어때?" 내가 물었다.

그녀는 으쓱하고는 담배를 깊이 한 모금 빨아들였다. "고작 지난주에 시작했는데 뭐. 그 사무실에서 그 인간들이 정말로 뭘 **하는지**는 나도 모르겠다, 야. 아침에는 의원실에 보드카를 내어가고 오후에는 서한 한두 통을 타자로 쳐. 그거 말고는 의원이 날 자기 동료들한테 자랑하는 인형 정도로 취급해. 몸에 달라붙는 스웨터를 더 자주 입고 오라는 말까지 했다니까. 대학교는 사 년씩이나 왜 다녔나 몰라."

그녀는 책상에서 집어 든 재떨이에 반쯤 태운 담배꽁초를 짓이겼다. "나 담배 너무 많이 피운다." 그녀는 중얼거리며 재떨이를 책상에 두고는 내게 미소를 지어 보이려 했다.

"이리 와." 나는 침대 위 비어 있는 옆자리를 토닥거렸다. 그녀는 내 말대로 했다. 그녀의 고개가 내 어깨에 툭 떨어졌고, 나는 그녀에게 한쪽 팔을 감았다. 우리는 거울 속의 우리들을 바라보면서 우리의 투영에서 무언가를 찾아내려고 하며 이렇게 잠시 앉아 있었다. "마음이 안 좋다." 내가 끝내 속삭였다.

"어유, 그러지 마. 원래 우리가 생각하는 대로 풀리는 법이 없잖아. 게다가 이러니저러니 해도 나는 운이 좋은 쪽이었어. 적어도 이렇게 졸업한 뒤에도 수도에 머물러도 된다는 허가를 받은 거잖아. 안 그랬으면 위에서 곧바로 티히[22]로 귀향하라고 그랬을 텐데 그렇게 됐으면 내가 거기서 뭘 하고 있었을지는 하늘만이 아시겠지. 부모님이랑 살면서 말이야." 그녀는 자세를 바로 하고 웃으려고 해보았다. "그저 이 일을 오랫동안 견뎌낼 수 있을지 자신이 없어서 그런 거지."

"오랫동안 견딜 필요 없을 거야." 내가 말했다. "내가 장담해."

"그럴까?" 의구심이 들어찬 그녀의 눈빛은 뭐라도 확신시켜 달라고 갈구했다. 나는 고개를 끄덕이고 양팔로 그녀를 안아주었다. 그녀의 몸은 용광로 같았다. 거의 내 온몸이 불에 데는 듯한 느낌이었다.

"이 일을 하고 있자면 그 어떤 생각도, 자존감도 다 집어삼켜져 버려." 그 말에는 그녀가 내뱉는 것을 거의 들어보지 못한 체념적인 어조가 배어 있었다. "벌써부터 나도 저들처럼 한 명의 한심한 사무실 여직원이 되어버리는 모습이 그려지지 뭐야."

"너는 그들처럼은 되지 않을 거야." 나는 그녀의 양어깨를 잡고 눈을 똑바로 맞추며 말했다. "내가 그렇게 안 되게 할 거야. 내 눈에 흙이 들어가기 전까지는."

그녀는 미소 짓고 나를 풀어주었다. "봐, 너 **확실히** 변했잖아." 그녀가 말했다. "무슨 낙천가가 됐어."

---

22 폴란드 남부의 도시.

그녀는 일어나서 창가로 걸어갔다. 눈이 시리도록 푸르른 이 파리가 돋아난 나뭇가지들이 산들바람에 천천히 평화롭게 한들거렸다. 그녀는 창문을 열고 잠시 창가에서 밖을 내다보며 선 채 깊이 숨을 들이쉬었다.

"그나저나 너는? 너는 뭐할지 생각 좀 해봤어, 루지오?"

"이번 여름에 얼마간 생각을 좀 해봤는데." 말하려니까 내 목소리가 극도로 의식되었다. 나는 양손을 쳐다보면서 말을 만들었다. "그래도 그 박사 과정을 한번 해볼까 해. 그거 있잖아, 미엘레비치 교수님이 나더러 해보라고 하셨던 거."

천천히 돌아선 그녀의 표정은 굳어 있었다. "**정말로.**"

나는 으쓱하며 잠시 그녀의 눈에 시선을 맞췄다. 그녀의 눈빛은 엄하면서도 금방이라도 상처 입을 듯했다.

"뭐 때문에 마음이 바뀐 건데?"

"다시 찬찬히 생각해봤거든. 아버지가 보내주시는 양육 수당도 곧 끊길 테니까 나도 **뭐라도** 하긴 해야 하잖아. 이름 모를 학교나 도서관에서 썩는 것보다야 이게 나을 수도 있지, 안 그래?"

"전에는 양심을 파느니 차라리 공장에서 막노동을 하겠다고 그랬잖아."

나는 입술을 깨물었다. "뭐, 호기로는 무슨 말을 못 하겠어?" 나는 말하고는 미소 지으려 해보았다.

"그럼 논문 주제는 어떻게 할 건데? 위에서 원하는 주제에 관해 쓰도록 강요하면 어쩌려고?"

나는 한층 힘을 줘서 다시금 으쓱했다. "어떻게든 피해 갈 방법을 찾아봐야지. 안 될 수도 있겠지만."

그녀는 고개를 끄덕이고는 다시 창문 쪽으로 돌아서서 창턱에 양손을 올려두었다. 나도 일어나서 그녀와 함께 창가에 섰다.

나뭇가지 너머, 길 건너편에 있는 주택들 창문 바깥으로 걸린 빨랫줄에는 옷가지가 널려 있어, 사람들의 인생살이가 천으로 얽혀 햇살에 말라가며 바람에 나풀대고 있었다. 빛바랜 빨간색과 겨자 같은 노란색의 커다란 원피스부터, 돌풍에 안쪽이 부풀어 오를 때마다 뚱뚱한 아저씨를 닮아가던 빳빳한 깃이 달린 셔츠에, 수년간 비비고 비벼진 수건까지. 길거리에서는 하얀 니 삭스를 신은 소녀들이 땅바닥에 분필로 네모 칸을 그려놓고는 숫자를 세고 노래를 부르며 땅에서 하늘까지 한쪽 다리로 폴짝대고 있었다.

"우리가 언제든 떠날 수 있다고 말했던 거 진심이었어." 그녀가 내 쪽으로 고개를 들어 올리며 말했다. "알고 있지? 시카고에 계시는 우리 삼촌이 뭐라도 방법을 찾아주실 거야. 아니면 독일이나 프랑스로 가는 버스 여행을 예약한 다음에 그냥 무작정 버스에서 내려서 달아나버리는 수도 있어." 그녀는 어쩐지 슬퍼 보이는 미소를 지었다.

"그렇게 성급할 필요까진 없잖아." 이렇게 말하자 그녀가 응시하는 시선의 무게가 느껴졌다. "일단 여기서 해보는 데까진 해보자고 우리 맨날 그랬잖아. 어쩌면 상황이 나아질지도 모르고."

"여기선 영영 아무것도 나아지지 않아." 그녀는 말하며 창문을 닫고는 다시 침대로 걸어갔다.

"그건 아직 모르는 일이지."

"모르는 일이라고?" 그녀가 신기하다는 눈으로 나를 쳐다보았다. "네가 정 그렇다면 아무래도 이제부터 몸소 깨우치는 수밖에 없겠네."

이튿날 나는 구시가지로 걸어가면서 신세계 가도(街道), 즉 노비 시비아트[23]를 따라 카페와 분주한 상점들을 지나쳤고, 쇼팽의 심장이 분홍색 대리석 기둥에 잠들어 있으며 1968년에 학생 운동이 일어났다가 전경에게 진압당했던 성당[24]도 지나쳤다. 그러다 대학교의 철제 교문으로 걸어 들어가 학부 부지에 들어섰다. 학기가 시작되기도 전인 한여름에 이곳에 오자니 기분이 이상했다. 길도 텅 비었고 잔디밭도 텅 비었으며 커다란 그늘을 드리워주는 나무들 아래에도 아무도 없었고 도서관도 연구자 두엇을 빼고는 적막했으니. 그곳이 너무도 평온해서 어색한 기분이었다. 스스로 유령이라도 된 듯한 기분으로 나는 발소리를 한 발 한 발 되울리던 문학부 복도를 지나다가 이윽고 '교수 미엘레비치'라고 적힌 두꺼운 문을 두드렸다. 내가 노크하자 생각지도 못하게 "들어오세요."라는 답변이 돌아왔다. 교수님은 평소처럼 팔걸이의자에 앉아 책 더미에 둘러싸여 있었고, 앞쪽으로는 무슨 요술로 뚝딱 소환된 도시의 휘청휘청한 마천루들처럼 종이가 잔뜩 쌓여 있었다. 그는 쉰 언저리의 둥글둥글한 남성으로,

---

23 신세계 거리라고 알려진 노비 시비아트 거리는 바르샤바의 주요 가도이다.
24 폴란드 바르샤바의 성 십자가 성당을 일컫는다.

어두운색 머리칼을 커다란 머리 뒤편으로 빗어 넘기고 나긋나긋하고 너그러운 얼굴에는 둥근 안경을 쓰고 있었다.

"판[25] 그워바츠키, 이렇게 보게 돼서 정말 반가워요." 그는 모종의 원리로 내가 바로 그날 찾아오리라고 예상했다는 듯이 이토록 침착하게 말했다. "좀 앉지요." 그는 읽고 있던 책을 덮으며 책장 사이에 펜을 꽂아두었다. "박사 과정 때문에 찾아온 거, 맞지요?" 그는 다 알고 있다는 듯이 미소 지었다.

나는 끄덕였다. "네, 교수님."

"그러면 할 마음이 든 건가요?"

그는 너무 빤히 쳐다본다 싶을 정도로 나를 뚫어져라 바라보았다. 내 속까지 다 들여다보이는 기분이었다.

"네, 교수님." 나는 이번에는 약간 확신이 줄어든 채로 말했다.

"좋아요." 그는 미소 짓고는 뒤로 기대앉아 안경을 벗더니 뭔가를 닦아내듯이 눈가를 비볐다. "지금 본인이 뭘 하겠다고 하는 건지는 알고?"

나는 망설였다. "실은 잘 모릅니다, 교수님." 그가 곰처럼 깊은 소리로 웃었다. "그래도 해보고 싶습니다."

"좋은 자세예요." 그는 앞으로 기대어 두툼한 양팔을 책상에 얹고 양 손가락 끝을 맞댔다. "왜냐면 알다시피 내가 뭘 보장해줄 수 있는 게 아니라서요. 최종적으로는 위원회에서 학생의 제안서를 수락해야 하는데, 거기 인간들이 썩 녹록지만은 않아서."

---

25 pan. 폴란드어로 '군' 또는 '씨'. 남성을 존중하여 이르는 말.

그는 의자에 앉은 채로 몸을 모로 돌려 수그리더니 서랍 속을 허적거렸다. 그러다가 얄따란 종이 뭉치를 잡아 **빼냈다**. "여기, 이 양식을 작성하시고. 이번 주말까지 제안서를 가져와요. 같이 검토해봅시다."

그는 내게 서류를 건네기 전에 문 쪽으로 조심스러운 눈길을 던지더니 다시 시선을 내게로 향했다. 이윽고 그는 목소리를 한층 낮추고는 뭔가 심사숙고한 끝에 나오지 싶은 귓속말로 말했다.

"논문 주제를 정할 때 조건이 뭘지 내가 굳이 짚어주지 않아도 되겠지요. 너무 체제 전복적이지 않을 만한 걸로, 알죠." 그는 한 손을 물결치듯이 저었다. "약간이라도 논란의 소지가 있다거나. 약간이라도 반사회적이라고 꼬투리 잡힐 만하다거나, 친서방주의가 일말이라도 느껴지는 주제는 다 안 돼요. 최근에 위원회 쪽에서 그런 주제에 관해서는 더더욱 신경을 곤두세우고 있으니까."

"알겠습니다." 나는 그에게서 서류를 받아들며 말했다.

우리는 악수했고 나는 이만 실례하고자 몸을 돌렸다.

"그리고, 루드비크 군?"

나는 다시 몸을 돌렸다. 교수님은 거의 아버지가 염려하는 듯한 느낌으로 나를 바라보고 있었다.

"꼭 좋은 주제로 가져와요. 알겠지요? 다른 지원자들도 있는 상황이에요. 나는 루드비크 군이 꼭 따냈으면 좋겠어."

나는 고개를 끄덕이고는 교수님의 연구실에서 나오느라 열린 문을 떨리는 손으로 닫았다. 텅 빈 복도에 서서 나는 깊은 날숨을 몰아쉬었다.

나는 천천히 집으로 걸어갔다. 공기에 숨이 턱턱 막혔다. 하늘은 잿빛이었고 길거리에서는 끈끈한 바람이 불며 흙먼지를 휘감아 올렸다. 주위에 드문드문한 사람들은 황망한 모습이라 평소보다도 한층 더 각자의 마음속에 갇혀 있는 듯했고, 그네들의 얼굴은 가면 같았다. 드디어 집에 도착하니 안심이 되었다. **파니콜레츠카**는 집에 없었다. 나는 앉아서 교수님에게 받아 온 서류를 꺼냈다. 머릿속은 백지였지만 어쨌든 일단 시작하고자 펜을 종이에 대었다. 억지로라도 머리를 굴려보려고 했다. 사실은 박사를 하고 싶지도 않았지만 그렇다고 이 기회를 흘려보내고 싶지도 않았다. 나는 달리 할 것이, 달리 길이 없었다. 그리고 이전에는 나 자신에게 허하지 않았던 일을 저질러버리자니 모종의 쾌감이랄까, 금제를 어기는 뿌듯함이랄까 저항심 같은 것마저 느껴졌다. 내가 정말로 무엇에 관해서 쓰고 싶은지는 알고 있었다. 그 무엇보다도, 지금껏 읽었던 그 어떤 책보다도 나를 감명시킨 예의 그 책에 관해서였다. 그러나 동시에 《조반니의 방》에 관해서 쓸 수는 없다는 것도 알고 있었다. 폴란드에서는 출간된 적도 없는 책이었다. 원래대로라면 나는 그 책의 존재조차 알고 있어서는 안 되었다. 그러나 나는 볼드윈의 다른 작품들도 읽어본 바 있었다. 그 작품들은 주로 미국 사회 속 흑인에 관해서, 흑인이 받는 차별과 기피를 다루었다. 이것이야말로 시의적절한 주제임을, 서방의 이중 잣대를 폭로하고 자본주의 정권에서 찬탄하는 자유주의와 민주주의의 배후에 숨은 인종차별주의와 백인우월주의를 드러내는 주제임을 알 수 있었다. 그러면서 당연히, 나도 그 주제와 공명할 수 있었다. 나도 속으로 나만이 다르다는 자각을, 나름의 수치심을 품고 있었으니까. 그러한 마음은 보이지는 않았어도—적어도 모든 이에게 곧바로 보이지는 않았어도—확실히 존재했고, 그렇기에 위험한 요소였다. 그래서 바로 그 주제에 관해 나는 써내리기 시작했다.

나는 예전에 맬컴 엑스[26]에 관하여, 그가 볼드윈과 쌓은 우정은 물론 그의 투쟁과 탄압 및 정당방위에 관한 그만의 급진적인 견해에 관하여 읽은 자료를 기억해냈다. 그렇게 맹렬히 써나가는 동안 몸은 녹아내리고 머리는 빙빙 돌면서 시간 감각조차 잊어갔다.

어느덧 열쇠가 현관 자물쇠 속에서 찰칵 돌아가더니 **파니 콜레츠카**가 문간에 서 있었다. 새삼 부인이 너무도 작달막하고, 커다란 그물 장바구니에 비해 너무도 왜소해 보인다는 생각이 들어 나는 부인에게서 장바구니를 받아 들어 주방 조리대에 올려두었다.

"아유, 고맙구나." 부인이 베레모를 벗으며 말했다. "배급 줄이 어째 점점 길어만 진다. 아니면 내 다리에 힘이 빠져가는 건지. 그래도 어찌어찌 고기는 구해 왔단다." 부인이 특유의 자그마한

---

26 맬컴 엑스(1925~1965). 아프리카계 미국인 인권 운동가. 제임스 볼드윈과 친우인 것으로 알려진 그는 비폭력과 인종통합을 주장했던 주류 시민권 운동을 비판하면서 흑인 우월주의 및 흑인과 백인의 분리를 주장하는 견해를 내놓았다.

미소를 짓자 그 미소가 눈에까지 번졌다. "이 무슨 기적이람."

이윽고 감자가 삶아지는 사이 나는 식탁에 앉아 당근을 강판에 갈았다.

"맛있게 먹어두자꾸나." 부인은 얼룩진 회색 포장지에서 고기를 떼어내어 조리대에 올려두며 말했다. "계속 이런 식이라면 언제 **코틀레트**[27]를 못 먹게 되어도 이상할 것 없으니까." 부인이 뾰족뾰족한 고기 망치로 고기를 때리기 시작하면서 쿵쿵 소리에 부인의 말이 거의 묻혀버렸다. "그 소식 들었니?" 부인은 내게 퍼석퍼석한 하얀 롤빵과 접시를 건네고는 사발 테두리에 대고 달걀을 깨기 시작했다. 나는 고개를 저었다.

"기에레크 당수가 육류 가격을 인상하기로 결정했다는구나."

"뭐라고요?" 나는 믿기지가 않아서 부인을 쳐다보았다.

부인은 앞치마에 양손을 닦으며 내게 돌아섰다. "급식소에서도 육가공품 가격이 60퍼센트나 올랐어."

"그럴 수는 없는데." 믿기지 않는 마음에 분노가 섞여드는 사이 내가 말했다.

부인은 고기 쪽으로 돌아서서 다시 고기를 망치로 쳤다. "우리도 옛날엔 그렇게 생각했지. 그런데 그럴 수가 있고 그래버리는 게 당국이더라고."

요리가 다 되자 우리는 말없이 식사했다. **코틀레트**의 바삭바삭한 튀김옷과 당근을 강판에 갈아 크림과 섞은 샐러드와 버터

---

27 kotlet. 폴란드어로 '커틀릿'.

풍미가 가득한 감자에 흩뿌려진 딜까지 한 입 한 입 음미하면서. 평소 같으면 **파니 콜레츠카**는 그간의 인생살이나 결혼 생활에 관하여 예전엔 남편과 여행을 다녔다는 둥 남편이 출장 나갈 때 따라나서기도 했다는 둥 이야기보따리를 풀어놓곤 했다. 그러나 그날 밤에는 그러지 않았다. 그날 밤에는 우리 위로 무언가가 드리워져 있었던 것이다. 바깥에 내린 야밤 속에서 불빛들이 하나하나, 이 **블로코비스코**에서 켜져갔다.

너희 집은 프라가의 여느 집들처럼 탈진했고 난타당해 있었다. 별처럼 생긴 총탄 구멍이 건물 정면을 뒤덮었으며, 녹슨 발코니가 길가 쪽으로 나 있었는데 간혹 가다 옷을 말린다고 널어놓은 세대도 있었다. 아치형의 단지 입구 너머에 놓인 안마당에는 훌쩍한 풀숲과 노란 글라디올러스에 둘러싸인 성모상[28]이 서 있었다. 창백한 얼굴로 푸른색 의복을 입고 양 손바닥을 하늘을 향해 뒤집은 성모상의 고운 머리 주위로는 금빛으로 칠해진 별들이 그리는 후광이 드리워져 있었다.

당시는 내 인생에서 성당을 가장 멀리할 때였지만, 부식된 안마당 중앙에 선 이 성모상의 아름다움에는 어쩐지 내 마음을 움직이는 구석이 있어 그것이 너희 아파트까지 걸어가는 내내 나를 떠나지 않았다. 아파트 계단은 너무도 오래되고 허술해 보여서 과연 내 무게를 당해낼지 확신조차 서지 않았다. 계단에서는

---

28 인구의 90퍼센트가량이 천주교를 믿는 폴란드에서는 성모 마리아가 호국신처럼 여겨져 성모상이 곳곳에 세워져 있다.

꿉꿉한 냄새가 풍겼고 걸음을 내디딜 때마다 신음이 났지만 그래도 버텨는 주었다. 일 층에 올라가자[29] 어느 노부인이 나를 미심쩍은 눈으로 쳐다보더니 내 인사를 무시했다. 삼 층에서는 아이들이 무리 지어 층계참을 내달리면서 무슨 술주정뱅이들처럼 소리를 지르고 욕설을 내뱉었다. 너희 집은 사 층이자 맨 꼭대기 층이었다.

"루지오." 현관문을 열어준 너는 속삭이면서 내 뒤편의 층계참을 살펴보듯 흘긋거렸다.

네 방은 작았어도 너는 혼자 살았다. 혼자 산다는 것 자체가 사치였다. 오래된 나무바닥, 안마당 쪽으로 나 있는 창문 두 개에, 책상에다 구석에는 철제 침대가 놓여 우리는 그 위에 누웠다. 우리는 밑 빠진 독과 같은 갈급증을 달래려 한참을 힘껏 입맞춤했다.

너는 내게 배가 고프냐고 묻더니 커튼 뒤에서 빵 한 덩이를 건져낸 뒤 커튼을 쳤다. 그러고는 무슨 아기처럼 가슴에 빵을 대고 톱칼을 심장 쪽으로 쓸며 빵을 잘랐다. 우리는 그렇게 한동안 앉아서 두툼한 빵 조각을 흡족하게 씹어 넘기며 건물이 삐걱거리는 소리와 이웃집의 먹먹히 막힌 목소리들을 들었다. 나는 그날 미엘레비치 교수님께 내가 구상한 걸 보여드렸으며 교수님이 정말 들떠 하시더라고 말해주었다. 제안서는 그 주 중에는 마무리해서 제출할 수 있을 터였다.

---

29 유럽에서는 1층을 현관으로 생각하고 2층부터 1층으로 세는 문화가 있다.

"정말 멋지다." 너는 빵을 씹어 넘기는 짬짬이 말했고, 그러는 너의 두 눈이 반짝거렸다. "꼭 네가 받으면 좋겠다."

"나도." 내가 말했다. "만일 못 받으면…… 그러면 뭘 해야 할지 잘 모르겠어."

너는 어쩐지 기세가 오른 모습으로 내게 고개를 돌렸다. "내가 일단 자리 잡고 나면 내가 일하는 부서에 네 자리 정도는 구해다 줄 수 있을걸."

나는 고개를 저었다. "됐어." 너는 설명을 기다리는 듯 나를 쳐다보았다. 잠시간 우리 누구도 말하지 않았다. "식료품 가격 올린다는 소식 들었어?" 내가 마침내 물었다.

너는 고개를 끄덕이고는 시선을 피했다.

"어땠어?" 나는 찔러보았다. 이제 침묵하는 쪽은 너였다.

"어떻긴 **뭐가**?" 너는 으쓱했다. "올려야 하니까 올리는 거겠지."

"진심으로 하는 말이야? 위에서 나라를 어떻게 운영해야 할지 모르니까 저러는 거잖아. 우리 식량이, 우리가 생산해내는 그 많은 식료품이 다 어디로 간다고 생각해? 그걸로 외채를 갚고 있는 거야. 러시아와 서방 국가들에 가고 있는 거라고. 그러느라 우리 먹을 게 하나도 없는 거야."

너는 잠시 말없이 얼굴을 굳히고 있었다. "너 지금 이런 말을 누구한테 하고 있는 건지 한번 생각해보는 게 좋을 거야. 그건 알고 있지, 루지오?"

나는 네 응시를 받아내었다. "하지만 너도 이게 진실이라는 건 알잖아." 나는 완강히 말했다.

너는 일어나더니 책상 아래에서 반쯤 빈 **마조프샨카**[30] 물병을 집어 들어 잔에 따랐다. "그렇지." 너는 내게 등을 돌리고 이렇게 조용히 말했다. "하지만 그런 걸 알아서 좋을 건 없어. 전혀." 너는 침대로 돌아와서 내게 물잔을 건넸다. "너를 위해서 하는 말인데 그렇게 열 올리지 마. 안 그러면 굳이 안 겪어도 될 말썽에 수도 없이 휘말리게 될 거야."

"그러니까 우리—"

"그 얘긴 그만하자." 다짜고짜 말을 지르는 너의 어조에 서린 갑작스러운 냉기가 나를 놀렸다. "우리 둘이 똑같은 삶을 살아온 게 아니잖아. 이 문제에 관해서는 서로 뜻이 안 맞을 거야."

머릿속은 휘청거렸고 손아귀 속 물잔은 서늘했다. 네가 나한테 이런 식으로, 이렇게 남처럼 말한 적은 없었다. 나는 뛰쳐나가고 싶은 건지 위로를 받고 싶은 건지도 모르겠는 상태가 되었다. 어찌 됐든 더는 말하고 싶은 기분이 아니었다. 새로이 침묵이 장악하며 너의 마지막 말들을 흩트리고 그것들의 맹위를 누그러뜨리기 시작하였다. 너는 침대에 누워 천장을 응시하였고 나도 네 곁에 누웠다. 그러자 네 손이 나를 더듬어 왔고, 두 눈은 달래듯 내 눈과 시선을 맞추며 사과의 뜻을 담아 깜빡거렸다. 우리의 몸이 본능적으로 서로에게 이끌려갔다. 셔츠 아래 네 가슴을 매만지다가 휘어진 쇄골을, 단단한 어깨를 더듬어나갔다. 너는 예전과 똑같이 따스한 흙 맛이 났다. 나는 어스름 속에

---

30 Mazowszanka. 폴란드의 광천수 제조사.

서 네 옷을 벗겼다. 네 피부가 탄 자국은 여전히 눈에 띄었고 우리 주위로 아파트는 활기를 띠었다—아래층에서 발소리가 이리저리 섞이고, 배수관이 콸콸대고, 수도꼭지가 열리고 잠기면서 반주를 깔아주는 동안 우리는 바르작댔다. 이윽고 밤이 내리고 우리도 기진맥진했을 무렵 우리는 서로를 마주 보며 누워 있었고, 그러는 네 코끝이 내 콧날에 맞닿아 있었다. 어둠 속에서는 달리 무엇도 중요하지 않았다.

"나 내일 첫 출근이야." 얼마간 후에 네가 말했다.

"너만 좋으면 내가 마중 나갈게."

너는 고개를 저었다. "안 그러는 게 나을 거야. 다른 사람들한테 의심받을 구실은 안 만드는 게 나으니까. 수영장에서 보자. 수요일에."

나는 아무 말도 하지 않은 채 네 말들이 마음속에서 메아리치는 사이 그것들을 한 글자씩 저울질해보았다. "그러니까 우리 사이가 갑자기 비밀이 된 거네?"

팔꿈치를 짚고 몸을 일으키는 네 눈은 한층 어두워 보였다.

"우리 사이는 언제나 비밀이었어, 루드비크. 그저 지금까지는 숨길 상대가 아무도 없었던 것뿐이지." 너는 아마도 불편한 심기에서 우러나온 미소를 일순 지어 보였다. "이런 경우 발각되면 위에서 어떻게 하는지 알아?" 네 눈썹이 찌푸려졌다. "명단을 만들어. 추적까지 한다고. 그렇게 모은 정보로 사람을 쥐고 흔드는 건 일도 아니야." 너는 검지로 부드럽게 내 뺨을 그었다. 모종의 협박처럼 느껴졌다. 나는 고개를 홱 돌렸고 너도 손을 치웠다.

"우리가 이러는 걸 금지하는 법 같은 건 없잖아."

"그거야 나도 알지." 네 목소리가 유해졌다. "그래도 그런 법이 있다고 생각하고 행동해야 해. 당국에서 푸코[31]한테 어떻게 했는지 알아?"

나는 멍하니 너를 쳐다보았다. "철학자 푸코?" 너는 끄덕였다. "그 사람이 우리랑 무슨 상관인데?"

너는 침대에 일어나 앉아 등을 벽에 붙였다. "푸코가 청년 시절에 무슨 프랑스 문화원의 원장직을 맡아서 바르샤바에 왔는데, 정보국에서 푸코의 성향을 알고 있었던 거지. 그래서 어느 잘생긴 학생을 공수해서 푸코와 어울리는 무리에 집어넣은 다음 반드시 푸코가 반하도록 만들었어. 계획은 성공했지. 어느 날 푸코랑 그 학생이 둘이서 브리스틀[32]에서 방을 잡은 그때 **딱**"—너는 손가락을 튕겼다—"정보국 요원들이 들이닥쳐서 둘이 침대에서 뒹굴던 현장을 잡아낸 거야. 당국에서는 푸코에게 성매매 교사죄라는 죄목을 씌웠어. 일주일 뒤에 푸코는 사임했고 파리로 귀국했지." 네 목소리는 정보국 요원들의 유능함에 감명이라도 받았다는 양 거의 의기양양한 어조였다. 그러나 일순 네 얼굴 위로 불안이라는 잔물결이 넘실거리는 것이 보였다. "알겠어?"

나는 아무 말도 하지 않았다. 배수관이 나지막하게 쿵 소리를

---

31 미셸 푸코(1926~1984). 프랑스의 철학가. 폴란드의 사회주의 체제에 비판적이었던 그를 핍박하기 위하여 폴란드 정보국에서는 그의 동성애적 성향을 이용하였다. 폴란드 체류 당시 뭇 남성들과 관계를 맺었던 그는 결국 의도적으로 접근해온 폴란드 정보국 요원과의 관계로 인하여 폴란드에서 추방되게 되었다.

32 영국 남서부의 항구 도시.

내며 부글거렸고 나는 뭔가 무거운 것이 얹히는 느낌이었다.

"그래서 야누시, 너는 그렇게 공포에 떨면서 살고 싶다는 거야?"

다시 자신감을 제자리로 돌린 너는 웃었다. "난 무섭지 않아. 그냥 우리가 처신을 잘할 필요가 있다는 거지. 모험은 피하고 똑똑하게 굴자고. 그렇게만 하면 우린 괜찮을 거야. 그렇게 생각하지 않아?"

나는 어쩐지 진 기분으로 어깨만 으쓱했다.

"좋아." 너는 새로이 기운이 솟았는지 침대에서 펄쩍 뛰어내렸다. "나는 샤워 좀 해야겠다." 그러더니 셔츠와 반바지를 쓱 입고는 그대로 복도로 사라져버렸다.

그 주에 너는 첫 출근을 했고, 나는 교수님께 도움도 좀 받아 제안서를 손본 다음 위원회에 제출했다. 그런 다음에는 기다리는 것밖에는 할 수 있는 일이 없었다. 그렇게 되자 아파트도 비좁았거니와 안달복달하느라 기운이 넘쳐서 어쩔 줄을 모를 지경이었으므로 나는 도심을 산책하면서 며칠간을 보냈다. 어느 날 아침에는 볼라 도심부를 걸어가면서 **블로코비스코**를 지나 공동묘지로 향했다. 가장 규모가 큰 묘지는 포봉스키 공동묘지[33]였다. 그곳에는 가지치기한 느릅나무들은 물론 십자가가 박힌 무덤들이 끝없이 정렬되어 있었는데 하나같이 박물관의 조각상처

33 폴란드 바르샤바의 볼라에 위치한 공동묘지.

럼 관리가 잘되고 먼지도 떨리고 사람 손길이 많이 닿은 모양새였다. 그 옆쪽으로는 아무도 찾아온 적이 없어 보이는 타타르족 고인들을 위한 작은 이슬람교도 공동묘지가 놓였다. 그 공동묘지는 크기가 교실만 했는데 무슨 고고 유적이라도 되어가듯이 무덤들이 풀숲에 파묻히기 시작하고 있었다. 그다음으로는 유대교도 공동묘지가 나왔다. 그 묘지는 커다랗고 깊숙한 직사각 형태였으나 끝나는 지점은 보이지 않았는데, 아무도 안쪽을 들여다볼 수가 없었던 탓이다. 버림받은 그 공동묘지는 출입문마저 영원히 잠긴 채였다. 내 눈에 보이는 것이라고는 이 도시를 여기 역사의 파편으로부터 격리하는—보호하는—담장 너머로 솟아오르는 거대한 포플러 나무 군락뿐이었다. 나는 그 담장을 따라서, 덩굴로 뒤덮인 오래된 붉은 벽돌들을 따라서 걸어가며 바람에 나부끼는 건장한 포플러 나무들을 감상했다. 그러면서 담장 너머에서는 대자연이 거칠 것 없이 맹위를 떨치며, 버림받은 무덤들의 심장에서 이렇게 작은 수림을 키워냈겠거니 상상해보았다. 내가 보기에는 그 나무들이 바르샤바에서 가장 아름다운 나무들로 보였다.

계속 걸어나가며 지나친 폐공장에서는 까마귀 무리가 얼쩡대면서 분필을 칠한 칼 같은 부리로 깍깍대며 흙투성이의 공장 부지에 커다란 그림자만 던져대었다. 볼라를 가로질러 도심부로 향하다 보니 게토 봉기 기념비[34]가 세워진 광장에 다다랐다. 그

---

34 1943년 바르샤바의 게토에 거주하던 유대인들이 나치 독일군에 항거한 '바르샤바 게토 봉기'를 기념하는 대형 기념비가 바르샤바의 광장에 세워져 있다.

기념비의 규모를, 정면에 새겨진 일그러진 얼굴들의 고통을 눈에 담자니 몸서리가 쳐졌다. 나는 걸음을 재촉해 커다랗고 널찍한 대로를 걸어갔다. 딱 오백 미터마다 길을 건너게 되어 있어서 뭔가 자신이 노출되었으면서도 배제되었다는 느낌을 받게 했다. 나는 걷고 또 걸어 펠릭스 지에르진스키 광장[35]을 가로질러 도심 쪽으로 가다가 약간 남쪽으로 틀어서 늦여름의 하늘을 가르는 문화과학궁전의 거대한 첨탑 쪽으로 향했다. 그 첨탑—스탈린이 바르샤바에 내린 선물로서, 바르샤바의 콘크리트로 된 응어리이자 가장 커다란 상흔—아래에 서서 올려다보자 머리가 빙빙 돌기 시작했다. 때는 구월이라 아직은 따스했지만, 어쩐지 대기에는 벌써 조락(凋落)의 기미가 서려 있었다.

나는 집을 향해 걸었다. 도시는 텅 비었던 여름이 끝나고 나니 다시 북적이게 되었다. 학생들도 다음 학년 수학을 위해 귀경해 있었고, 노동자들도 휴가를 마치고 복귀해 있었다. 가게마다 늘어선 배급 줄은 피가 터진 입술처럼 부풀어 올랐다—배송 횟수도 빈도도 너무나 줄어들었기에 뭐라도 얻으려면 기다리는 수밖에 없었던 것이다. 대기 줄이 길바닥 전체를 점령하기 시작했다. 이에 나도 어느 식료품점에 늘어선 줄을 밀치고 지나가야만 했는데, 거기서는 부인들이 텅 빈 장바구니를 들고 서서는 앞선 사람들의 뒤통수 너머로 어떻게 되어가고 있나 넘겨보려고들 하고 있었다. 간간이 서서 이야기를 나누는 무리도 있곤 했지만

---

35 반코비 광장은 사회주의 폴란드 시절에는 폴란드의 정치가 펠릭스 지에르진스키의 이름을 따서 불렸다. 2차 세계대전 당시 파괴된 이후 직사각형으로 재건축되었다.

대다수는 각자 베돌며 불평불만을 꿍얼거리다가도 새치기하려
는 낌새가 보이는 사람들에게 타박을 놓았다.

파니 콜레츠카는 매일 아침 일찍 나가서 어느 지인에게 알음
알음 들은 소문에 따라 가장 가망성이 높다고 판단되는 배급 줄
에 합류하곤 했다. 부인은 언제나 손가방에 그물 장바구니를 넣
어두고서 시내를 걷기 마련이었는데 그러다 뭐라도—화장지가
됐든 콩 통조림이 됐든—받을 수 있을 것처럼 보이는 줄을 마
주치게 되면 어김없이 거기 껴서 기다리곤 했다.

대개의 저녁에 **파니** 콜레츠카는 빈손으로 기진맥진하여 집에
돌아왔다. 그런 다음에는 거실 식탁에 앉아서 조그마한 전등으
로 손 부근을 밝히고는 배급 줄에서 판담시고 쪼가리 천을 활용
해 모자를 만들곤 했다. 밖에 이미 밤이 내린 뒤 너희 집에서 돌
아오면 부인은 미소를 지어주곤 했다. "기다려도 아무것도 얻질
못하면서 실낱같은 희망만 있어도 득달같이 줄을 서대니, 우리
가 지금 이게 다 뭐하는 짓인지." 부인이 어느 날 밤 조용히 말
했다. 그러는 부인의 두 눈이 슬픔과 조롱으로 반짝였다. "지금
유일하게 통용되는 화폐는 시간이란다. 그런데 그 화폐마저도
염가야."

우리가 먹는 음식은 양도 가짓수도 적어지고 있었다. 나는 종
종 대학교 학생 식당에서 끼니를 해결하기도 했지만 고기는 입
에 대질 못했다. 그래도 가끔은 우리한테 운이 따를 때도 있곤
했다. 가끔 내가 귀가할 때면 부인은 주방에 서서 옆에 라디오
로 쇼팽 음악을 틀어놓고 가스레인지 위에서 냄새가 좋은 무언

가를, 대다수의 경우에 커민을 넣어 요리하고 있곤 했다. 부인은 커민을 정말 좋아했다.

"와서 먹으렴, 루지오." 부인은 작은 두 눈에 미소를 담아 말하곤 했다. "배고프겠다. 앉아서 오늘 하루는 어땠는지 말해주렴."

아직 미엘레비치 교수님으로부터 전갈을 기다리고 있을 무렵의 어느 날 아침, **파니** 콜레츠카가 거실의 잠자리에 누워 턱까지 담요를 끌어 올리고 있는 게 보였다. "오래 서 있어서 그래." 부인은 콜록거리며 말했다. 부인의 기침은 마치 불평을 내뱉듯이 메말랐고도 격렬했다. 이렇게 자그맣고 가냘픈 존재에게서 그런 소리가 나온다니 부조화하게 느껴질 정도였다. 나는 부인을 위해 차를 좀 우려서 부인네 자매들이 사는 시골에서 받아온 꿀도 녹여 넣었다. 그러나 차도는 없었다. 기침은 계속되었다. "미안하구나." 부인이 탈진해서 벌게진 눈으로 말했다. "아무래도 약을 좀 구해 와야지 안 되겠다."

그날 밤에는 한결 거세진 바람에 안마당의 나무들이 서로 부닥치면서 나뭇가지 사이사이로 공기가 울부짖었다. 그러는 통에 잠에서 깨자 옆방에서 기침 소리가 들려왔다. 모종의 위협만큼이나 날카로운, 좀체 통제되지 않는 기침 소리가.

이튿날 아침에 나는 **파니** 콜레츠카 대신 약국을 찾았다. 약국에는 부인에게 필요한 약이 없었다.

"두 주 지나면 입고될 수도 있고요." 약사가 일말의 감정도 없는 얼굴로 말했다. 더 멀리 있는 약국에도 가보았지만 똑같은 말만이 돌아왔다. 나는 배 속 밑바닥에 꽉 뭉친 분노가 온몸에 고동쳐 흐르는 심정으로 다시 아파트로 걸어왔다.

"걱정하지 말렴." **파니 콜레츠카**가 말했다. "괜찮을 거야. 그냥 좀 쉬면 돼."

나는 부인에게 차를 더 끓여주고 채소도 좀 삶아주었다. **루스키에 피에로기**[36]나 양배추절임 등 학생 식당에서 나온 음식을 가져다주기도 했다. 그러나 기침은 계속되었다. 메말랐고도 갈라지는 듯한 그 기침 소리는 나를 잠에서 깨워 나와 밤새도록 함께하곤 했다. 마치 무언가가 부인의 몸을 안쪽에서부터 찢어발기려고 하는 듯했다.

그러던 몇 주간 나는 너와 이따금 대학교 수영장에 가곤 했다. 수영장은 구시가지에서 멀지 않은 곳에, 학부 부지의 담장 아래에 콕 박혀 있었다. 수영장의 커다란 접수처와 강렬한 염소 냄새―그 냄새를 어찌나 좋아했던지―에다 공용 천 주머니에 신발을 넣어두던 소지품 보관소까지도 기억난다. 탈의실에서 둘이서 옷을 벗는 동안 주변의 남자애들은 본인들이 알몸이라는 것은 신경 쓰지도 않거나 원래부터 알몸이었다는 것처럼 적응해버린 채 몸을 말리면서 장난을 쳐댔다―강인한 등판과 허벅지와 엉덩이의 매끄러운 살결이 비를 맞은 숲속의 나뭇잎처럼 물방울로 뒤덮인 채. 그러나 신기하게도 이걸로 흥분되지는 않

---

36 ruskie pierogi. 중유럽 및 동유럽의 만두 요리.

왔다. 그렇게 나신으로 남자애들 속에 섞여 탈의하고 샤워하는 동안에 우리는 딱히 우리 자신이 아니게 되었다. 우리는 책임을 덜어버린 채 한결 가벼워졌다. 각자의 역할을 옷과 함께 벗어 던지고 나신이 들끓는 익명의 세계에만 속하게 되었다. 그렇게 둘이서 몇 바퀴를 헤엄치면서 나도 물살을 헤쳐나갈 무렵에는 더더욱 가벼워지는 느낌이 들었다. 그렇게 있자니 우리가 함께 보낸 여름이, 너무도 태평하게 호수를 떠다니던 그때가 떠올랐던 것이다. 그렇게 수영해나가며 나는 물에 녹아들었고, 그러자 기억의 밑바닥에서부터 무언가가 떠올랐다.

내가 정말 어릴 때였다. 아버지가 집을 떠난 직후였던지라 어머니는 비탄에서 헤어나질 못하고 있어서 저렇게 슬퍼하다가 돌아가시는 건 아닐까 두렵기까지 했다. 어머니는 온종일 방에만 틀어박혀 있었다. 입술은 창백하고, 눈은 벌게진 채. 어머니가 힘을 냈으면 했던 나는 어머니의 침대로 그림책을 가져가 소리 내어 읽으며 어머니의 기분을 풀어보려 하기도 했다. 그러던 어느 날 어머니가 방에서 나오더니 입술에는 립스틱이 발리고 눈가에는 콜 가루가 검게 칠해진 화장한 얼굴로 나를 집 밖으로 데려가서는 번쩍 들어 올려 자전거에 태웠다. 우리는 집 앞 길거리를 따라 달리다가 커다랗고 텅 빈 공원을 가로질러 돔 지붕이 얹힌 백주년관 내부의 수영장으로 향했다. 이곳에서 어머니는 내게 수영을 가르쳐주었다. 이곳에서 우리는 함께 물속으로 들어갔고, 내 구명줄이었던 어머니가 나를 붙들고 있는 동안 나는 신이 나서 자유롭게 팔다리를 꼼지락거렸다. 어머니는 내가 자기 몸을 믿도록, 몸을 띄우도록, 혼자서 움직이도록 끈기 있게 가르쳐주었다. 그렇게 수년간 우리는 함께 수영장에 다니곤 했는데, 더는 어머니가 나를 붙들어줄 필요가 없어졌어도 마찬가지였다. 나는 어머니가 나를 보아주기를, 나를 대견하게 여겨주기를 바랐다. 우리 각자가 서로에게 중요한 존재라고 느끼게 되기를. 그래서 수년 뒤 그날이 왔을 때부터, 병원에서 어머니의 폐에서 무언가를 발견하여 내가 학교에서 귀가하자 텅 빈 빌라에 할머니만이 소파에서 울고 있던 게 보였을 때부터, 수영장에 다시 가자는 마음은 아무래도 들지가 않았다. 어머니가 없이는. 마치 어머니와 더불어 내 삶의 그쪽 부분마저 죽어버린 듯했다. 마치 영영 돌아올 수 없다는 듯이.

어느 날 밤, 둘이서 언제나처럼 수영장에서 수영하고 나오자 밖은 어두워지기 시작하고 있었다. 아직 젖은 머리칼로 나선 우리 눈에 아롱이는 비스와강과 바람결에 천천히 흔들리는 가로수가 비쳤다. 공기에서 산뜻하고도 촉촉한 냄새가 났다. 여름이 아직 버티고는 있었지만 벌써부터 시베리아의 가없는 평야를 휩쓸고 오는 서늘한 바람이 더위의 종식을 알리는 것이 느껴졌다. 그날 밤은 가을의 길목이었다.
우리는 작은 공원의 비탈길을 소요하며 내려가다가 도브라 거리로 접어들었다. 네가 일을 시작하고 나서 너를 처음 보는 날이었고, 너는 직속상관이 너를 마음에 들어 했다고 말해주었다.

그 사람이 벌써 너에게 검토할 문서를, 출간 허가를 기다리는 도서들을 내려주었다고. 그 도서들을 검열해서 당을 비판하는 내용이나 인민이 읽기에 부적당한 내용을 찾는 것이 너의 일이었다. 그렇게 말하는 너는 열광한 듯이 눈까지 휘둥그레졌고, 내뱉는 말들도 대중에게 연설이나 해야 할 것 같은 어투였다.

네가 계속하도록 놔두면서 이 분노를 어찌해야 할지 감을 잡지 못하던 차에 네가 문득 장광설을 멈추고 나를 쳐다보았다.

"뭐 할 말 없어?" 너는 무슨 칭찬이라도 기대하는 투로 물었다.

나는 지금 이 순간의 현실을 정적이 흐려주기를 바라면서 그것이 밀려들도록 놔두었다. 우리의 발소리만이 어둑어둑하게 밝혀진 길거리에 울려 퍼졌다. 그곳에는 우리 말고는 아무도 없었다. 나는 될 수 있는 한 오래도록, 가능한 한 오래도록 이 고요를 부여잡고 있었다.

"지금쯤이면 네가 일을 얼마나 잘한들 내가 감동할 일은 결코 없으리란 사실은 알아야지." 이렇게 말하는 내 목소리가 들렸다. "그런들 우리 사이가 결코 가까워지지 않으리라는 사실 정도는." 너는 뭔가 말하려는 듯 보였다. "네가 그러는 동안에도." 나는 신랄함을 삼키지 못하고 말을 이어갔다. "배급 줄은 무한정으로 길어지고 있어. 먹을거리도 점점 없어지고 있고. 게다가 **파니 콜레츠카**가 아프셔. 곧 죽을 강아지처럼 계속 기침을 하시는데. 약국에선 부인한테 필요한 약조차 없다 하고."

날카롭게 곤두섰던 네 얼굴이 풀렸다. 이번에는 네가 말이 없어질 차례였다.

"그건 유감이다." 끝내 네가 말하자 그 목소리는 잦아들어 다시 내게만 말하는 투가 되어 있었다.

"나도 유감이야. 이 빌어먹을 체제하에서 살게 돼서 유감천만이라고."

너는 눈썹을 찌푸리고 우리 뒤쪽을 흘긋거렸다. "그런 소리 **내뱉지** 좀 마." 네 목소리에는 공포의 기미가 서려 있었다.

그러자 기이하게도 만족감이 차올랐다. "그럼 달리 어쩌자고? 지들 좋을 대로 다 해먹게 내버려두자고?"

너는 걸음을 멈추고 다시 뒤쪽을 돌아보더니 내 양어깨를 부여잡았다. "일하고. 조용히 지내." 너는 나를 똑바로 마주 보았다. "멍청한 짓 하지 마." 나는 네 시선을 피했다. "진지하게 하는 말이야, 루지오." 너는 마치 나를 일깨우려는 듯이 흔들어댔다. "우리 모험은 피해야 한다고 내가 그랬지. 너 들고일어나고 싶어? 뭐하러? 결국 철창신세나 지고 아무 소득도 없이 목숨이나 바치러?" 나는 시선을 올려 너를 바라보았고, 퍼뜩 우리가 길바닥에서 이렇게 얼굴을 바투 붙이고 서 있었음을 깨달았다. "괜찮은 인생을 살 방법이 있다니까." 너는 마치 내 생각을 들은 듯 말을 이어나갔다. "내가 그 방법을 알아낼게. 나 못 믿겠어?" 네 눈이 일찍이 보인 적 없는 눈빛으로 애원했다. 그때 보도에서 또각거리는 부츠 소리가 들려왔다.

"야누시?" 길 건너편에서 외침이 날아왔다. 가로등에서 흘러내리는 빛의 원뿔 속에 웬 여자애가 서 있었다. "야누시 맞니?"

너는 나를 놓았다. "하니아!" 네 얼굴이 밝아졌다.

그녀가 길을 건너오자 너희는 서로를 껴안았다. 네 어깨에 얹힌 그녀의 얼굴에 순간 미소가 떠오르며 눈이 감기는 것이 보였다. 마음이 심란해졌다. 이윽고 그녀는 눈을 뜨더니 나를 바라보았다. 마치 유령을 보는 기분이었다—창백하고 희멀건 피부에 강렬한 검은 눈동자 탓에. 그녀를 가까이서 본 적은 없었어도 누구인지 분간은 갔다. 농촌 활동에서 너와 함께 있는 모습이 눈에 띄던 그 여자애였다. 트렌치코트와 카우보이 부츠 차림의 그녀는 상당히 멋들어져 보였다. 그러나 개중에서도 단연 시선을 끄는 것은 귀고리였는데, 보석이 박혀 있어 무지갯빛으로 오색찬란하게 반짝이는 것이 열대새의 꽁지만 같았고, 거기다 어찌나 긴지 거의 어깨에 닿을 정도였다. 그 귀고리에서 시선이 떨어지질 않았다.

"야누시, 이게 얼마 만에 보는 거야." 그녀가 외치며 머리카락을 매만지자 귀고리도 그 손길에 찰랑거렸다. "몇 주 내내 어디 있었던 거야?" 그녀의 시선이 내게 떨어졌다. 그녀와 내가 서로를 바라보자 약간 어색한 분위기에 침묵이 내려앉은 차에 네가 말했다.

"맞다, 나랑 수영하러 다니는 친구 소개해줄게. 하니아, 이쪽은 루드비크라고 해."

우리는 악수했다. 그녀의 손은 비둘기처럼 보드랍고 희었다.

"만나서 반가워." 그녀는 진심으로 반갑다는 투로 말하며 잠시 내 눈을 바라보다가 네게로 다시 돌아섰다. 그러더니 네 팔에 손을 올렸다.

"나 지금 라파우 보러 가는 길인데—바로 길모퉁이만 돌면 걔네 집이거든. 너도 갈래?"

너는 그녀를 보다가 나를 흘깃 쳐다보았다. 그녀는 온전히 네게로만 몸을 돌린 채였다.

"마음은 그러고 싶은데—"

"뭐야, **바빠**?" 그녀는 눈썹을 밀어올렸다. "아 왜, 딱 한 잔만 하자. 그러잖아도 우리끼리 너 보고 싶다고 노래 부르고 있었단 말이야."

네 손가락이 가방끈을 꽉 움켜잡는 것이 보였다. 네가 얼굴에 올린 표정을 나는 해독할 수 없었다.

"오늘 밤은 안 되겠어." 네가 끝내 말했다. "미안하다. 다음에."

그녀가 잠시 너를 바라보던 사이 미소에 입꼬리가 말려 올라갔다. "알았어. 하지만 내 생일 파티 때는 안 봐줄 줄 알아. 이번 달 말일이잖아. 그땐 와야지. 응?"

너는 고개를 끄덕였다. 그녀는 네게 작별 키스를 하고 달려나갔고, 그러자 부츠가 콘크리트 보도 위에서 또각거렸다. 우리 둘이서 잠시 말없이 서 있자니 공기가 이상하게 무거웠다. 네 표정은 어둡다 못해 우려스럽기까지 했다.

"괜찮아?" 내가 물었다.

너는 나를 쳐다보지 않은 채 고개를 끄덕였다. "괜찮아. 가자."

"저 애가 우릴 봤을까?"

"모르겠어. 보진 않았겠지." 다시금 너의 표정은 불가해했다.

우리는 옆쪽에 커다란 석벽이 둘린 일련의 좁은 계단을 올랐다.

석벽 너머로는 수녀원이 있어 회랑이 과수원과 풀을 뜯는 소들 틈바구니에 놓였고, 바로 위쪽으로는 신축 주거 단지가 솟아 있었다.

딱 붙는 청바지를 입은 남자애들 무리가 좁다란 통로를 걸어 내려오며 우리 쪽으로 다가왔다. 한 명은 두껍게 화장을 한 작달막한 여자애의 허리를 팔로 감고 있었고, 다른 한 명은 선이 날카로운 얼굴과 헤어젤로 빗어 넘긴 머리를 하고 호기심이 가득한 눈으로 너를 위아래로 훑어보았다. 너는 그러는 그 남자를 눈치채고는 얼굴을 굳히는 듯하더니 시선을 돌렸다. 이윽고 우리는 다리 위에 다다라서 신호등을 기다렸다. 우리 오른편으로는 도심이 펼쳐지면서 고층 건물의 네온사인 불빛이 번쩍거리며 클럽과 식당을 광고해댔고, 왼편으로는 비스와강과 프라가의 어둑한 강기슭이 펼쳐졌다. 네가 노심초사하는 게 나한테까지 느껴지는 기분이었다. 너는 옆에서 나를 바라보았다.

"왜 그래?" 내가 말했다.

너는 앞쪽의 빨간불을 내다보았다. "오늘 밤은 혼자서 보내는 게 나을 것 같아." 너는 조심스럽게 선을 긋는 투였다. "오늘 밤만."

"왜?"

"혼자 있을 시간이 좀 필요해서."

나는 네 눈을 바라보며 이 말이 무슨 의미였을지 판독하려 했다. 네 시선에는 흔들림이 없었다.

"그냥 피곤해서 그래." 네가 말했다. "쉬고 싶어서. 알겠지? 금방 다시 보자."

"하니아 때문이야?"

너는 나를 바라보지 않은 채 고개를 저었다. "괜한 생각 하지 마."

신호등은 초록불로 바뀌었고 전차도 왔다. 우리는 손을 주머니에 넣은 채 좋은 밤 보내라고 인사했고, 그런 뒤 너는 뒤도 돌아보지 않고 길을 건너갔다.

이후 사흘이 지나도록 연락 한 번 오지 않았다. 나는 혼자서 미쳐가느니 차라리 덜컹거리는 전차를 잡아타고 비스와강 건너편으로 향했다. 너는 셔츠도 입지 않은 채 한 손에 면도기를 들고 문을 열어주었다. 내가 찾아와 놀라긴 했어도 불쾌하지는 않은 기색이었다. 너는 나더러 들어오라고 청했다. 책상 위에 세숫대야가 놓여 있었고 작은 거울도 책 더미에 괴인 채였다.

"막 나가려고 채비하던 참이야." 너는 말하며 자리에 앉더니 꺼칠한 수염을 한 손으로 쓸었다. "한잔하려고. 직속상관이 댁에서 다 같이 회식하자고 초대해주셨거든." 너는 무심한 듯 말하려고 애쓰며 내 반응을 떠보려는지 나를 흘끔 쳐다보았다. 나는 잠잠했다. 너는 면도기를 들어 올리고 다시 너의 모습을 바라보았다. "우리는 내일 봐도 될까? 수영장에서?"

나는 그래도 뭔가 확실한 약속이 잡히자 안심이 되어 고개를 끄덕였다. "되고말고. 오늘 저녁 재밌게 놀아." 나는 용케도 비아냥대는 어조를 덜어내고 이렇게 말했다. 너는 자리에서 일어나서 여전히 면도기를 손에 든 채 내 입에 세게 키스했다.

나는 학교 근방의 학생 카페에 가서 만일 내 제안서가 통과되어서 다음 단계로 넘어간다면 대면해야 할 위원회와의 면담을 준비했다. 미국 내 인종주의에 관한 볼드윈의 관점이라는 논문 주제도 이제는 좋아졌다. 미엘레비치 교수님도 우리나라에서 그 주제를 연구하는 건 내가 처음이 될 거라면서 주제 선정을 칭찬해주셨던 것이다. 그러고 보니 지금까지 살아오는 내내 뭘 하든지 간에 아무래도 상관이 없었거나 다른 사람이 했어도 될 일처럼 느껴졌었지 하는 생각마저 들었다. 태어나서 처음으로 여기 온전한 나만의 것이, 내가 없으면 존재하지도 못하는 것이 있었다. 이제는 언제고 교수님께 소식이 들려올 수 있는 시점이었다. 나는 희망을 품고 있으려 노력했다.

카페도 문을 닫자 나는 소지품을 챙겨 집으로 향했다. 아늑한 밤이었고, 아마도 그해에 그런 밤은 마지막일 터였으므로 나는 산책이나 할까 싶어져서 돌아가는 길을 골랐다. 그리하여 밤이 되어 등불이 꺼져 있던 구시가 쪽으로 걸어갔다. 남녀가 쌍쌍이 지그문트 왕 기둥[37]의 발치에 앉아 키스하거나 재건된 성벽[38]에 기대어 앉아 있었다. 나는 작고 비좁은 골목길을 걸어가며 성 요한 성당을 지나 구시가 광장으로 나갔는데, 복원된 바로크 양식의 건물 정면[39]을 사진 찍는 관광객 몇을 제외하고는 텅 비어

---

37 폴란드 바르샤바의 잠코비 광장에 위치한 기둥.
38 잠코비 광장의 동쪽에 위치한 바르샤바 왕궁은 2차 세계대전 당시 파괴되었다가 재건되었다.
39 바르샤바의 구시가 광장을 둘러싼 바로크 양식의 주택들은 2차 세계대전 당시 파괴되어 재건되었다.

있다시피 했다. 하늘은 광장 주변 주택들의 높다란 지붕에 갇힌 탓에 네모졌다. 그러던 중 희미하나마 끊김 없는 색소폰 소리에 그를 뒤좇는 베이스 소리가 들려왔다. 악기의 선율이 공기 중에 떠다니는 것이 마치 재즈가 살랑이듯 했다.

나는 소리가 나는 쪽을 향해 광장 반대편으로 걸어갔다. 음악은 창문마다 죄다 커튼을 쳐서 껌껌하게 빛을 가린 어느 건물에서 흘러나오는 듯했다. 지상층 창문 하나에서만 빛이 새어나오고 있었다. 쭈그리고 앉아 내려다보자 천장이 아치형인 반지하 주점에 와글거리는 군중이 가득했는데, 그 면면들에서 담배 연기가 미끄러지듯 천장으로 올라가고 있었으며 입술들에는 술잔이 대어져 있었다. 창문 바로 아래에서 악단이 연주 중이었다. 그 곡은 코메다가 작곡한, 추측건대 〈물속의 칼〉⁴⁰ 속 주제곡임을 나는 알아차렸다—매혹적이면서도 혼란스러우면서도 나른한 것이. 그렇게 마음속으로는 곡조가 풀어내는 이야기에 귀 기울이면서 눈으로는 군중을 훑던 차에 문득 시선이 네게 내려앉았다.

마치 누군가 음악을 꺼버린 듯했던 게, 머릿속이 전기 충격을 받은 듯했다. 네가 완벽히 면도한 얼굴로 그녀를 돌아보며 손가락 사이로 그녀의 귓불을 스치는 광경에. 그녀의 긴 귀고리가 빛띠를 이루는 모든 색채로 빛을 반사하는 광경에. 떨림이 내 배 속을 뱀처럼 훑었다. 너희가 음악에 맞춰 한 몸으로 움직

40 〈물속의 칼〉은 1962년 개봉한 로만 폴란스키 감독의 영화이다. 영화 주제가는 폴란드의 작곡가 겸 재즈 피아니스트인 크시슈토프 코메다(1931~1969)가 작곡하였다.

이는데 너는 그녀를 붙들고 있었고 그녀는 너를 붙들고 있었다. 네 어깨에 올라간 그녀의 양손에서 매니큐어를 바른 손톱이 빛에 반짝거렸고, 긴 치마는 음악에 맞추어 하늘거렸다. 이 장면을 나는 아무래도 잊을 수가 없다. 그녀의 허리를 두르고 있던 네 양손을, 그녀 치마의 천을 파고들던 네 손가락을. 손가락은 아주 그 자리에 안착한 모양이었는데, 무엇보다도 네 눈에 담긴 다정함에 나는 아연했다. 나는 너희 둘이 낯선 남녀 한 쌍인 양 쳐다보았다. 이건 아무 의미도 없는 행동이었을 거라고, 진실이 아니었을 거라고 나는 애써 되뇌었다. 그런데도 너를 쳐다볼수록 자꾸만 몸에서 힘이 쫙 빠지는 느낌을 받지 않을 수가 없었다. 발을 딛고 일어서자니 머리도 어쩔어쩔한 느낌이었고 시야마저 순간 흐려졌다. 집으로 걸어가는 동안 내딛는 걸음걸음마다 심장이 두 번씩 뛰었다.

*

아마도 그날 밤 내가 너를 보았다는 걸 너는 까맣게 몰랐으리라. 너는 그 음악이 기억날까? 그녀의 귀고리가 기억날까? 네가 잊은 것이나 내가 놓친 것이 있을까? 당연히 내 기억력에도 한계는 있다. 자인하지 않는 사이 공란에 색을 칠할 수도, 극적으로 꾸며내거나 수정할 수도 있으리라. 감정에 한해서는 사진처럼 정확한 기억력이란 없는 듯싶으니. 그래도 현재로서는, 좋든 싫든 이것이 나의 진실이다.

나는 오늘 일찍 퇴근했다. 아파트 꼴이 엉망이기에 정리 정돈을 좀 했다. 여기는 추워지기 시작하고 있지만, 그래도 아직까지는 겨울철치고 포근한 편이다. 아침에는 코트를 입는 편이 좋지만, 한낮에는 햇살이 강한지라 맨해튼 도심지의 대로변에서 회사원들은 점심시간이면 양복 재킷을 벗어 흰 셔츠를 겨울철 햇빛 속에서 빛내고, 헬스장에서 단련한 엉덩이들로 바지 천을 밀어내며 제각기 목적 있는 발걸음으로 길을 내려간다. 지금쯤이면 다들 스카프와 모자로 꽁꽁 동여매고 있을 고향과는 다르다. 거기서는 장담컨대 공기가 벌써 매서워져서 네 얼굴을 에는 듯할 것이다. 나도 그 추위를, 십이월경 바르샤바의 인정사정없이 빠닥빠닥한 추위를 기억한다. 그러자 일순간 나도 거기 디젤과 석탄 타는 냄새 속에서, 문화과학궁전이 위쪽에서 어른거리는 길고 널찍한 대로변에서 네 곁에 있는 기분이 든다. 물론 이곳 그린포인트의 길거리에서도 여전히 그들 폴란드인을 보긴 한다. 양귀비 씨앗 케이크와 **피에로기**와 **트바루크**⁴¹ 치즈를 사는 그들을. 나는 일 킬로미터 밖에서도 그들을 알아본다. 너무도 손쉽게도. 초록이 동색을 알아보듯이. 그러나 이곳에 오는 폴란드인은 다르다―그들은 내가 이곳에 도착했을 때 그러했듯이 눈에 희망이 있다. 그들은 깨어 있다.

나는 열 시에 텔레비전을 켰다. 로널드 레이건⁴² 대통령의 연

---

41 twaróg. 폴란드 전통 치즈.
42 미국의 정치가 로널드 레이건(1911~2004)은 1981년부터 1989년까지 미국의 대통령이었다.

설, 무슨 우주 왕복선의 사진들[43], 무함마드 알리가 링 바닥에 쓰러지는 장면[44]. 그러던 중 뉴스 앵커 뒤쪽의 화면이 백색과 적색의 국기로 변하자 배 속이 붕 떴다. "**한편 폴란드에서는 계속 계엄령이 발령된 상태입니다.**" 치아를 미백하고 어깨가 딱 벌어진 블레이저 재킷을 입은 여성 앵커가 말했다.

"**외신 기자들이 추방당했음에도 저희 보도국에서는 폴란드 국군이 일파만파 퍼지는 시위대를 진압할 목적으로 폴란드 주요 도시 다섯 곳에 탱크와 수천 명의 병력을 배치했다는 증거를 확보했습니다. 이러한 행보에 관하여 전문가들은 폴란드 정부 측에서 자국 내 위기를 소련 정부의 도움을 빌리지 않고 해결함으로써 폭력 사태가 국외로 번지는 것을 방지하려는 것으로 보인다는 해석을 내놓고 있습니다. 이러한 폴란드 정부의 의향에도 폴란드에 주둔 중인 소련군은 출정 대기 상태입니다.**"

일순간 사진 하나가 화면을 채우며 눈이 덮인 광장에 멈춰 선 탱크에서 군인 두엇이 해치를 통해 기어 나오는 모습을 보여주었다. 그들 바로 뒤편의 건물을 알아보는 바람에 무지근한 향수가 밀려왔다―모스크바라고, 내가 카롤리나와 가끔 가던 영화관이었다. 그러나 가장 놀라웠던 것은 탱크 위쪽으로 걸린 포스터로, 코폴라 감독의 새 영화인 〈지옥의 묵시록〉[45]이 피처럼 붉은 활자로 쓰여 있었다. 순간 그 말도 안 되는 상황에 목구멍이

---

43 미국의 우주 왕복선 컬럼비아호는 1981년부터 22년간 임무를 수행하였다.
44 미국의 복싱 선수 무함마드 알리(1942~2016)는 1981년에 복싱에서 은퇴하였다.
45 미국의 영화감독 프랜시스 포드 코폴라(1939년생)가 1979년에 발표한 영화.

죄어들면서 숨까지 막히려 들었다. 그동안 수년간 위에서는 우리에게 외국영화를 보여줌으로써 베를린 장벽 너머의 세상을, 우리는 가지지 못했던 자유를 훔쳐보도록 놔두었던 것이다. 그러면서 정말로 우리가 영원히 가만히 있으리라고 생각했던 것인가?

나는 사진 기자와 그의 용기를 생각하면서 이 사진을 어떻게 폴란드에서 빼내 올 수 있었을지를 상상해보았다. 필름 한 통을 비밀 서랍이라든지 속을 비운 치약 튜브 안에 넣어 서독으로 밀반출했을지도. 역사의 그릇된 편에 얽혀버린 익명의 인물들이 어느 이름 모를 사람의 호주머니 속에서 압축되어 돌돌 말려 있었을지도. 그러니 세상에서 어떤 일이 벌어지더라도, 아무리 잔혹하고 지옥도 같은 참상이 펼쳐지더라도, 그 참상을 기록하고자 목숨을 거는 사람들이 저기 있는 한 희망이 없는 것만은 아니다.

작디작은 불티에도 불은 붙는 법이니까.

*

하니아와 함께 있던 너를 보고 이튿날 아침에 눈을 뜨자 숙취감이 들었다. 전날 밤을 떠올리자 전신에 근육통이 난 듯이 온몸이 화끈거렸다. 그대로 침대에 누워 있으려니 잿빛 하늘이 건물들의 지붕 너머로 얄팍하게만 보였다. 머릿속에서는 온갖 생각들이 제비처럼 곤두박질치다가 땅바닥을 가까스로 피하며 날

아올랐다가는 떠나갔다. 이 휘몰아치는 생각들을 멈출 방도조차 나는 알지 못했다.

이윽고 화장실이나 가려고 일어났더니 **파니** 콜레츠카가 거실에서 잠들어 있는 모습이 보였다. 그런데 무언가가, 작고 거뭇한 무언가가 내 시선을 잡아끌었다. 나는 소리 없이 부인에게 다가갔다. 부인의 입가 근처의 하얀 솜이불에 얼룩이 묻어 있었다. 부인이 손에 들고 있던 손수건에 묻은 것과 똑같은 얼룩이, 불가역적으로 검붉은 핏자국이. 나는 헉하고 숨을 집어삼킬 뻔하다 억지로 참아냈다. 조용히 숨을 쉬는 부인의 하얀 머리칼은 풀어 헤쳐져 베개 위에 마치 후광처럼 펼쳐져 있었다. 부인은 노령(老齡)의 아이와 같은 모습이었다. 마음속에서 공포가 성당 종소리처럼 울려 퍼지며 진동했다. 나는 신발에 발을 꿰고 코트를 걸치고는 서둘러 서늘한 아침 속으로 나갔다. 가장 가까운 진료소는 자유 대로와 레닌 거리의 교차로에 있었다. 나는 새근거리며 진료소가 막 문을 열던 차에 도착했다. 벌써부터 문가에 대기 중인 환자들이 한 무더기는 있었다. 우람한 여직원이 접수처에 앉아서 진료표를 보고 있었는데 두꺼운 안경 탓에 눈이 콩알만 하고 저 멀찍이 떨어진 듯 보였다. 드디어 내 차례가 되자 나는 그 여직원에게 **파니** 콜레츠카의 용태에 관해서 이 말 저 말을 더듬거리면서 기침이다 피다 설명했다.

"원장님이 바쁘세요." 그녀가 나를 올려다보지도 않고 말했다. "가장 빨리 예약을 잡아드려도 다음 주예요."

나는 정말 응급한 상태라며 매달렸다. 그러자 잠시나마 나를 올려다보는 그녀의 냉담한 얼굴에 하마터면 연민이 어릴 뻔했다.

"그렇게 사정이 급하시다면 병원에 가보세요. 다만 사지가 잘리고 얼굴이 피떡이 된 환자들보다 먼저 들어갈 수 있을지는 장담을 못 하겠지만." 그런 뒤 그녀는 다시금 서류 뭉치로 고개를 숙였다.

"그래도 뭐라도 해주실 수 있는 게 있을 거 아니에요." 이 찰나의 기회가 손가락 사이로 빠져나가는 느낌이었다. "제발요, 예외적으로 어떻게 좀 해주실 수 없을까요?"

그녀는 재차 내게 시선을 올렸지만 이번에는 공감의 흔적조차 남아 있지 않았다. "동무가 시도해볼 수 있는 방법은 이미 말해주었습니다. 이제 뒤에 줄 서 있는 인민 동무들을 위해 길을 좀 비키시지요."

그리하여 차가운 아침 속에서 자유 대로의 큰길가에 서자, 태양은 멀찍이서 온기를 주기는커녕 눈만 부시게 할 뿐으로 햇살을 광대하게 보도에 던지며 까라진 얼굴들을 하고 일터로 발걸음을 서두르는 인파를 비추고 있었다.

어느 날, 베니에크가 떠나고 나서 오래지 않아 학교에서 집으로 돌아왔더니 소파에서 울고 있는 할머니가 보였다. 할머니는 너무 격하게 흐느끼던 통에 무슨 일이었는지 나에게 말을 꺼내지도 못하다가 이윽고 좀 진정하더니 병원에서 어머니의 폐 속에서 뭔가를 발견했다고 말했다. "심각한 건 아니란다." 할머니가 말하는 사이 뺨에서 눈물이 말라가기 시작했다. "의사 선생님들이 잘 보살펴줄 거니까."

나는 그렇게 차가운 아침 속에 서서 할머니와 내가 둘이서 병원에 앉아 어머니가 수술실에서 나오기를 얼마나 기다렸던지를 떠올렸다. 대기실 시계는 어쩜 그리 계속 째깍대던지, 나는 또 왜 그렇게 할머니의 손을 구명조끼라도 되는 양 꼭 부여잡고 있었던지. 우리 주위로 초조해하는 손들이 들어 올린 줄담배에서 흘러나오던 연기로 공기가 탁하고 무겁고 앞이 다 깜깜했던 일도. 그러더니 드디어 나타난 껑충하고 메마른 의사가 굳은 얼굴로 비보를 전하게 되었다는 말을 꺼내던 일도.

나는 진료소의 여직원이 말해준 대로 가장 가까운 병원으로 걸어갔다. 병원은 전차를 타고 수없이 스쳐 지나갔어도 정작 눈여겨본 적은 없었던 별 특색 없는 건물에 있었다. 정문 곁에서는 한쪽 다리가 없는 남자가 목발을 짚고 다 해진 환자복을 입은 채 담배를 피우는 중이었다. 병원 내부로 들어서자 잿빛 복도에 그득한 소독약의 아린 냄새가. 나는 접수처에서 번호표를 뽑은 뒤 대기 환자들이 줄지어 앉은 장의자 하나에 자리를 잡았다. 운집한 환자들이 마냥 기다리며 고인 비참한 침묵을 깨는 것은 복도의 간이침대에 누운 환자들의 신음뿐이었다. 빙하처럼 단단하면서도 무정한 병원 특유의 시간이 잠식해갔다. 내 건너편에 앉은 남자는 〈인민신문〉[46]을 읽고 있었다. 1면에서 기에레크 당수가 나를 노려보았다. 그는 사진에서 잘린 누군가와 악수하고 있었는데, 그러는 그 얼굴은 쥐새끼 같았고 입술은 얄팍

---

46 사회주의 폴란드에서 1948년에서 1990년까지 가장 널리 유통되던 신문. 당시 집권당인 폴란드통일노동당(PZPR)의 체제 선전 도구로 기능하였다.

했으며 표정은 너무나도 의기양양했다. 코트 안에서 양손이 절로 주먹으로 말려들었다.

"33번 환자!"

내 차례였다. 유리창 너머 작은 칸막이 안에서 간호사는 앞에 놓인 서류 뭉치에만 시선을 고정하고 있었다. 나는 모든 증상을 처음부터 다시 설명하되, 이번에는 세부적인 사항마저 보태가면서 허심탄회한 말투로 내가 느끼는 사태의 심각성이 그대로 전달되도록 애썼다.

"환자도 같이 왔나요?" 간호사가 내 말을 지르며 처음으로 올려다보았다.

"집에 계세요. 대신 제가 의사 선생님을 뵙고 증상을 좀 상담하고 싶어요."

간호사의 표정에 생기는 없이 따분함만이 역력했다. "여긴 병원이에요. 환자를 대동하고 다시 오시든지 진료소에나 데려가 보세요. 34번 환자!" 그녀의 시선은 나를 떠나버렸다.

"**제발요**, 진료소에는 벌써 다녀왔는데 이번 주에는 예약도 안 잡아준대요. 정말 잠깐만이라도 의사 선생님을 뵙게 해주시면 안 될까요?"

"내가 이 병원 규칙을 정하는 게 아니라서요. 34번 환자!"

내가 다시 항변하려던 찰나 누군가가 나를 접수처에서 떠밀었다. 속에서 열불이 솟구쳤다.

"비켜." 내 뒤에 줄을 서 있던 중년의 남자가 땀과 양파 냄새를 내뿜으며 으르댔다. "여기서 본인만 사정 있는 줄 아나."

나는 그 남자를 바닥에다 떠밀어버리고 간호사 앞쪽의 유리창에다 주먹을 쾅쾅 쳐대며 그치들에게 목청이 떠나가라 소리지르고 싶었다. 정확히 그러고 있는 내 모습이 실제로 벌어지고 있는 일인 양 또렷하고도 생생하게 그려졌고, 이에 더럭 겁이 났다. 나는 일언반구도 내뱉지 않은 채 간호사도 그 남자도 다시 쳐다보는 일 없이 자리를 떠났다. 그렇게 길거리로 걸어 나서자 화가 그득해서 다리까지 뻣뻣한 느낌이었다. 나는 최면에 빠진 사람처럼 여기가 어디인지조차 거의 모르는 채로 무작정 걸어갔다. 그러다 어깨를 두드리는 느낌이 나서 보니 왜인지는 몰라도 신세계 가도에 와 있었다. 모르는 남자가 양복과 넥타이 차림으로 내 앞에 서 있었다. 그러다가 그 남자가 너인 걸 깨달았다. 마치 다른 사람 같아 보이던 너인 걸. 머리칼은 옆으로 빗어 넘기고 가죽 신발에서는 윤이 나던. 나는 네 얼굴에서 읽히는 동정심이 경멸스러웠다.

"여기서 뭐하고 있어? 무슨 일이야?" 우리가 그렇게 길거리 한복판에 서 있는 사이 네가 물었다.

"**파니** 콜레츠카가…… 각혈을…… 의사가 없는데." 속에서부터 눈물이 솟구치는 것이 느껴졌다. 분을 못 이긴 눈물이었을 테다. 네가 내 어깨에 올린 한쪽 손은 묵직하고도 따스했다.

"따라와, 루지오. 어디 가서 커피라도 한잔하자. 나도 지금 점심시간이거든. 같이 뭐라도 방법을 생각해보자고."

네 손이 등 쪽으로 내려오면서 함께 가자고 나를 이끌었다. 이끄는 그 손길에도 나는 버텼다.

"이거 놔, 야누시." 나는 이를 악물고선 짓씹었다. "생각은 질릴 만큼 했어. 입으로만 떠들어대는 것도 질린다고."

그래도 너는 굴하지 않아, 네 손도 있던 자리 그대로였다.

"루지오, 너 진정 좀 해야겠다. 다 보는 데서 소란 피우지 말자. 가자니까."

내가 네 손을 밀쳐내자 묵직했던 손길이 나를 놓아주었다. "사무실에나 가." 속에서 터져 나오는 분노에 나는 말했다. "아니면 그 여자애한테나 가든지." 네 안색이 변했다—알아들은 것일 테다. 나는 재빨리 몸을 돌려 너를 그곳에 홀로 선 채로 남겨두었다.

이윽고 나는 공중전화 부스 중 빈 곳이 눈에 띄는 대로 들어가 유일하게 외우고 있던 전화번호를 눌렀다. 신호음이 몇 번 울리며 느릿하고도 처연한 삐 소리가 났다.

"루드비크, 우리 강아지." 할머니의 쉰 목소리에 담긴 다정함에 마음속까지 찌르르해졌다. 그 목소리에는 또 외로움은 물론이거니와 탈진감마저 배어 있었는데, 이제 더는 말하는 게 익숙지 않아졌거니와 내뱉을 단어마저 거의 소진해버린 목소리 특유의 것이었다. "잘 지내니, 우리 아가?" 할머니가 물었다. 부스 주변으로는 인파가 잰걸음으로 스쳐 지나는데도 나는 옛날 우리 집 빌라에 깔린 적막이 느껴졌다. 나는 수화기에 대고 끄덕거렸다.

"그럼요, 할머니. 저야 잘 지내죠. 그냥 할머니 목소리 듣고 싶어서요." 나는 깊이 숨을 들이쉬었다. "할머니 목소리 들으니까 너무 좋다. 건강은 좀 어떠세요?"

"나야 건강하다." 할머니가 진지하게 말했다. "이 할미 걱정은 하지도 말고. 하느님의 가호가 우리 손자와 함께하기를 이 할미가 기도한다. 조만간 집에도 들르고, 응?"

익숙한 죄책감이 속에서 요동치더니, 세상만사가 다 태평하다시피 보이기만 했던, 이제는 떠나가버린 그 어린 시절의 일편을 향한 그리움까지 샘솟았다. "네, 할머니. 그럴게요."

나는 수화기를 내려놓고 나 자신의 무력함에 심란하여 계속 걸어갔다. 온몸에 분노를 품고 걸어가자니 예의 수치심이 배 속 저 깊은 구석에서 용틀임하며 묵직하고 단단하고도 예리하게 다시금 깨어났다. 나는 시선을 보도에, 콘크리트 길바닥의 금 간 곳에만 둔 채 아파트 쪽으로 걸어갔다.

그러다 식료품점 옆으로 어마어마하게 늘어선 배급 줄을 맞닥뜨렸고, 왜인지는 몰라도 가던 걸음을 우뚝 멈추게 되었다. 어떤 격정이, 엄연한 힘의 전환이 길거리를 훑고 있었다. 마치 천둥이라도 칠 것처럼. 순간 배급 줄에 서 있는 사람들을 비롯한 모두가 위를 올려다보았다. 하늘에서 웬 구름이 떨어지는데, 햇살을 받아 희고도 눈부신 종이들이 날개만큼이나 가볍고도 아름답게, 시간만큼이나 난분분하게 시월의 대기 속에서 흩날리고 있었다. 꿈결 같은 광경이었다. 모든 이가 가만히 서서, 그물장바구니를 든 부인들도 쌍쌍의 남녀들도 아이들도 양손을 내뻗고 위쪽과 주변을 두리번거리며 이 종이 비를 흠뻑 맞았다. 종이 한 장이 바로 내 발치에 내려앉았다. 종이에는 붉은 손이 그려져 있었는데 피를 뚝뚝 흘리면서 밀짚을 움켜잡고 있는 모양새였다. **"우리 토지, 우리 식량. 소련 군대 추방하고 우리 권리 쟁취하자!"**라는 문구가 검은 글자로 쓰여 있었다. **"형제자매들이여, 오늘 밤 봉기하자."**

그 문구들은 머릿속에서 음성이 발화되듯이 가슴속에서 울려 퍼졌다. 군중 사이에 퍼진 경이는 그 문구들을 읽자마자 불안으로 변모했다. 어떤 어린애가 수그려서 종이를 몇 장 집어 들자 그 엄마가 아이의 손에서 종이들을 홱 잡아채더니 애를 찰싹 때리고는 황급히 끌고 갔다. 몇몇은 서둘러 발걸음을 옮겼고, 나머지는 위쪽으로 솟은 건물의 창문들을 올려다보았다. 나 역시 멈춰 서서 이 광경을 바라보는 동안 오감은 팽팽 도는 듯했어도 뇌리는 기이하리만치 침착했다. 벌써 경찰 사이렌이 왱왱대고 있었고 군중이 주변 건물들로 달려가면서 너나 할 것 없이 뒤가 구린 여우들처럼 황급히 떠나는 통에 배급 줄도 흩어졌다. 그러는 소란통의 와중에 나는 귓속에서 쿵쿵대는 심장 박동을 들으며 몸을 수그려서 전단을 집어 들어 한 움큼씩 무더기로 가방에 욱여넣었다. 사이렌 소리가 점점 가까워지기에 마침 다가오던 전차에 펄쩍 올라타고 나니 심장이 거의 가슴에서 튀어나올 지경이었다.

내가 허겁지겁 귀가했을 때 **파니** 콜레츠카는 주방에 있었다. 부인은 실내복 차림으로 금방이라도 부러질 듯한 작은 나무처럼 조리대에 기댄 채 발작적으로 터져 나오는 기침에 어쩔 줄 몰라 하고 있었다. 나는 부인의 무게를 지탱하면서 부축하여 다

167

시 잠자리로 데려다주었다.

"좀 어떠세요?" 내가 물었다.

부인은 물기 어린 작은 눈으로 나를 바라보았다. "이제 조금 나아졌는가 모르겠구나."

나는 부인을 부축해서 눕혔다. 이불보 위에 핏자국이 있던 자리에는 광범위의 물 얼룩이 져 있었다. 나는 보지 못한 체했다.

방에 들어온 나는 라디오를 꺼내어 켰다. 부인의 기침 소리를 덮기 위해서. 내 사념을 덮기 위해서. 전단을 가져오다니 멍청한 짓이었으며 이런 걸 소지했다는 자체만으로도 철창신세를 지게 될 수 있었다고 떠드는 머릿속의 목소리들을 묻어버리고 싶었다. 음악일랑 귀에 들어오지도 않았다. 그저 침대 끄트머리에 앉아 양손에 머리를 파묻고 눈을 감고 있을 따름이었다.

나는 콘크리트 색 하늘 아래 무자비한 역풍을 뚫고 느리게 움직여 나아가는 장례 행렬의 출발점인 성당에서 할머니와 둘이서 조의를 표하러 온 온갖 사람들에게 감사 인사를 했던 일을 떠올렸다. 우리의 얼어버린 뺨을 비비던 위로하는 얼굴들. 아버지는 얼굴을 비추지 않았다는 안도감. 아버지가 얼굴도 비추지 않았다는 분노감. 후회스럽고도 속절없는 장례 행렬이 성당에서 출발하여 내 어린 시절의 길거리와 다 같이 어울려 놀던 보도를 따라 우리 집과 술주정뱅이들로 가득한 공원을 지났다. 공동묘지로 옮겨져 구덩이로 내려가던 관. 흙바닥에 부딪히던 목재. 우리의 지난 생활에 조종을 울리듯 뿌려지던 한 움큼 또 한 움큼. 그렇게 집안의 대가 한 세대를 건너뛴 채 할머니와 나만이 남았다. 집은 텅 빈 느낌이었다. 라디오 옆에서 숨죽이던 밤들도 안녕이었다. 뉴스는 더는 중요치 않았다. 우리는 더는 바깥 세상에는 관심도 없었다. 우리는 안으로만 굽었다. 할머니는 매일 성당에 다니기 시작하면서 새벽 다섯 시에 일어나 첫 미사에 갔다. 할머니는 당신을 온전히 하느님에게 내맡김으로써, 때 이른 봉헌(奉獻)이라도 하듯 스스로를 하늘에 넘겨버렸다. 한편 나는, 책 속으로만 기어들어갔다. 어머니의 방에 있는 라디오는 언제까지고 덮개로 덮인 채였다. 두 번 다시 거기서 음악이라도 나오는 일은 없었다. 그로부터 몇 년이 지나도록.

파니 콜레츠카의 날카롭고도 가시 돋친 기침 소리가 들려왔다. 그러자 나는 라디오 쪽으로 몸을 돌려 음량을 낮추고는 계기반을 101.2로, 몇 년이 지났어도 여전히 뇌리에 아로새겨져 있던 그 주파수로 옮겼다. 그러고는 침대에 엎드려 귀를 스피커에 갖다 댄 채 숨을 참았다. 처음에는 음악밖에 나오지 않았는데도 벌써부터 마음이 진정되었다. 그 음악의 방송국 위치만으로도 정화되는 듯한 느낌이었다. 그러던 중 오래지 않아 들려오는 예의 익숙한 목소리—깊고도 편안하며 또렷한 그 목소리. 몇 년간 뉴스를 낭독해주던 사람이 여럿 있었는데, 이 목소리의 주인도 그중 하나였다. 그 남자가 아직도 있었다. 이 목소리에 나는 처음으로 우리 셋이서 다 같이 어머니 방에 있는 라디오 주위에 둘러앉았던 그때로 돌아갔다. 끼어들어 가릴 수 없었던, 다 끝날 때까지 경청해야만 했던 목소리에. "**자유 유럽 방송, 4시 뉴스입니다. 1980년 10월 10일 금요일 소식입니다.**"

그 사람은 동맹 파업이 나라 전역을 휩쓸면서 공장, 광산, 조선소를 비롯하여 알려진 수십 곳에서만 해도 생산이 중단되었다고 말해주었다. 노동자들이 연장을 내려놓고 육류 가격 인상을 철회할 것은 물론 노동 조건을 개선할 것과 언론의 자유라는 권리를 보장할 것과 독립 노조를 구성할 수 있도록 할 것을 요구하고 있었다. 현재까지는 당국과 유혈 사태가 일어나지는 않았다. 동맹 파업은 아직 수도까지는 영향을 미치지 않은 상태였다. 그러나 내부 소식통에 따르면 십중팔구 그날 오후에는 수도도 영향권에 들어갈 것이라는 암시가 있었다. **"당국과 유혈 사태가 벌어질 것을 대비하여 주민들께서는 가급적 실내에 머물러주실 것을 당부드립니다."**

나는 어머니를, 그 부질없는 삶과 소극성을 떠올렸다. 어머니가 수년에 걸쳐 라디오를 들으며 내게 진실을 설파한 일도, 한데 정작 그 모든 것은 무엇을 위해서였나? 어머니는 끝까지 전기국의 고분고분한 직원으로서 죽었고 자기 생각 중 무엇도 단 한 번이라도 감히 소리 내어 말해보지도 실천에 옮겨보지도 못했다.

"네 엄마는 외로워서 죽은 거다." 할머니는 언제나 이렇게 되뇌며 아버지가 떠난 뒤로 어머니가 재혼하질 않아서 그렇게 된 거라고 주장하곤 했다. 하지만 어머니는 체념하다 죽은 거라고 나는 생각한다. 스스로도 납득하지 못했던 일들만 하던 사이에 이미 수년 전부터 속으로는 죽어 있었을 테고 그러다가 종국에는 몸마저 백기를 들게 된 것이리라.

나는 라디오를 끄고 일어나서 가방을 집어 들었다. **파니 콜레츠카**에게는 산책하러 나갔다 오겠다고 말했다.

부인은 힘없이 끄덕이고는 속삭였다. "몸조심하고."

바깥의 공기는 정의로 그득했다. 바람이 가로수들을 흔들어 마른 잎사귀들이 바스락거리다 떨어졌다. 나는 시위가 어디에서 벌어질지 생각해보았다. 노동자가 관련된 시위는 언제나—폭력적으로든 비폭력적으로든—국립박물관 옆쪽 당 본부 앞에 있는 작은 광장에서 종식되기 마련이었다.

그리로 가는 전차에 올라타니 심장이 너무도 뚜렷하고도 너무도 분명하게 느껴져서 심장이 엔진이 되어 전차를 밀고 나가는 것 같다는 느낌마저 들었다. 조기 퇴근하는 사람들이 일터에서 귀가하던 중이라 길거리는 인파로 가득했다. 전차가 박물관 근처의 건널목에 다다르기도 전에 별안간 멈춰 서는 바람에 차내가 돌연 난폭하게 덜컹거렸다. 다들 어떻게든 두 발을 디디고 있으려고 아우성을 쳤다. 나도 넘어지지 않으려고 힘껏 매달렸다. 한편 어느 자그마한 소녀와 아저씨는 바닥에 나동그라지더니 양팔을 쭉 뻗은 채 넘어져버렸다. 아저씨의 지팡이마저 객실의 저쪽 끝으로 굴러가버렸다. 아저씨가 일어서도록 부축해드리려니까 그가 입은 재킷의 거칠거칠한 트위드 천 너머로 뼈가 다 느껴졌고 그 몸도 해골처럼 가벼웠다. 아저씨는 헐떡거리면서도 내게 감사 인사를 했다. 그러고 나서야 우리가 시선을 들자 전차 운전기사용 칸막이가 비어 있고 운전기사는 차량 바깥에서 경찰관과 말하고 있는 게 보였다. 길 한복판에는 견고한 철책으로 된 방어벽이 쳐져 있어 통행을 막고 있었다.

"다 내리세요!" 운전기사가 전차로 돌아오며 외쳤다. "여기서 더 안 갑니다."

승객들은 혼란스러운 얼굴로 서로를 바라보았다.

"왜요?" 아까 나동그라진 여자아이가 훌쩍이기 시작했다.

"그렇게 다 알려고 들면 못써." 아이의 어머니가 말했다. "가자."

우리는 전차에서 내렸다. 방어벽 반대편의 길거리는 텅 비어 있어 콘크리트의 허허벌판이 펼쳐진 가운데 차량은 한 대도 없었고, 그저 운집된 사람들만이 경찰의 인도로 보도를 따라가고 있었다. "계속 걸으시오. 계속 걸으시오!" 경찰들은 소리쳤다. "빨리! 다들 귀가하시오. 당장!"

사람들은 잠자코 순종하며 천천히 움직였고, 여기저기서 속삭임만이 들려올 뿐이었다. 우리에게 보이는 것이라고는 앞쪽의 길거리도 텅 비고, 당 건물 앞의 광장에도 인적이 없는 가운데 당사(黨舍)만이 위편에서 불길하게 어릿어릿하는 광경뿐이었다.

나는 인파에 휩쓸려 이 현장에서 멀어지는 것을 느끼며 어떻게든 사건이 벌어질 이곳에 붙어 있을 방도를 찾아야 함을 직감했다. 바로 이때 한 여성이 근처 건물에서 나간 직후에 미처 닫히지 못한 문을 발견했다. 나는 달려가서 문이 닫혀버리기 전에 붙들었다. 이윽고 안쪽으로 슬쩍 들어가 등 뒤로 문을 닫았다.

계단은 고요했다. 계단으로부터 문들이 이어져 있었는데 작은 간판들이 나붙어 어느 문이 어느 사무실인지를 알려주었다. 나는 계단을 조심스레, 천천히, 걸음걸음 의식하면서 올라갔다.

일 층에서 내려다보자 길거리와 군중이 보였다. 나는 더 높이 올라갔다. 이 층에는 사무실 문 하나가 반쯤 열려 있었다. 사무실 안쪽을 엿보자 창가에서 사람 형체 둘이 길거리를 내려다보고 있었다. "지금 나가지 마세요, **파니** 발레슈카." 남자 쪽이 단호하면서도 상냥한 목소리로 말했다. "시위대가 당장이라도 닥칠 수가 있어요. 다 지나갈 때까지는 여기 있는 게 나아요."

나는 그들을 재빠르게 슬쩍 지나쳐 삼 층이자 맨 꼭대기 층으로 올라갔다. 그곳에서는 사위가 조용했다. 덩그러니 버려진 텅 빈 전차와 보도에 늘어선 군중에다 그들을 소 떼처럼 몰아대는 경찰들이 보였다. 그쪽을 제외하면 길거리는 널따랗고 텅 빈 광활한 공간으로서 당 본부까지 쭉 이어져 있었다. 헬멧을 쓴 전경들이 방어벽에 정렬해 있었다. 나무 위의 오두막에 들어간 꼬마처럼 쭈그리고 앉아 양손을 차가운 창턱에 올리자 손가락에서 맥박이 뛰었다. 태양이 지기 시작하고 있었다.

그때 무언가가 다가왔다. 멀찍이서 술렁거리는 소리가 벌집이 붕붕대듯이 들려오더니 지평선에 어떤 무리가 나타났다. 처음에는 잘 보이지 않았으나, 무리가 가까이 올수록 노동자의 군집임이 보였다. 그들은 육중한 부츠와 어두운 작업복 차림에 머리 위로 현수막을 들고 행진하고 있었다. 구호도 외치고 있었다. 그렇게 그들이 광장 한복판에 나타나자마자 온 길거리에 격정이 휘몰아치며, 몇 시간 동안 물을 그득 안고 머리 위를 맴돌던 먹구름에서 드디어 빗방울이 떨어지듯 모든 것이 바뀌었다. 보도에 있는 사람들은 시위대를 구경한다고 걸음을 멈추는 모양새였고, 그러자 경찰관들은 더 시끄럽게 소리치며 다들 계속 걸어 가라고 난리를 쳤다. 그와 동시에 헬멧과 방독면을 쓴 전경 대 형에서 일개 분대가 시위대 쪽으로 전진해나갔다. 구경꾼들 사 이에서 비명이 터졌다—전경이 곤봉으로 누군가를 구타한 것 이다. 왜인지는 몰라도 나는 이 순간이 바로 적기임을 직감했다. 나는 일어났다. 심장이 증기 기관차처럼 내달리고 있었다. 가방 을 열고 창문을 열어젖히자 얼굴을 스치는 찬기와 귓가에 차오 르는 길거리의 증폭된 술렁임이 느껴졌다. 다음 순간 나는 길바 닥에 대고 가방을 거꾸로 뒤집었다. 전단들이 흩어지는 비둘기 떼처럼 바람결에 팔락거리더니 위로, 저리로 활공해 나아갔다. 그날 일찍이 내가 목격한 구름과 같은, 이 구름을 낳은 그 구름 과 같은 것이 만들어졌고, 이번에도 역시 시간을 멈추어냈다. 길 거리에 있는 얼굴들이 남녀노소를 불문하고 경찰마저도 올려 다보며 꽃종이가 방대하게 흩뿌려지듯이 이렇게 종이 비가 내 리는 광경에 어리둥절하고도 놀란 표정들을 짓는 모습이 보였 다. 얼핏 삼 층 아래의 정문을 쿵쿵 두드리는 소리가 들렸나 싶 었다. 심장이 주먹처럼 두방망이질했다. 나는 주변을 둘러보았 다. 문이 두 개 있었다. 두 문 모두 열어보았다. 다 잠겨 있었다. 나는 다급히 문을 두드려댔다. 아무 기척도 없었다. 정문을 쿵쿵 두드리는 소리가 이제는 정말로 들려오더니 점점 거세지고 커 져만 갔다. 나는 아래층 층계참으로 달려 내려갔다. 한쪽 문을 열어봤지만 헛수고였다. 목재가 으스러지는 소리가 나면서 쾅 소리가 건물을 뒤흔들었다. 끝내 부수고 들어온 것이다. 아드레

날린이 솟구치며 온몸에 휘돌았다. 몸에 무게감이 느껴지지 않았다. 속이 다 타들어갔다. 나는 시꺼메진 속으로 처절하게 문손잡이를 덜거덕대었다.

"경찰이오!" 아직 아무도 보이지는 않았지만 아래층에서 화난 음성들이 고함을 질러댔다.

"쉬잇!"

나는 돌아보았다. 뒤쪽에 열린 문으로 어떤 남자가 나를 뚫어지게 쳐다보며 재어보고 있었다. 그러더니 나더러 들어오라고 손짓했다.

계단을 짓밟는 묵직한 발소리. "경찰이오!"

나는 남자 쪽으로 뛰어들어 갔고 문이 등 뒤로 닫혔다.

문 바로 바깥에서 전경 군화가 묵직하게 짓뭉개지는 소리에, 고함과 함께 건물 꼭대기까지 달려 올라가서는 위층 문들을 쾅쾅 두드리는 소리가 났다. 그치들이 나를 발견하지는 못했겠지 싶었다. 내게 문을 열어준 남자는 지적이면서도 피곤한 얼굴을 하고 있었는데 그 희끗희끗한 머리칼 때문에 짐작하건대 원래 나이보다도 겉늙어 보였다. 우리는 재빠르게 시선을 주고받았다. 사무실에는 여자도 있었는데 남자보다는 어림직한 것이 내 나이와 그다지 차이가 나지 않을 성싶었고, 훌쩍하고 장대한 몸집에 상냥한 얼굴을 하고 있었다. 그런 우리에게 전경이 계단을 다시 내려오면서 이 사무실이 있는 층의 문을 쾅쾅 두드리는 소리가 들려왔다. 우리가 있는 사무실의 문을. 남자와 여자는 서로를 바라보았고 이내 남자가 복도가 나 있는 쪽으로 고갯짓했다.

"어서, **파니 발레슈카**, 주방으로."

여자가 내 팔을 잡아끌었고 그렇게 우리 둘은 서둘러 좁은 복도를 통해 길거리가 내다보이는 자그마한 주방으로 들어섰다. 바깥 상황이 어떻게 되어가고 있나 내다볼 겨를도 없이 문에서 또 쾅쾅대는 소리가 들려왔다. 이윽고 문이 열리는 소리마저.

"인민 동무." 저쪽 방에서 우렁우렁한 목소리가 들려왔다. "피의자가 이 건물에 숨어 있소. 혹 보지 못했소? 옅은 색의 머리칼에 갈색 배낭을 소지한 청년을?"

"여기는 저랑 제 비서 동무 말고는 아무도 없습니다." 남자가 차분하게 말했다.

"그러면 사무실을 수색해도 상관없으시겠군."

전경들의 군화가 문지방을 넘었다.

여자와 나는 비좁은 주방에서 서로를 쳐다보았다. 부엌문 바로 뒤편에는 매우 좁은 또 다른 문이 있었는데 벽과 똑같은 색으로 칠해져 있었다. **파니** 발레슈카는 그 문을 재빨리 열더니 안쪽에 있던 빗자루 몇 대를 꺼낸 다음 나를 거기로 밀어 넣었다. 나는 모로 껴서 들어갔고 그녀는 문을 닫았다. 그런 뒤 그녀가 문에다 빗자루들을 홱 떠밀어두는 소리와 사무실 저편에서 뭔가 달려오는 소리에 이어 그녀의 구두 굽이 복도의 나무 바닥에 또각대는 소리가 들려왔다.

"저쪽의 다른 방에는 아무도 없소이까, 인민 동무?"

"아무도 없습니다, 경찰관 동지." 이렇게 말하는 그녀의 목소리에서는 아무런 긴장감도 드러나지 않았다.

주방 문이 홱 열어젖혀지면서 내가 숨어 있는 공간으로 통하는 문이 덜덜 떨렸다. 나는 실금으로 그들을 미세하게나마 단편적으로 볼 수 있을 따름이었다. 심장이 이러다 터지는 게 아닌가 싶었다. 전경은 둘이었다. 제복 차림의 상기되고 화난 남자들이 바로 코앞에. 나는 다시는 너를 보지 못할 터였다. 공황이 나를 부여잡고 심연으로 끌어내렸다. 전경들은 신속히 움직이면서 주방을 둘러보더니 창문을 통해 길거리를 내다보았다.

"넨장맞을." 한 전경이 웅얼거리며 주방 조리대를 주먹으로 쾅 내리찍었다.

"이상 무!" 다른 전경이 복도에 대고 고함을 질렀다.

문을 긁는 소리가 났다.

"이제 나와도 돼요." 여자의 목소리가 말했다. 전경들이 온 건물을 쿵쾅대며 뛰어다니고 문을 쾅쾅 두드리고 가정집과 사무실을 수색하고 다시 이 사무실로 돌아와서 남자와 여자를 심문하고 그들의 신상을 받아 적는 소리가 나는 와중에 바깥에서는 소동이 한창이라 군중 사이에서 비명이 터져나오고 그러다 점차 이런저런 소리가 멎어가더니 왱왱대는 사이렌 소리만 남을 때까지 귀를 기울이면서 그곳에 얼마를 있었던지 모르겠다. 마침내 자동차들이 빵빵대고 전차가 웅웅대는 소리가 들려오더니 방금과 같이 문을 긁는 소리가 난 것이다.

내가 갇힌 감방으로 통하는 문이 열렸다. 남자와 여자가 둘 다 거기 서 있었는데 그들 머리 위로는 전구 하나가 매달려 있었고 뒤편의 길거리에는 밤이 깔린 채였다. 낑낑대며 은신처에서 몸을 빼내어 먼지를 떠는 사이 나를 쳐다보는 그들의 시선이 느껴졌다. 그들은 코트를 입고 있었고, 하나같이 지쳤으면서도 궁금해하는 기색이었다.

"정말 용감하셨어요." **파니** 발레슈카가 말했다.

"멍청하셨기도 했고." 이렇게 말하는 남자의 회색 눈에는 웃음기가 담겼다.

"그러니까요." 나는 멋쩍어져서 말했다. "감사합니다. 절 구해주셨어요."

파니 발레슈카는 물을 한 잔 따르더니 내게 건넸다.

"그러게요, 상당히 아슬아슬한 상황이었지." 남자가 나를 지그시 쳐다보며 말했다. "또 퍽 흥미로운 광경이기도 했고 말이죠, 그 전단 날리기는. 이 도시의 전경 병력이 저 길거리에 총동원된 상황에서 거기다가 선전물을 던질 생각을 하다니. 우리가 아니었으면 오늘 밤은 구치소에서 보냈을 겁니다." 그는 빙긋 웃고는 한 손을 내밀었다. "타데우시 로갈스키, 변호사입니다." 그가 말했다. 그의 손은 큼지막하고 부드러웠으며 손가락은 작은 바늘꽂이들 같았다.

"루드비크입니다."

"그리고 이쪽은 **파니** 발레슈카, 제 비서고요." 우리는 악수했다.

"마우고시아라고 불러주세요." 그녀가 말했다.

"그래서 어떻게 된 거예요?" 내가 물었다.

그들은 서로를 바라보았다. "전경이 시위대를 해산시켰어요."
마우고시아가 망설이듯, 거의 입에 올리기도 싫다는 듯 말했다.
"부상자도 몇 명 나왔고요."

"사망자도 나왔나요?"

"우리로서는 모르지요." 남자가 바닥을 쳐다보며 말했다. "구
급차가 와서 사람들을 실어 갔거든요."

"제가 지금 밖으로 나가도 안전할까요?"

"아직까지는 수색 중일지도 몰라요." 그가 말했다. "아닐지도
모르지만. 그래도 굳이 모험을 할 필요는 없겠죠. 다 같이 뒷문
으로 나갈 겁니다. 가시죠."

우리는 매우 조용히 어둑한 계단을 내려갔다. 지상층에 다다
르기도 전에 스쳐 달려가는 자동차 소리가 들려왔다—건물 정
문이 경첩에서 떨어져 나온 채 벽면에 괴어져 있었던 것이다.
우리는 정문의 반대쪽으로 통하는 길고 껌껌한 복도로 살며시
진입했고 **판** 타데우시가 재빨리 잠긴 후문을 열었다. 우리는 가
로등 하나 없는 안마당으로 기어 나왔다. 우리 쪽으로 뚫린 창
문 두엇에는 불이 밝혀져 있었는데, 꽁꽁 쳐둔 커튼 너머로 비
치는 등불이 어쩐지 베일이 막 벗겨지려고 하는 비밀만큼이나
불길했다. 우리는 하얀 트라반트[47]를 향해 걸음을 서둘렀고, 둘
은 나더러 뒷좌석에 엎드려 있도록 했다. 자동차가 출발하며 엔
진이 덜덜거렸고, 내 뺨에 닿는 가죽 좌석은 서늘했다. 운전해

---

47 1957년부터 1990년까지 동독에서 제조되던 자동차.

서 안마당을 빠져나온 우리는 도시의 동맥으로 흘러 들어가 무혐의의 바이러스처럼 그 몸속에 침투했다. 좌석 아래쪽에서 나는 스쳐 지나는 주택들과 기념비들을 바라보았는데, 그렇게 아래에서 올려다보자니 눈에 익은 광경임에도 새롭게 보였다. 멀찍이서 경찰 사이렌이 왱왱거리던 사이에 트라반트는 **블로코비스코**의 초입에 정차했다.

"좋은 밤 보내요, 루드비크." 남자가 나를 돌아보며 말했다. "몸조심하시고. 운을 너무 시험하지도 마시고."

5

오늘 아침에도 여느 아침과 마찬가지로 나는 지하철을 타고 맨해튼으로 건너갔다. 책상에 앉아 일을 하려고 했지만 내 마음은 고향에 가 있었다. 느낌이 좋지 않았다. 왠지 모를 직감이랄까. 12시 정각이 되자마자 나는 사무실을 나와서 두어 블록을 걸어가 3번가와 이스트 43번가가 만나는 모퉁이에 있는 공중전화 부스로 향했다. 언제가 됐든 그쪽 모퉁이에는 아무도 없는데, 오늘 역시 아무도 없었다. 나는 야레크에게 전화를 걸었다. 그는 해결사이자 마당발로서 폴란드 이민자 동네에 있는 모든 이의 모든 것을 아는 사람이다. 저쪽 아래 퀸스에 있는 공장에서 야간 교대 근무를 하니까 지금쯤은 집에 있을 터였다.

"들었어?" 그는 거의 수화기를 집어 들자마자 흡연자 특유의 목소리로 말을 쏟아냈다. "조모[1]가 카토비체[2]에서 광산 인부 아

---

[1] ZOMO. 사회주의 폴란드의 준군사 조직. 폴란드에 계엄령이 선포된 1981~1983년에 민주화 시위대를 잔혹하게 진압한 것으로 악명이 높아, 조직이 해체된 오늘날까지도 군경의 만행을 일컫는 대명사로 사용된다.

홉을 죽였대. 계엄령 반대 시위를 했다고. 이게 말이 돼? 먼저는 우리나라에 우리나라 사람들을 가둬두더니 그다음엔 감옥에 처넣고 이제는 길거리에서 쏴 죽이고 있잖아. 개새끼들. 이번에야 말로 죗값을 치르게 될 거야."

등골에 오한이 서리더니 입술마저 덜덜 떨렸다. "확실한 정보야?"

그는 총알처럼 말을 퍼부어댔다. "존나 확실하지, 그럼. 완전 심각하다니까."

나는 그 인부들을 생각했고, 그러자 그들이 일 년 전 내가 전단을 뿌렸던 그 창문에서 봤던 바로 그 사람들이었을 수도 있겠다는 생각이 뇌리를 스쳤다. 아니면 바로 나였을 수도 있었다는 생각이. 그러나 그때의 나는 그들에 비하면 겁쟁이였다. 나는 창턱 아래에, 주방 벽장에 숨어 있었지 길거리에 나와 내 권리에 귀 기울여달라고 요구하지 않았다. 이제는 바다까지 건너와 새 양복이나 빼입고 있었다. 나는 이 사태 전반에서 네 역할은 무엇이었을지, 네가 자기 자신과 어떤 합의를 보았을지 궁금해졌다. 아무리 군자연하는 사람일지라도 우리는 누구나 자기 자신과 합의를 보게 마련이니까. 그리고 그 합의는 티 하나 없는 경우가 드물다. 우리가 아무리 열심히 노력한대도.

"그워바츠키? 아직 거기 있는 거지?" 야레크의 목소리가 나를 돌려놓았다. "괜찮아? 카토비체에 식구라도 있는 거야?"

---

2   폴란드 남부의 도시.

"아냐." 나는 말했다. "난 괜찮아." 그에게 감사 인사를 하자 왠지 섬뜩하게 느껴졌고, 이윽고 전화를 끊었다. 그리고 그 주에만 몇 번째였는지도 모르겠지만 나는 또 할머니네 전화번호를 눌렀다.

수화음은 "삐삐삐삐삐" 하고 나를 책망하듯 무자비하게 반복되었다.

나는 다시 일터로 걸어가며 슬픔이 지나가기를 기다렸다.

*

전단을 뿌린 날 밤에 나는 마치 물속을 떠다니듯이 꿈도 꾸지 않고 깊은 잠을 잤다. 계류(繫留)용 밧줄에서 풀려난 나는 드디어 항구는 떠났지만 제 몸을 통 가누질 못하고 그저 바람에 떠밀리기만 하는 배와 같았다. 잠에서 깨자 내가 누구인지도 여기가 어디인지도 도통 감이 잡히지 않았다. 마치 심해에서의 긴 여행을 마치고 갓 돌아온 듯한 기분이었다. 나는 옷을 그대로 입은 채 침대에 누워 있었고, 내 가방은 옆쪽 바닥에 놓여 있었다. 바깥으로는 구름 한 점 없는 중천에 태양이 떠 있었다.

파니 콜레츠카가 기침하는 소리가 들려왔다. 걱정되는 마음에 잠기운이 확 가신 나는 부인의 상태를 보고자 자리에서 일어났다. 부인에게도 이불보 위에도 혈흔은 없었다. 나는 주방으로 가서 부인에게 차를 끓여주면서, 뭘 만들어서 부인에게 먹여야 할까 고민하다가 그래도 진료소에 한 번 더 가봐야 할지 고민했다.

내가 지금 길거리에 나서는 게 안전하긴 한 걸지도 고민했다. 경찰이 어떻게든 나를 찾아 쳐들어오지는 않을지, 그냥 다 나의 피해망상이었을지. 그러면서 **파니** 콜레츠카에게 차를 가져다주던 그때 초인종이 울렸다. 초인종이 새되게 울려 퍼지는 게 비명 같았다.

파니 콜레츠카가 나를 쳐다보았다. 매주 금요일에 **파니** 콜레츠카와 뜨개질을 하러 오는 이웃 말고는 아무도 우리 집에 찾아온 적이 없었다. 그러나 그날은 금요일이 아니었다.

"**판** 루드비크³, 손님이 오시기로 했니?"

나는 고개를 흔들며 바깥의 동정에 귀를 기울였다.

초인종은 한층 다급하게 다시금 울렸다.

"누군지 좀 봐주지 않으련?" 그녀가 물었다.

복도를 내려가 현관문으로 향하는 동안 무릎이 다 후들거렸다. 나는 눈을 꼭 감았다. 심장이 거세게 뛰면서 전날 밤에 아슬아슬하게 체포를 모면했던 상황이, 비좁은 벽장과 바로 코앞에 서 있었던 전경들이 떠올랐다. 나는 겨우겨우 눈을 뜨고 외시경을 들여다보았다. 구형의 유리 속 네 얼굴은 달처럼 커다랗고 둥그런데, 네 몸은 아래쪽으로 조막만 하게 붙어 있어 무슨 꽃에 달린 줄기 같았다. 안도감이 몰려오는 게 느껴졌다. 나는 현관문을 열었다. 우리는 아무 말 없이 한참 동안 서로를 쳐다보았다.

---

3 폴란드어에서 '판(pan)'이라는 경칭은 성 대신 이름과 함께 쓰일 경우 친근감을 나타내기도 한다.

"나 뭐 가져왔는데." 너는 손에 들고 있던 그물 장바구니를 가리켰다. 나는 네게 들어오라고 손짓했다. 너는 복도에서 신발을 벗었다. 너를 거기 들이니까 어찌나 이상하던지, 네가 오니까 그 공간이 어찌나 작아 보이던지 새삼스러웠다. 나는 너를 **파니** 콜레츠카에게 소개했다. 그녀의 얼굴이 몇 주간 보지 못했던 밝은 표정으로 활짝 피었다.

"그러니까 이번 여름에 루드비크랑 여행을 다녀온 그 좋은 친구 분이 이분이셨구나?"

너는 완벽한 사윗감처럼 고개를 끄덕였다.

"차 좀 드시겠어요?" 네가 좋아 어쩔 줄 몰라 하며 쳐다보면서 이렇게 묻자마자 부인은 발작적인 기침에 사로잡혀버렸다.

"아뇨, 괜찮습니다." 너는 부인이 기침을 멈추기를 기다려주고는 말했다. "제가 오래 있으면 실례죠. 루드비크가 부인께서 근래 편찮으시다고 말해줬어요. 그래서 제가 어찌어찌해서 진료 예약을 잡아 왔거든요. 내일 열 시예요." 너는 부인에게 진료권을 내밀었다.

부인은 눈을 가늘게 뜨고 진료권을 보면서 안경에 손을 뻗었다. "그렇지만 **판** 야누시, 이건 **민간** 의사 진료권인데." 그녀는 염려스러운 표정으로 우물거렸다. "아무래도 제 형편엔 도저히—"

"진료비는 받지 않으실 거예요." 네가 말했다. "걱정 마세요."

부인은 잠시 네 말을 매우 심각하게 곱씹어보았다. "**판** 야누시, 이런 걸 제가 어떻게 받겠어요?"

"별것도 아닌걸요. 제가 신세 진 걸 갚는 것뿐이라서요." 너는

185

나를 잠깐 흘깃 쳐다보았다.

파니 콜레츠카의 얼굴에 어쩔 수 없이 미소가 번졌다. "대체 어떻게 감사를 드려야 할지. 부디 점심이라도 드시고 가세요."

"말씀은 감사하지만 제가 금방 가야 해서요. 또 부인께서도 좀 쉬셔야죠. 다음에요. 부인께서 좀 좋아지시고 나면요." 너는 일어나서 부인과 악수한 다음 나와 함께 복도로 나왔다.

나는 고맙다고 하고 싶었지만 도저히 말이 나오질 않았다.

"네 걱정 많이 했어." 네가 말했다. "어제 너무 속상해 보이길래. 간밤에 수영장에서 너 기다렸어. 거기다 그동안 시위도 격해지고 그래서…… 너도 소식 들었지?"

"난 괜찮아." 나는 이렇게 말하며 용케 표정을 흔들림 없이 유지하고는 네 얼굴이 풀어지는 것을 지켜보았다.

너는 그물 장바구니에서 웬 꾸러미를 꺼내더니 내게 건넸다. 큼지막하고 묵직했다. "닭이야." 네가 말했다. "백숙이라도 끓여드리라고."

너는 꿇어앉아 신발을 다시 신었다.

"이걸 다 어떻게 구해 온 거야?"

너는 바로 서서 내 얼굴 바로 앞에다 얼굴을 갖다 대었다. "말했잖아, 방법이 있다고."

"그러니까 **어떻게**?"

"인맥이랄까. 머지않아 설명해줄게. **파니** 콜레츠카 잘 돌봐드려. 그리고 좀 정리되면 나 보러도 오고." 너는 아무도 보지도 듣지도 못하게 재빨리 내게 키스하고는 슬그머니 현관문을 나갔고, 그런 너의 발소리만이 계단통에서 울려 퍼졌다.

나는 **파니** 콜레츠카를 의사에게 데려갔다. 전단을 뿌린 그날 밤에 입었던 옷가지는 죄다 침대 저 아래에 쑤셔 박아두고는 외출을 위해서 **파니** 콜레츠카가 짜준 초록색 모자를 눌러썼다. 우리가 도착한 진료소는 도시 남쪽에 있는 자그맣고 조용한 업소였다. 둘이서 텅 빈 대기실의 가죽 소파에 앉아 있는 동안 **파니** 콜레츠카는 기가 죽어 말이 없었고, 한편 나는 지면에서 내 몽타주라도 보게 되는 건 아닐지 마음을 졸이며 〈인민신문〉 최신호를 팔락팔락 넘겼다. 그러나 신문에는 시위에 관한 언급도 없었다. 일절 아무것도. 마치 그날 밤의 사건은 일어난 적도 없었다는 듯이.

의사는 **파니** 콜레츠카를 각별히 꼼꼼하게 진찰하더니 책상 뒤편의 유리로 된 보관장에서 프랑스제 항생제를 꺼내어 투약해주었다. 귀갓길에 우리는 줄지은 경찰관들을 지나쳤다. 나는 숨까지 죽였건만 그들은 나를 쳐다보지도 않았다.

그 주에 나는 아파트를 떠나지 않았다. 내 마음속에는 폭풍우가 몰아치고 있었고, 바깥에서는 가을비가 떨어지기 시작했다. 며칠이고 줄기차게 비가 내렸다. 빗방울들이 지붕을 탕탕 두드렸고 길바닥에도 두두둑 내리꽂혔다. 뇌성이 조상들의 진노처럼 울부짖었다. 마치 이 도시가 습격을 받는 것만 같았고, 마치 이 도시와 수많은 시가(市街)가 끝내 무너지기 시작하면서 녹아내려 제 생명을 비스와강으로, 나아가 차가운 심해로 흘려보낼 것만 같았다.

나는 창가에 앉아 바라보았다. 예의 비밀 주파수를 다시 들을 용기가 나지 않았다. 그 주파수를, 그날 밤을, 그 벽장에 낀 채 서 있을 무렵 아가리를 쩍 벌리던 공포의 심연을 떠올릴 때마다 막대한 피로감이 엄습했다. 내 안의 무언가가 닫혀버렸다. 라디오는 계속 잠잠한 채였다.

그 대신 나는 **파니** 콜레츠카를 돌보면서 의사에게 받은 약으로 조금씩 조금씩 호전되는 부인의 용태를 지켜보았다. 그러자 내 영혼을 짓누르던 무게감도 거두어졌다. 부인은 여전히 허약하긴 했지만 발작 기침은 점차 짧아졌고 강도도 덜해졌다. 나는 부인에게 차를 우려주고 곁에 앉아 이야기를 듣곤 했다. 부인은 남편과 올랐던 여행길은 물론 튀니지와 알제리 등지로 부부가 나란히 해외 출장을 떠났던 일을 말해주었다. 당시의 사진도 보여주었는데, 그 메마르고 사막 같은 풍경에는 야자수와 구릿빛 토지와 손으로 지은 야트막하고 네모난 집들이 있었다. 그리고 그 속에서 지금보다 젊은 모습의 부인이 발목까지 오는 길이의 꽃무늬 원피스를 입고 밀짚모자를 쓴 채 카메라를 여봐란듯이 바라보고 있었다. 부인 곁으로는 남편이 훌쩍한 키에 딱 바라진 체격으로 그 각진 얼굴에 흡족한 표정을 띤 채 머리에 커다란 하얀 모자를 쓰고 있었고. 거기서는 모든 것이 다르더라고 부인은 혼자 미소 지으며 말했다. 거기선 사람들이 오른손으로는 밥을 먹고 왼손으로는 뒤를 닦더라고 말해주었다.

"그쪽 아랍 사람들은 정말 우리랑은 다른 거 있지. 그래도 정말 친절들 해." 아랍인들을 찍은 사진들도 있었는데, 홀쩍한 키와 어두운 피부의 남자들이 흰 로브와 샌들 차림으로 수염을 아름답게 기르고 있었다. 부인은 또 둘이서 가져온 암석들을, 현무암과 수정, 화강암과 아롱대는 광물들을 보여주었다. 부인은 그 돌들을 지구상에서 가장 위대한 보배처럼 내 눈앞에 들어 올리면서 사별한 남편 이야기는 물론 남편이 퍽 그리웠다는 이야기를 풀어놓았고, 그러는 부인의 작은 두 눈은 그 소중하디 소중한 암석들만큼이나 빛났다.

"모름지기 가진 것을 꽉 붙들고 있어야 해." 부인은 나에게라기보다는 자기 자신에게 중얼거리면서 힘줄이 불거진 양손으로 찻잔을 꼭 움켜쥐었다. "가장 소중히 여기는 걸 언제 잃어버릴지 모르는 일이니까."

나는 끄덕이며 부인을 끌어당겨 안아주었다. 부인에게서는 집 냄새가, 좀약과 편안한 냄새가 났다. 나는 네 생각이 났다.

드디어 비가 그쳤다. 온 세상이 씻겨내렸는데도 이 도시는 여전히 서 있었다. 그로부터 머지않아 미엘레비치 교수님으로부터 다음 주에 연구실로 찾아와달라는 편지를 받았다. 나는 주방에서 큼지막한 가위를 가져다가 화장실에 들어가 머리칼을 자르기 시작했다. 머리칼이 깃털처럼, 내 손에서 풀려나는 전단이라는 군조(群鳥)처럼 가닥가닥 떠올랐다가 세면대로 바닥으로 사뿐히 내려앉았다. 머리가 가벼워진 느낌이었다. 나는 내 얼굴을 들여다보고 나를 향해 미소 지은 다음 여기저기 길이를 맞췄다. 머리도 자르고 새로워진 내가 좋아 보인다는 생각이 들었다.

바깥에서는 공기 냄새가 벌써 달라졌다. 상쾌하고도 아린 것이 —여름은 지나가고 없었다. 가을바람이 내 머리를 어루만져주자 피부가 새로이 돋아난 느낌이었다. 아파트 단지 안마당에 내려와 개를 산책시키는 부인들은 벌써 코트로 갈아입은 터라 앞섶 단추를 풀어헤친 채 서로서로 잡담하면서 보드랍고 주름진 손목들에 목줄을 감아두고 있었다. 길거리에 파인 구덩이마다 물웅덩이가 고였다. 시장 가판대에서는 꽃과 딸기류가 자취를 감추고 버섯이 그 자리를 채웠다.

나는 전차를 타고 차체와 함께 덜컹거리면서 진녹색과 붉은색이 난무하듯 돋아난 프라가의 강기슭을 바라보았다. 이윽고 네가 사는 거리에, 너희 빌라에 도착하여 너희 집 현관문으로 통하는 계단을 뛰어 올라갔다. 네가 현관문을 열었고 우리는 서로를 껴안으면서 내 얼굴이 네 목에 파묻혔고 너의 따스한 숨결은 내 귓가에서 조용조용 소곤거리는 듯했다. 네 손은 새로 자른 내 머리칼을 쓰다듬었다.

"부인은 좀 나아지셨어?" 너는 속삭이며 물었다.

나는 고개를 끄덕이고 너를 더 꽉 껴안았다. "고마워." 나는 네 목에 대고 말했다. 내 볼에 맞닿은 네가 미소 짓는 게 느껴졌다. 나는 네가 어떻게 그런 것들을, 진료 예약이고 닭이고를 다 얻어냈는지 다시 물어보려고 작심해 있었으며 찾아오기 전부터 이런저런 질문들을 궁리해두었다—하니아, 무엇보다 그 여자에 관한 질문도. 그러나 도저히 물어봐지지가 않았다. 너를 보니까 너무 행복했고 너무 안심되었다. 뭘 재고 따지는 것도 너

190

무 피곤해졌다. 나는 몸을 침대 위에 털썩 누였다. 둘이 옷을 벗으려니 한기에 닭살이 돋았다. 네 이불 아래에서 우리는 온기를 찾았다. 우리의 힘을 시험하고 급박한 욕정과 씨름하며 열기를 불러일으켰다. 우리의 몸을 부싯돌처럼 부딪으며. 너는 나를 가졌고 나는 너를 가졌다. 그러나 저번과 같은, 처음 그때와 같은 느낌은 아니었다. 마치 뭔가를 청산하려는 듯한, 보상하려는 듯한 느낌이었다. 마치 우리에게는 이것이, 이 언어가, 이 암호가 있어야만 우리가 어디 있으며 누구인지를 알 수 있더라는 듯한. 우리 둘 다 아직은 놓지 않았음을.

이후에 너는 일어나서 라디오를 켜고 엉덩이를 깔고 앉아 계기반 단추를 돌렸다. 아치형으로 수그린 등에 근육이 도드라지고, 엉덩이는 발뒤꿈치에 얹힌 채로. 네 살결이 그을린 자국이 희미해졌음을 나는 깨달았는데, 내 자국 역시 희미해져 있었다. 끝내 너는 무슨 피아노 협주곡, 아마도 모차르트의 곡이 흘러나오는 방송국을 찾아내었다. 네가 담뱃불을 붙이고 침대로 돌아오자 연기가 나푼나푼 떠오르면서 공기를 어루만졌다. 나는 다시금 내 손으로 공기 중에 흩뿌린 전단 중 하나가 된 것처럼 몸이 붕 뜨는 느낌이었다. 나는 눈을 감았다.

"네 말이 옳았는지도 몰라." 네가 곁에 눕는 걸 느끼며 내가 말했다.

"뭐가?" 너는 담배 연기를 내뿜었다. 연기는 우리 위쪽 공기에 섞여들었다.

"가만히 지내면서 다른 방법을 찾아봐야 한다는 말이. 내가 바보 같았어."

　이렇게 말하니까, 양심을 코트 벗듯 떨궈버리니까 기분이 좋았다. 재차 한 모금 빨아들이고 재차 토해내듯이, 이 가벼운 감각이 계속될 수만 있었다면. 피아노는 끈질기게 즐거이 연주해댔다. 내 눈은 계속 감긴 채였다.

　"두려웠던 거지." 네가 속삭였다. "하지만 이제는 두려워할 필요가 없다는 걸 알게 된 거고." 네 입이 내 입을 덮었다. 네게서 내게로 담배 연기가 흘러들어오며 폐 속으로 내려가 나를 가득 채우자 순간적으로 나는 터져버릴 것만 같았다.

　그 주의 토요일에 나는 너를 와지엔키 공원[4] 옆에서 만났다. 바르샤바에서 내가 제일 좋아하던 공원이자 어릴 적에 어머니와 할머니를 대동하고 바르샤바에 딱 한 번 와봤을 때 방문했던 기억이 있는 유일한 나들이 장소였다. 그때 우리는 호수에서 배도 탔고 백조와 다람쥐에게 먹이도 줬고 주위의 완전한 가족들도 보았다—엄마, 아빠, 아이로 꽉 짜인. 우리는 호수의 섬에 지어진 하얀 궁전[5], 즉 일찍이 일국의 왕의 유희를 위한 정원의 일부였으나 오늘날에는 선량한 노동자와 그 식솔들의 기분 전환용으로 기능하던 그 궁전도 방문했다. 셋이서 공원을 나서려고

4　폴란드 바르샤바 최대 규모의 공원. 폴란드 최후의 왕 스타니스와프 2세 아우구스투스에 의해 18세기에 완공된 이후 1918년에 시민을 위한 공원으로 지정되었다.

5　파와크 나 비소피에(Pałac Na Wyspie), 즉 와지엔키 공원의 핵심을 이루는 와지엔키 궁전을 지칭한다.

완만한 비탈을 오르고 있을 무렵 작은 초가지붕 아래에서 건초 꾸러미를 쌓는 남자가 눈에 띄었다. "누구 쓰라고 이렇게 해두시는 거예요?" 어머니가 그 남자에게 물었다. 그날 어머니는 정말로 우아했다. 어머니가 이끼 색의 초록빛 모자를 쓰고 딱 어울리는 장갑까지 꼈던 것이 기억난다. "사슴이요." 그 남자는 그렇게 말하고는 작업을 계속했다. 이 말이 나는 믿기지가 않았던 것이다. 이 공원 안에서 사슴이, 누구의 눈에도 띄지 않은 채 살고 있었다니.

어둠은 진작에 깔렸고 공원 출입문도 잠겨 있던 그 토요일 밤에 나는 그들을, 거칠 것 없이 내달리며 대지를 헤치고 사람 손길이 닿지 않은 풀밭을 가로질러 구릉을 오르내리고 나무가 줄지은 오솔길을 따라가면서 자갈 위로 발굽을 달가닥거려 잠든 백조들을 깨우는 사슴들을 상상했다. 그렇게 산다는 것은 얼마나 자유로울까, 보호받는 동시에 구속 없이 산다는 것은.

너는 가로등 불빛 속에서 나를 기다리고 있었다. 너는 갈색 코듀로이 재킷을 입었는데 머리칼을 옆쪽으로 빗어 넘긴 것이 전단을 뿌린 그날 정장 차림으로 나를 길거리에서 불러 세웠던 그때와 같은 모습이었다. 그날과 같이 너는 다른 사람처럼 보였고, 이에 나는 두려우면서도 자극되었다.

"엄청 시크한데." 나는 혀끝을 차고 말하며 불편한 속내를 감췄다.

너는 미소 지었다. "너도 멋져 보여."

나는 딱 하나 있는 재킷에다가 하얀 셔츠를 입고 아끼는 신발을 신었다. "내가 그 여자애 파티에 가도 이상한 상황 아닌 거 맞지?"

너는 잠깐 웃더니 내 목 뒤에 손을 올렸다. "거기 사람들 엄청 많을 거야. 가자마자 자연스레 섞여들걸."

우리는 공원을 따라 대로를 걸어 내려가며 베레모를 쓴 군인들이 순찰하는 우뚝한 정부청사들을 지났다. 창문 몇 개에만 불이 들어와 있고 나머지는 어두컴컴하게 휴면 중이었다. 네가 안내해 간 옆길에는 층마다 커다란 발코니가 달린 2차 세계대전 이전에 지어진 건물들이 줄지어 있었다. 우리 앞쪽으로는 털 코트와 하이힐 차림의 여자가 소시지처럼 오동통한 개를 산책시키고 있었는데 그 털 코트고 강아지고 하나같이 윤이 자르르한 가운데 여자의 장갑 낀 손가락 사이에서 담배가 느긋하게 타오르고 있었다. 그러다 우리는 커다란 대문에서 멈춰 섰다.

네가 **도모폰**[6]의 버튼을 누르자 스피커의 그물망에서 지직거리는 남자 목소리가 나오며 누구셨느냐고 물었다. 너는 이름을 댔다. 그러자 징 하는 소리가 났고, 너는 온몸의 무게를 실어서 그 거대한 대문을 밀어 열었다.

나는 이런 집에는 와본 적도 없었다. 이곳은 호화로운 **카미에니차**[7], 즉 전전(戰前)에 지어진 뒤 폭격에서 살아남은 몇 안 되는 아파트 건물이었다. 현관의 홀은 천장이 높고 아치형으로 되어

---

6 domofon. 폴란드어로 '인터폰'.
7 kamienica. 폴란드어로 '연립 주택'. 19세기 후반에서 20세기 초반에 지어진 카미에니차는 호화 아파트인 경우가 많았다.

있는 데다가 꽃무늬가 세공된 치장 벽토로 뒤덮여 있었다. 카펫이 이어진 끝에는 또 쌍여닫이문이 있었는데 그걸 열면 철제 난간까지 달린 굽이진 구식 계단이 나왔다. 너는 승강기를 호출했다. 우리는 승강기에 탑승했고 그 작고 조용한 상자 속에서 무중력 상태로 올라갔다. 하나 달려 있던 전구의 불빛으로 우리는 거울에 비친 각자의 모습을 점검했다. 우리는 진지하면서도 이상하리만치 정제(整齊)된 모습이라 여느 때의 모습보다도 성숙해 보였다. 승강기가 멈춰 서자 우리는 내렸고, 너는 널찍한 쌍여닫이문 옆에 달린 초인종을 눌렀다. 문 너머에서 먹먹해진 음악과 잡담 소리가 뿜어져 나왔다. 발소리가 다가오더니 문이 열리고 거대한 형상이 나타났다.

"야누시!" 그가 양팔을 활짝 벌리자 너희는 껴안으며 서로 볼에 입맞춤했다. 그 사람이 농촌 활동에서 너와 함께 있는 모습이 눈에 띄던 그 친구, 막시오 카로프스키였음을 깨닫기까지는 약간 시간이 걸렸다. 벨벳 재킷과 커다란 깃이 달린 셔츠를 입은 그는 전부터 인상적이었던 예의 그 자신만만하고 무심한 느낌의 행동거지를 걸치고 있었다. 악수할 때는 그의 손이 거의 내 손을 으스러뜨리는 줄 알았다.

"만나서 반가워." 그렇게 말하는 그의 손은 강인하고도 따스했고, 그가 잠깐이나마 내게 주목하는 모습에는 어쩐지 이상하게 사람을 기쁘게 만드는 구석이 있었다.

우리는 그를 따라서 목제 판자가 깔린 복도를 통해 연기와 사람으로 가득한 커다란 방으로 들어섰다. 온 방 안에 음악이 빵

195

빵하게 울리고 있어서 더우면서도 시끄러웠고 절로 춤사위가 나오는 게 최면이라도 걸리는 듯했다. 다들 쌍쌍이 어울려 방 한가운데에서 춤을 추거나 설인(雪人)의 털 같은 흰색 카펫 위에 널브러져 있었다. 불빛이라고는 바닥에 놓인 전등에서 나오는 게 다였는데 전등 하나는 커다란 텔레비전 옆에, 다른 하나는 화분에 심긴 거대한 야자수 한 쌍 뒤에 놓여 있었다. 막시오가 우리를 방 끄트머리로 안내하자 웅장한 퇴창 너머로 공원의 어두컴컴하고 한없이 이어지는 듯 보이는 우듬지가 내다보였다.

"맘껏들 들어." 그가 병 음료와 음식 접시로 수북한 식탁을 가리키며 말했다. "나는 또 누굴 좀 챙기러 가야 해서." 그는 우리에게 윙크한 다음 잡담 속으로 사라졌다.

보드카에 위스키에 진에 베르무트에 살면서 본 적도 없는 병 음료들에 고기 젤리에 동그랗게 썰어둔 파인애플에 치즈 큐브까지 형형색색의 진미가 늘어놓여 있었다. 다 맛보고 싶었다. 포도도 좀 먹고 위스키도 좀 삼켰더니 알코올이 전신에 퍼져나가면서 흙냄새와 함께 달콤하면서도 근심 걱정이 사라지는 느낌이 났다. 음악 소리와 사람들의 웃음소리가 머릿속에서 뒤죽박죽 섞여 들면서 나도 그 거미줄에 얽혀들어갔다. 방 안의 어슴푸레한 불빛으로는 당최 사람들 얼굴을 알아볼 수가 없어서, 모든 형체가 다 하나같이 중요하고 매혹적인 사람들로만 보였다. 원피스와 클로그 슈즈 차림으로 머리칼을 높게 말아 올린 여자애들과 파란색 하이웨이스트 청바지에 딱 붙는 셔츠와 재킷을 입은 남자애들이 다 하나같이.

"여긴 거의 별세곈데!" 나는 음악 소리를 이기려 네 귀에 대고 외쳤고, 그러자 너는 고개를 끄덕이며 입 모양으로 **그러니까**, 하고 벙긋댔다.

둘이서 한잔 더 하고 이제 좀 음악에 맞추어 움직여 보려던 차에, 웬 팔이 손톱을 오렌지색으로 칠하고 달랑거리는 팔찌들을 낀 채 등 뒤에서부터 내 허리를 휘감았다.

"머리 스타일이 바뀌어서 못 알아볼 뻔했잖아요, 잘생긴 오빠." 누군가의 입이 내 귓가에서 말했다.

카롤리나였다. 입술은 석류색으로 칠했고 속눈썹은 마스카라를 잔뜩 발라서 커다랗고 두꺼운 나머지 엉겨 붙은 거미 다리 같은 모습이던 것이.

"네가 여기 왜 있어?" 나는 아는 얼굴을 봐서 안심되는 마음에 그녀를 내게 바짝 끌어당겼다.

"초대받아서 왔지. 진짜야!" 그녀는 소리치며 양손으로 내 머리를 잡아 끼우고는 내 입에 입맞춤했다. 그녀의 립스틱이 내게로 묻어오며 숨결에서 휘발유 냄새가 느껴졌다.

그녀는 깔깔 웃더니 무슨 귀부인처럼 손등을 뻗어 네게 들이밀었다. "우리는 아직 정식으로 인사한 적이 없는 것 같네요."

너는 그녀의 장단에 맞춘다고 협조적으로 손등에 키스했다.

나는 그녀의 허리를 잡았다. "너 취했어?"

"고주망태가 됐지. 여기서 안 취하면 바보잖아." 그녀는 술잔을 들어 올리고 힐을 신은 채 휘청댔다.

바로 그때 음악이 멈췄다. 레코드판이 끝까지 돈 것으로, 갑

자기 벌거벗게 된 군중의 수다 사이로 스피커에서 나지막한 파
찰음이 들려왔다. 우리는 어리둥절해하면서도 기대되는 마음으
로 서로를 바라보았다. 초록색 나팔바지를 입은 멀쑥한 남자애
가 새 레코드판을 덱에 얹었다. 그러자마자 빠르고 경쾌한 비트
가 열광적이고도 단도직입적으로 여념 없이 주르륵 흘러나오며
방 안을 달구고 주의를 모았다. 이윽고 우리가 미처 알아채기도
전에 블론디의 세이렌 같은 목소리가 방을 가득 채우면서 우리
에게 전율을 선사했다. 우리는 가사 속 단어는 단 하나도 알지
못했어도 '하트 오브 글라스'[8]의 모든 것을 이해하고 있었다—
그 노래의 고양감, 퇴폐미, 방종에서 오는 쾌락에 이르기까지.
셋이서 인파를 헤치고 방 한가운데로 나아가자 그녀의 목소리
에, 고공비행하는 듯한 발성에, 올라갔다가 내려가는 선율에, 비
트의 악상이라고 할지 처음부터 끝까지 그 자리에 존재하면서
자길 따라오라고 애걸해대는 그 비트에 온몸이 녹아들었다. 우
리 고개도 레코드판과 함께 휙휙 돌아갔다. 우리 몸은 곡을 연
주하는 악기이자 곡의 연장선이 되었고, 그렇게 우리는 하나가
되어 삼각형으로 서서 춤을 추며 귀신이라도 들린 듯 좌우로 마
구 흔들어댔다. 곡이 끝나자 다음 곡이 흘러나오기 시작했는데,
이전 곡만큼이나 좋고 중독성 있고 매혹적인 곡이었기에 우리
는 그냥 몸을 맡겼다. 마치 누군가가 우리를 한꺼번에 데려다가
세상 꼭대기에 있는 무대에 올려놓은 것만 같은 기분이었다. 그

8 'Heart of Glass'. 1979년 미국의 뉴웨이브 밴드 블론디가 발표한 디스코 색채의 곡.

렇게 춤추다 보니 등허리와 이마에 땀이 흘러내리고 도저히 숨을 고르지 못할 지경이 되었다.

이윽고 우리 셋은 잠시 휴식을 취하며 각자 잔을 채우고 널찍하게 펼쳐진 껌껌한 공원이 내려다보이는 커다란 창가에서 담배를 피웠다. 창문이 우리의 열기로 뿌예져 있었기에 누군가 창문 하나를 열자 서늘한 저녁 공기가 들어왔다. 바로 그 순간에 나는 그녀를 보았다. 방 건너편에서 검은 선글라스를 쓴 금발머리 남자애와 이야기하던 그녀를. 그녀는 긴 스팽글 드레스를 입었고 커다랗고 곱슬곱슬하게 부풀려놓은 머리칼이 거의 머리 위로 곤두서 있었다. 마귀 같은 모습이었다. 그때 그녀의 시선이 네게 떨어지더니 그녀가 방을 가로질러 왔다.

"네가 시간 내줘서 너무 기쁘다!" 그녀는 무슨 네 목이 자기더러 껴안으라고 거기 있는 거라는 양 몸을 던지듯이 네 목을 껴안았고, 그러자 알싸한 꽃향기 같은 향수 냄새가 우리 모두에게 풍겨왔다. 그녀가 바른 아이섀도는 시퍼렇고 반짝거리는 것이 무슨 '지기 스타더스트'[9] 분장 같았다. 그녀의 시선이 내게 내려앉았다. "나 아까 너 보고 있었어." 그녀는 무슨 평결이라도 내리듯이 천천히 발음하며 말했다. "춤 솜씨가 **끝내주더라**. 그 머리도 잘 어울려." 그녀는 카롤리나를 흘긋 쳐다봤다. "이쪽은 네 여자친구?"

---

9 영국의 싱어송라이터 데이비드 보위가 1972년 발매한 음반 〈화성에서 온 지기 스타더스트와 거미들의 흥망성쇠(The Rise and Fall of Ziggy Stardust and the Spiders from Mars)〉를 지칭한다. 1970년대 유행했던 글램 록 스타일의 튀는 분장으로 알려져 있다.

카롤리나는 입을 쫙 벌리고 웃어댔다. "아니거든, 그냥 친구 거든." 그녀는 외치다가 내 표정을 살피더니 얼굴에서 웃음기를 뺐다. "그냥 친구라고."

하니아는 예의 바르게 미소 짓고는 너를 보더니 다시 카롤리나를 쳐다보았다. "그럼, 네 짝은 여기서 찾아봐도 되겠다—여기 널린 게 남자애들이니까. 야누시, 우리는 춤추러 갈까?"

너는 고개를 끄덕였고 그녀가 네게 팔짱을 끼도록 두었다.

"이따 보자." 하니아가 애교 있게 속닥였고, 너희는 떠났다.

카롤리나와 나는 술을 한잔 더 따른 다음 이제는 거의 만취하기 일보 직전인 상태로 방 전체를 조망할 수 있는 구석에 놓인 널찍하고 푹신한 소파에 털썩 주저앉았다. 위스키는 여전히 맛도 있었고 셌다. 뜨끈한 취기가 배 속에서 머리까지 직통으로 올라갔다.

"널 여기서 보다니 너무 반갑다, 야." 카롤리나는 양다리를 아무렇게나 꼬아두고 소파에 거의 눕다시피 하면서 말했다.

"나도야." 나는 발음이 뭉개졌다. "누구 초대받고 온 거야, 그나저나?"

카롤리나는 웃었다. "**저기요**. 막시오 초대받고 온 거거든." 그녀는 방 저편에서 미니스커트를 입은 금발 머리 여자애와 몸을 바짝 붙이고 춤을 추던 그를 가리켰다. "저 헤픈 새끼."

나는 곁에서 카롤리나를, 소파의 백색에 뚜렷이 부각되던 그녀의 옆얼굴을 살폈다. 그녀는 지쳐 보였고, 그때 처음으로 우리 모두가 나이를 먹어가고 있었다는 생각이, 우리가 영원히 젊을 수만은 없으리라는 생각이 퍼뜩 들었다.

"근데 대체 쟤랑은 어떻게 알고 있는 건데?" 내가 물었다.

그녀는 으쓱하고는 바닥을 내려다보았다. "걔랑 나랑 잠깐 감정이 생길락 말락 그랬거든." 그녀는 괜히 찔린다는 미소를 지으며 조용히 말했다.

"어쩌다가?"

"농촌 활동 끝나고 돌아가는 버스에서 내 옆자리에 와서 앉더라고." 그녀가 으쓱했다. "여자를 말로 꾀는 데는 선수더라."

"쟤는 네 타입은 아닌 줄 알았는데." 나는 어안이 벙벙해서 말했다.

"내 타입 아닌데, 그냥 그땐 외로웠어. 어찌 됐든—쟤 벗겨 먹으면서 우리는 이렇게 재미 봤으니까 건배." 우리는 잔을 쨍 부딪치고는 위안을 주는 한 모금을 또 쭉 들이켰다.

"근데 이거 하니아가 연 파티인 줄 알았는데." 내가 말했다.

"아이고야." 카롤리나가 한숨을 쉬며 눈알을 굴렸다. "걔가 너한테 아무 말도 안 해주디? 막시오랑 하니아는 남매야."

나는 정확히 왜인지는 몰라도 아연해졌다. "그거 어쩐지 말 된다."

"그래, 말 되지." 그녀는 이제 금발 머리 여자애에게 키스하고 있는 막시오를 쳐다보며 말했다. "당연히 다 내 거라는 그 태도가 판박이잖아. 걔가 어떻게 야누시를 우리한테서 떼어 가는지 봤어?"

나는 으쓱하면서 마음을 건잡아보려고 애썼다. "둘이 친구잖

아. 걔라고 야누시랑 춤 못 출 게 뭐야?"

이제는 느릿한 곡이 흘러나오고 있었는데, 어둡고 심오한 목소리가 영어로 노래하며 지나가버린 무언가를 애석해하고 있었다. 춤추는 남녀들도 각자의 궤도를, 행성의 경로를 따라 빙글대고 흔들대었다. 댄스 플로어에는 인파가 몰려 네가 보이지 않았다. 저기 나가 있는 게 우리였더라면 싫었다.

"그나저나 너는 좀 어때?" 카롤리나가 눈으로 너를 좇는 나를 보고는 물었다.

나는 다시 머리가 빙빙 도는 느낌을 받으며 으쓱했다. "잘 지내는 것 같은데. 다음 주에 미엘레비치 교수님 뵈러 가기로 했어. 내 제안서를 읽으셨나 봐."

"어떻대?"

"모르지…… 아직 아무 말씀도 안 하셨어. 그래도 제안서는 내가 예상했던 수준보다도 즐겁게 썼거든. 정말 따게 되면 좋을 것 같아."

"잘 안 풀리면 어떡할 건데?" 그녀가 순간 걱정스러운 얼굴을 하기에, 나는 이 걱정이 얼마만큼 진심이었을지, 그중 얼마만큼이 걱정으로 가장한 억하심정이었을지 의문해보았다. 본인의 처지에서 비롯한 억하심정 말이다.

"근데 어쩐지 난 이게 다 잘 풀릴 수도 있을 거라는 생각이 든다?" 내가 말했다.

"와, 너 요즘 되게 긍정적으로 변했다." 그녀가 아주 살짝 비꼬는 듯한 투로 답했다.

우리 눈앞에서 춤추던 남녀들이 움직이며 커튼처럼 양옆으로 갈라지더니—너희가 나타났다. 너와 하니아가. 너희들만의 비밀스러운 기라성 틈바구니에 얽혀든 채. 그녀의 눈은 감겨 있었고, 그녀의 뺨은 네 어깨에 기대어졌고, 네 손가락은 반짝이는 스팽글이 달린 그녀의 허리에 감겨들었다…….

머릿속이 똑바로 돌아가질 않았다—사고 회로가 비척거리는 선과 같았다. 그러나 내 몸만은 제멋대로 반응하면서 배 속이 화석처럼 굳어졌다.

"둘이 잘되어가는 것 같네." 카롤리나가 너를 음울하게 노려보며 말했다. 너와 하니아는 음악의 파고에 맞추어 흔들렸다.

"저 여자앤 쟤 이상형이랑은 거리가 있을걸." 나는 내가 뱉은 말을 난간 삼아 꽉 붙들어 맸다.

"루지오, 이런 집이 있기만 하면 만인의 이상형이야." 그녀는 너와 하니아에게서 시선을 떼지 않은 채 이렇게 말했다. 거의 멍하니 뱉은 말이었다. 이윽고 다른 남녀들이 자전(自轉)하면서 움직이는 바람에 너희를 다시금 우리의 시야에서 가려버렸다. 그제야 나는 카롤리나를 다시 바라보았다. 그녀의 말들은 공기 중에 남아 안개처럼 묵직한 것이 쉬이 가시질 않았다.

"맘에도 없는 소리 한다." 내가 말했다. "언제부터 그렇게 아등바등 주판만 두드리는 인물이 되셨어?"

그녀는 나를 달래듯이 웃었다. "내가 그렇단 게 아니라, 루지오. 다른 모든 이가 그렇게 생각한단 거지." 그녀는 중지 끝으로 술잔 가두리를 따라 훑었다. 그러다 어둑한 불빛과 야자수로 은

은하면서도 신비스러운 방 안을 둘러보았다. 그녀의 눈이 아롱댔다. "여긴 아름답잖아. 게다가 스카치위스키 마시자고 배급 줄 같은 것도 안 서도 되고 말이야." 그녀는 내 잔에 자기 잔을 챙 부딪더니 한 모금 더 깊게 들이켰다.

"너 취했다." 나는 입안에서 쌉쌀해지는 술맛을 느끼며 말했다. 음악은 계속 흘러나왔다. 남녀들은 태평하게 춤을 춰댔다. "화장실이나 가야겠어." 나는 말하며 휘청거렸다. 누군가가 긴 복도 끝에 있는 문을 가리키기에 나는 안쪽으로 슬쩍 들어갔다. 머리가 빙글빙글 돌았다. 세면대에 가서 얼굴에 찬물을 철벅 끼얹었다. 빛이 나오는 구석이라고는 널찍한 거울을 둘러 달려 있는 은빛 전구들뿐이라 무슨 할리우드 영화에 나오는 귀부인 침실에 온 느낌이었다. 그 거울에 비친 나는 지쳐 보이기도 했고 —아까 카롤리나가 그랬듯 어쩐지 늙어 보이기도 했다. 그러다 시선이 구석에 있는 커다랗고 네모난 기계에 가닿았다. 내 두 눈으로 세탁기를 본 건 이때가 처음이었던 것 같다. 그것은 화장실 안의 불빛에 윤기를 머금은 채 견고하고도 듬직한 모습으로 무슨 우주선으로 들어가는 출입문처럼 작고 둥근 문을 달고 있었다. 나는 평생을 금속 대야에 수그린 채 꿇어앉아 물 주전자에서 펄펄 끓는 물을 부어다가 셔츠를 하나하나, 양말을 하나하나, 손수건을 하나하나 물에 담근 뒤 부르튼 손으로 갈색 비누 한 덩이를 움켜쥐던—손가락이 타오르도록 박박 비비고 문대던 우리 할머니를 생각했다.

무도회장으로 돌아가자 카롤리나는 사라지고 없었다. 나는 소파에서 키스하는 남녀 옆자리에 앉아 댄스 플로어에 오른 사람들을 바라보며 깊이 더 깊이 소외감에 잠겨들었다. 그러다가 내가 거기서 뭘 하고 있는 건가 싶어져서 이만 자리를 뜨자고 결심한 바로 그때, 음악이 곡 중간에서 뚝 끊기더니 불빛이 꺼졌다. 다들 당황하여 제자리에 멈춰선 가운데 복도에서 빛의 원광이 퍼져오더니 일군의 깊은 목소리가 노래하기 시작했다. "스토 라트, 스토 라트……."[10] 나는 일어서서 살펴보았다. 너와 막시오가 둘이서 나눠 들어야 할 정도로 엄청나게 큰 케이크를 들고 문가에 나타났다. 케이크 가운데에 둥그렇게 꽂힌 촛불들이 타올랐다. 곧바로 방 안의 모두가 노래에 목소리를 보탰다. "스토 라트, 스토 라트." 그들은 노래했다. "백 년간, 백 년간 살아주기를." 기세에 휩쓸려 나까지 노래하게 되었다. 케이크는 천천히 인파를 헤치고 방 한가운데 서서 기쁨으로 함박웃음을 짓는 하니아 쪽으로 실려 왔다. 너와 막시오는 노래가 딱 끝나는 순간에 그녀에게 도착했고, 이에 우레와도 같은 환호와 축하의 함성이 공기 중에 휘몰아치며 남자애들은 입에 손가락을 넣고 휘파람까지 불어댔다. 하니아가 케이크로 몸을 수그렸다. 온통 깜깜한 방 안에서 케이크의 촛불만이 유일한 광원이었다. 촛불이 하니아의 얼굴을 아래쪽에서 비쳤다. 하니아는 숨을 크게 들이마시더니 눈을 반쯤 감고 분장한 얼굴을 열심히 일그러뜨리며 작은 불꽃들을 불어 껐다. 나는 저 여자앤 무슨 마귀할

---

10 'Sto Lat'. 생일을 맞은 사람이 백 년간 건강하게 장수하기를 비는 폴란드의 생일 축하 노래이다.

멈처럼 생겼다고 스스로에게 되뇌었지만 사실 진심은 아니었
다. 그녀를 싫어할 마음이 들지를 않았다. 귀가 먹먹할 정도의
박수갈채가 이어졌다. 하니아는 막시오의 볼에 키스한 다음 네
목에 몸을 던지듯 양팔을 감았다. 누군가가 건배하자고 소리쳤
고, 이에 방 안의 모두가 각자의 잔을 들어 올렸다. 그런 뒤 은
은한 불빛이 다시 들어왔고 음악도 다시 흘러나오기 시작했다.
나는 주저앉아 술잔을 비우고는 이제는 떠나자고 결심했다. 바
로 그때 네가 군중을 헤치고 양손에 케이크를 한 조각씩 들고
내게 다가오는 게 보였다. 너는 내게 미소 짓고 있었지만 나는
차마 네게 미소를 돌려줄 수가 없었다. 너는 옆자리에 앉아 내
게 케이크 한 조각을 건넸다.

"괜찮아? 너 좀…… 그래 보여서."

"난 괜찮아." 나는 거짓말을 했다. 케이크는 초콜릿과 크림이
층층이 올라간 작품으로 놀라우리만치 묵직하고 축축했다. 흐
르르하고 성경 종잇장만큼 얄팍한 냅킨을 뚫고 그 척척함이 느
껴졌다.

"좀 먹어봐." 너는 네 케이크 조각을 베어 물며 말했다. "맛있
어."

"케이크 먹을 기분 아냐."

너는 손등으로 입가를 쓱 닦고는 나를 건너다보았다.

"뭔데 그래?"

잠시간 나는 침묵으로써 너를 벌하자는 마음에 아무 말도 하
지 않았다. 그러나 이윽고 속내를 내뱉어야겠다는 욕구를 도저

히 외면할 수 없어지면서 말들이 내게로 일제히 몰려들어 마치 풍선과 같이 두둥실 떠올라 형태를 갖춰갔다.

"**그녀**가 네가 말한 인맥인 거네?" 내가 말했다.

놀랍게도 네 얼굴은 변함없이 여유롭고도 아무렇지도 않았다.

너는 케이크를 한 입 더 베어 물었다. "**그거** 때문에 이러는 거야?" 너는 입에 케이크를 가득 문 채 이 말을 뱉었다. 그 모습에 욕지기가 치밀었고, 그제야 나는 네가 내게 미치는 영향력이 너무도 아무렇지도 않게 육체적 영역을 훌쩍 뛰어넘어 있었음을 깨달았다. 너는 씹던 걸 삼키고 나를 바라보았다. "그래, 걔가 맞아. 그래서?"

"**그래서?**" 나는 너를 건너다보면서 스스로 선택한 대질(對質)의 길을 저버리지 않으려 애쓰며 말을 이어가고자 나 자신을 도슬렀다. "쟤는 널 좋아해, 야누시. 누가 봐도 명백히. 그리고 넌 그런 애한테 어장을 치고 있고."

"목소리 좀 낮추지?" 네 어조에 다급함이 스며들었고, 이윽고 너는 짜증 섞인 표정으로 반쯤 먹다 남은 케이크를 냅킨에 다시 올려두었다. "오버하지 좀 마. 지금 우리 재미 보고 있잖아? 그냥 즐겨. 즐기라고, 루드비크."

"**즐기라고?**" 나는 아연하고 혼란스러워서 이게 다 무슨 소리였을지 모종의 설명이라도 구하고자 네 얼굴을 살폈다. "너희 둘이 무슨 연인처럼 딱 붙어서 춤추는 거나 구경하는 이 상황이 나한테 재미있을 것 같아?

너는 재빠르게 방 안을 휙 살펴보더니 내 쪽으로 수그려서 내 귓가에 입을 갖다 댔다.

"내가 우리 둘 건사할 수 있다고 했잖아. 나 못 믿어?"

나는 너로부터, 네 말들로부터 떨어졌다. "그래서 지금 이걸로 나한테 **은혜**라도 베풀고 있다고 생각하는 거야? 그딴 도움 안 받아도 내 앞가림은 내가 해." 나는 일어나려 했지만 네가 나를 붙들었다.

"아, 그래? 그럼 그냥 **파니** 콜레츠카더러 기침하다 못해 돌아가시게 내버려두자고?" 그러더니 너는 나를 도발하듯 쳐다보았다. "어장 치는 정도는 다들 하는 거야." 너는 눈을 가늘게 뜨며 말을 이었다. "그게 네가 맨날 하던 말 아니야? 이 나라가 잘못 돌아가고 있고 모든 것이 불공평하다는 게? 그런 상황에서 넋 놓고 자멸하는 대신 자기 손으로 뭐라도 거머쥐어보겠다는 게 뭐가 나빠? 어?"

내가 입을 대지도 않은 케이크는 이제 냅킨에 다 스며들어서 손안에 끈끈하고 묵직하게 놓여 있었다. 그러다 너를, 옛날에는 낯익었던 네 이목구비를 바라보자, 마치 네 얼굴이 내 눈앞에서 변해버린 것만 같았다. 네 눈가와 입가에는 일찍이 본 적 없는 딱딱함이 배어 있었다. 저기 댄스 플로어에서는 하니아가 선글라스를 쓴 금발 머리 남자애의 팔에 안겨 슬쩍슬쩍 하늘거렸다. 그녀는 평온해 보였다. 그 남자애의 얼굴은 무표정했는데 입만이 이따금씩 벌어져 미소 지으면서 완벽하게 하얀 치열을 드러내었다.

"다른 방법도 있을 거잖아." 나는 조용히 말했다.

너는 지쳐 보였다. "아, 그래? 무슨 방법? 말해봐."

"모르겠지만. 떠나버린다든지, 예를 들어."

"떠나는 게 아니라 **도망**치는 거겠지?" 너는 애원하듯 나를 바라보았다. "날 믿어줘. 재한테 딱히 여지를 주는 것도 없어. 재한테 상처 줄 일 없다고."

"아직까진 그렇겠지." 내가 말했다.

"내가 감당할 수 있어." 너는 고집을 부렸다. "이런다고 해될 거 하나도 없어. 게다가 이렇게 해둬야만 하는 일이야."

"**왜**? 말해봐. 이젠 재들한테 아쉬운 소리 해야 할 일도 없잖아. **파니 콜레츠카**는 다시 건강하시고. 우리 이제 괜찮잖아."

네 얼굴이 일그러지면서 다시 굳어졌다. "아직도 이해를 못 하지, 응? 금방 또 뭔가 아쉬운 소리 할 일이 생길 거야. 살면서 그럴 일이 얼마나 많아. 그때가 닥치면 어떻게 해나갈 건데?"

나는 생각을 모아보고자, 반론해보고자 했다. 그러나 아무 생각도 떠오르질 않았다.

"우리나라에서 미래를 보지 않았던 쪽은 너야." 네가 달래듯 하는 목소리로 말했다. "**여기** 미래가 있는데."

나는 네 시선을 따라 그 호화로운 방을 눈에 담았다. 춤추는 사람들 틈바구니에서 나는 일찍이 한 번도 본 적 없는 남자애에게 양팔을 두르고 손가락 사이로 불이 붙은 담배꽁초를 축 늘어뜨린 카롤리나를 보았다.

"너도 재들을 차차 알게 될 거야." 너는 내 침묵에 힘입어 말을 이어갔다. "두고봐. 하니아한테 네 박사 과정에 관해서도 말 꺼내놨어—걔도 인상 깊게 생각하는 것 같더라. 우리끼리 수요일 밤에 모자이카[11]에서 저녁 먹기로 해뒀어. 걔가 너도 꼭 오래."

이번에도 나는 아무 말도 하지 않았다. 밤은 이울어가고 있었고, 이 호화로운 방의 커다란 창문 저편에서 어둠은 또 다른 여명에 길을 내어주고 있었다.

11 카페 모자이카. 사회주의 폴란드 시절 유명했던 바르샤바 시내의 레스토랑 겸 카페이다.

6

파티 이후 찾아온 수요일에 나는 교수님을 뵈러 갔다. 생각
했던 수준보다도 더 긴장되어 신세계 가도를 걸어가는 동안 머
릿속으로는 부정적인 사고 회로를 맴돌고 맴돌았다. 공기마저
희박하게 느껴졌다. 이윽고 연구실에 도착하여 문을 두드렸다.
"들어오세요." 하고 까라진 소리가 안쪽에서 울려 퍼졌다. 나는
짐짓 자신 있는 미소를 지어 보였다. 교수님이 나를 향해 지친
듯이 끄덕였다.

"앉으세요." 이렇게 말하는 교수님의 목소리에는 이상하리만
치 활기가 없었다. 그 안색이 두어 주 전의 상태보다도 잿빛으
로 보이는 게 마지막으로 뵌 이래로 급격하게 나이라도 자셨나
싶을 정도였다. 우리 사이에 내린 묵직한 적막이 내 가슴을 다
짓누르는 듯했다.

"위원회에서는 제안서를 마음에 들어 했습니다, 그워바츠키
군." 교수님이 이상하게 격식을 차린 목소리로 드디어 입을 열
었다. 나는 얼떨떨하게 교수님을 쳐다보았다. "본인들 입으로 인

정하려 들진 않아도 상당히 마음에 들어 하는 눈치예요, 사실. 글솜씨도 좋고, 주제도 연구해볼 만하고. 그건 본인이 더 잘 알겠지만."

내가 입을 열 차례였는지 도통 감이 서지 않았다. 비통한 미소에 교수님의 얼굴이 이지러졌다.

"그러나, 군도 상상이 가겠지만 이런 경우 외부적인 압력도 상당히 작용한답니다."

위장이 다 졸아들었다. 나는 교수님을 바라보며 그 표정을 읽어내려 애썼다. 완전히 무력한 심정이었다.

"다른 후보자들도 있는데." 그가 피로한 목소리로 말을 이었다. "그네들의 제안서는 군의 제안서만큼 좋지는 않아요. 하지만 ……." 교수님은 안경을 벗더니 눈가를 비볐다. "개중 몇몇은 인맥이 있더라고."

다시금 내려앉은 침묵, 마치 이 악역에서 자신을 구제해달라는 듯 내 쪽을 다시금 흘깃거리던 교수님. 자유 낙하하던 내 마음.

"최종 결정이 아직 내려지진 않았지만, 지금 상황대로 굴러간다면 군한테 유리해 보이지는 않아요. 이건 알고 있어야 할 것 같아서." 교수님은 한숨을 내쉬더니 책상을, 서류 더미를 쳐다보다가 다시 나를 바라보았다.

"그럼 저는 왜 부르셨어요? 저더러 뭘 어쩌라고요?" 내 목소리가 의도한 것보다도 작고 모나게 튀어나갔다.

교수님은 내가 화낼 걸 예상했다는 듯 나를 가만한 눈길로 바라보았다.

"이게 군에게 얼마나 실망스러운 소식일지 잘 알고 있어요."

이런 말을 들으니 오히려 더 절망적인 기분이었다.

교수님은 앞에 놓인 서류 더미에 양손을 올리고는 책상 너머에서 내 쪽으로 몸을 기울였고, 그러자 그 콧수염의 한 올 한 올 새치도, 상냥하고 둥근 얼굴도 여느 때 없이 세밀하게 보였다. "군이 당원이 아니라는 건 압니다."교수님은 거의 속삭이듯 하는 목소리로 말했다. "게다가 어차피 지금 입당해 봤자 이미 늦었고요. 입당하고 싶었대도 말입니다."교수님은 아마 지금 하려는 제안이 본인으로서도 부끄러웠는지 눈을 내리깔았다. "그렇지만 혹시 누구 **아는** 사람은 없을까요, 루드비크 군? 미처 깜빡하고 언급하진 않았지만 군에게 유리하게끔 판도를 바꿔줄 수도 있을 그런 사람이?"

교수님이 나를 바라보는 눈길은 갑자기 파티가 열렸던 그날 밤 너의 눈길처럼 변해버렸다. 너무도 기대에 찬 그런 눈길로. 나는 침묵이라는 참호에 둘러싸인 채 가만히 앉아 있을 뿐이었다.

이윽고 교수님은 눈에 띄게 멋쩍어하는 얼굴로 끄덕였다. "한번 생각해봐요. 어쩌면 누군가가 떠오를지도 모르는 일이니. 군이 이 기회를 놓치게 되면 그렇게 아까운 일이 없을 겁니다."

그때는 내가 이 순간을 인정하지만 않는다면 이게 현실이 아니게 될 거라는 마음마저 들다시피 했다. 나는 침묵하는 채였다.

교수님은 일어서서 애써 미소를 지어 보였다. "떠오르는 사람 있으면 곧바로 알려주고요, 응?"

나는 겨우겨우 일어나서 허공에 대고 고개를 끄덕였다. 맥없는 내 손과 너무 큰 교수님의 손이 만나 우리는 악수를 했고, 잠시 뒤 복도에 선 나를 아무것도 모르는 타인들이 사방에서 잰걸음으로 스쳐 지나고 있었다. 새 학년이 시작된 터라 신입생들이 교정을 거닐고 있었다. 너무 어려 보여서 고등학교를 마쳤다는 사실조차 좀처럼 믿기지 않던 새로운 면면들로. 그들은 그 교정이 자기네들 것이었다는 양, 자기네들 이전에는 어떤 학생도 그곳에 발을 디딘 적이 없었다는 양 활보하고 다녔다. 나는 캠퍼스를 떠나 길거리를 비틀대며 칼바람이 손가락과 목을 깨물고 머리통을 씹어대는 것을 느꼈다.

그날은 추운 날, 아마도 겨울철에 접어들고 나서 처음으로 맞는 정말 추운 날이었고 나는 채비가 되어 있지 않았다. 목도리도 장갑도 모자도 없었다. 날씨를 얕봤던 것이다. 가로수들은 잎사귀를 떨구고 있었다. 나는 거의 어느 쪽으로 가는지조차 모르는 채 길거리를 표류했다. 무작정 걸어가며 한 발 앞에 다른 발을 두었고, 그 걷는다는 행위가 주는 막연한 보호감을 느끼는 사이 발걸음의 박자가 나를 달래주었다. 그러나 내게 오는 양육수당도 불과 몇 주 후면 끝날 것이라는 사실마저 잊기에는 역부족이었다. 갑자기 나는 미래에 대한 그림을 잃어버렸고 오로지 무시무시한 공허만이 보였다. 나는 순진했거니와 멍청하기까지 했다. 그제야 나 자신의 우매함을 깨달았다. 그러나 걷고 있는 한 나는 생각하지 않아도 되었고, 무엇도 오래도록 직면하지 않아도 되었다.

정신이 들었을 때 나는 마르샤우코프스카 거리[1]에 있었고, 그곳에는 네가 서서 선글라스를 쓴 남자애, 즉 파티에서 하니아와 함께 춤을 추었던 그 남자애에게 얘기하고 있었다. 그는 라파우라고 자기소개를 했고 실그러진 미소를 지으며 한 손을 내밀었다. 그 눈이 보이지 않아서 괜히 위축되는 기분이었다. 너와 나, 우리는 서로를 바라보았지만 아무 말도 나눌 수 없었다.

태양이 벌써 위세가 약해져서 저무는 중이었기에, 날씨도 더욱 추워졌지만 나는 더는 추위가 느껴지지 않았다. 우리가 서 있던 바르샤바에서 가장 곧고 긴 대로변에서는 콘스티투치 광장[2]의 거대한 스탈린식 건물들과 그 외벽에 양각된 근육이 불거진 노동자들과 강인하고 건장한 어머니들까지 다 보였는데, 저 멀리 훼손된 지성(至聖) 구세주 성당[3]을 지나 그 너머 작은 광장 쪽으로 가면 하니아와 막시오가 사는 곳이었다. 고작 네 시밖에 되지 않았는데도 밤은 벌써 우리를 에워싸기 시작하였다. 우리가 서서 기다리던 곳 위쪽의 식당 네온사인—손글씨 느낌으로 쓰인 붉은색의 큼지막한 '모자이카' 간판—은 우리 인생을 밝혀줄지도 모를 무언가 진보되고 현대적인 것을 알리는 등대 같았다. 우리는 라파우와 얘기했지만 내 정신은 다른 데에 가 있었다. 주고받은 대화 중에서 단어 하나도 기억나지 않는다. 그

---

1 폴란드 바르샤바 시내의 큰길.

2 '헌법 광장'은 폴란드 바르샤바 도심의 주요 광장이다.

3 바르샤바의 지성 구세주 성당(Kościół Najświętszego Zbawiciela)은 2차 세계대전 당시 심각하게 훼손되었다가 사회주의 폴란드 시절에 첨탑만 재건되었다.

렇게 아무것도 기억나지 않는 순간이 흐르다가 웬 검은색 베스파[4]가 바로 우리 앞에 멈춰 섰다. 하니아가 라이더 재킷과 롱부츠 차림으로 머리를 풀어 헤치고 있었고, 막시오는 크림 색깔의 두꺼운 알프스 식 스웨터[5]를 걸치고 있었다. 남매의 옷이 하나같이 새것에다 외국 것으로 보였다. 나는 위압감에 휩싸여 그 둘이 펠리니[6]의 영화에 나오는 한 쌍의 배우들이라도 되는 양 뚫어져라 쳐다보았다. 우리는 볼에 키스하고 악수도 했다. 그들은 나를 봐서 진심으로 반가워하는 모양새였고, 이에 공치사가 주는 간질간질한 온기에 벌써 신경이 진정되기 시작하였다. 다 같이 걸어 들어간 모자이카는 따스하고도 포근했다. 천장이 낮은 방을 꾸며주던 것은 붉은 카펫과 정복을 입고 검은색 넥타이를 맨 직원들에 더해—이번에도—예의 그 화분에 심긴 거대한 야자수들로, 이파리 하나하나를 아기를 싸매도 될 만큼 큼지막하게 펼치고는 느른하고도 게으른 모습으로 제 장엄함을 다 안다는 듯이 온 방 안에 뻗대고 있었는데. 그곳에 있는 이들은 길거리에서 걸어 다니는 모습을 보인 적이 없는 부류의 사람들이었기에 그들이 존재하지 않는다고 생각했다 한들 무리도 아니었을 테다. 여자들은 풍성하게 물결치는 헤어스타일을 하고 묵직하고도 눈부신 목걸이에 여우 털목도리를 걸치고 있었으며, 남

---

4 이탈리아의 스쿠터 제조사.
5 알프스 지방에서 입는 목 언저리와 가슴 부근에 독특한 직조 문양이 있는 스웨터를 칭한다.
6 페데리코 펠리니(1920~1993). 이탈리아의 영화감독.

자들은 맞춤으로 재단된 양복을 입고 심각하고도 멀끔한 얼굴들을 하고 있었는데 그들이 문 미국산 담배에서 둥실대는 연기는 바깥세상의 담배 연기보다 더디고도 값비싸게 떠올랐다.

우리가 색유리가 끼워진 창가에 있는 칸막이 좌석으로 가서 서로 마주 보도록 놓인 푹신한 가죽 장의자 양쪽에 앉아 보드카를 마시고 담배를 피우자 고운 안개가 우리를 감쌌다. 웨이트리스가 사워크림을 곁들인 청어 요리와 소고기를 넣은 우크라이나 식 보르시치를 가져다주었고, 조금 있다가는 큼직한 붉돔 요리마저 한 사람당 한 마리씩 내어왔다. 나는 마치 다른 사람이 되어 어디 다른 도시에서 무사태평하고도 고상한 인생을 영위하고 있는 기분이었다. 교수님과의 면담마저도 포함해서 세상 만사가 얼마나 손쉽게 제쳐지던지 놀라울 정도였다. 그러는 데에는 보드카도 한몫했다. 웨이트리스가 오고 또 와서는 굳이 누가 따로 부탁하지 않아도 우리 잔을 채워주었다. 내 옆자리에 앉은 너와 건너편에 앉은 하니아는 미소 띤 눈길로 우리를 바라보았고. 막시오는 이 일화에 저 일화를 풀어내었는데 주로 본인이 꼬시려고 했던 여자들에 관한 이야기였고, 그러는 너는 마치 막시오와 동류라도 되었다는 듯이 그를 계속 종용하면서 지분거려 막시오가 더 털어놓게 만들었다. 나는 이런 네 모습은 본 적이 없었는데 그런 모습도 의외로 마음에 들어 놀랐다. 어떤 면에서 이 모습은 진정한 네가 아니었다고, 나는 스스로에게 말했다. 하니아가 눈을 동그랗게 뜨고 입을 벌리고 웃으며 너를 뚫어져라 쳐다보는 모습에도 나는 질투가 일지 않았다.

"그래서 우리 야누셰크[7]가 근래 몇 주간 코빼기도 안 비친 게 너 때문이었구나." 어느 순간 하니아가 말하며 내게 윙크했다. "나는 어떤 여자애가 우리 애를 보쌈이라도 해 갔나 걱정하던 참이었는데 사실은 그냥 이렇게 귀여운 단짝 친구랑 붙어 있느라고 그런 거였어."

너는 툴툴거렸다. "하니아, 너 진짜 내 친구들한테 꼭 다 이렇게 집적대야겠어?"

막시오와 라파우가 큰 소리로 웃어젖혔다. 나는 엉겁결에 얼굴을 붉혔다. 하니아는 네게 눈알을 굴리더니 나와 작당 모의라도 하듯 나를 바라보았다.

"근데 나 왜 농활 갔을 때 밭에서 너를 본 적이 없지?" 나는 분위기를 전환하려 물었다.

"훌륭한 질문이야!" 막시오가 외쳤다. "우리 자매님? 왜 우리 공주 전하께서는 여름 내내 손가락 하나—비트 하나—까딱하지 않으셨사옵니까?"

이번에는 하니아가 얼굴을 붉힐 차례였다. "그만 좀 놀려, 다들." 이렇게 말한 그녀가 짐짓 성질이 난 척을 하면서 보드카가 담긴 작은 술잔을 비우고는 식탁에 탕 소리가 나도록 내려놓는 바람에 주변에서 식사하던 손님들까지 쳐다보았다. "난 손이 연약하단 말이야." 그녀가 아양을 떨듯 말했고 우리는 웃었다.

이윽고 도착한 디저트는, 초콜릿 소스를 곁들인 아이스크림

7 폴란드에서는 남성 명사에 접미사 '-ek(에크)'를 붙여 애칭으로 사용한다.

위에 휘핑크림이 터무니없을 정도로 태산처럼 올라간 채 나팔 모양의 꽃처럼 생긴 길쭉한 유리잔에 내어졌다. 맛있었다. 나는 다시 어린애가 된 기분, 그것도 이번에는 소망하는 바가 언제나 이루어졌던 행복한 아이로 거듭난 기분이었다. 창문 저편으로는 밤이 깔려 있었고, 어둑한 형상들이 의기소침한 얼굴과 텅 빈 가방과 추측건대 텅 빈 배 속으로 길거리를 지나다니고 있었다. 그러나 우리는 그들에게 눈을 돌리지 않았다. 창유리 너머 이쪽은 너무도 좋았으니까. 너무도 따스하고, 너무도 포근했으니까.

우리는 다른 손님이 거의 다 돌아간 늦은 시간까지 남아 있었다. 계산서가 작은 은쟁반에 담겨 도착하자 모든 이가 지갑을 찾아 손을 뻗었으나—그렇다기보다는 내 경우에는 뻗는 척만 했으나—막시오가 우리에게 그냥 놔두라고 손짓했다.

"우리가 내는 거야." 그가 손을 휙 저으며 말하더니 웨이트리스가 외국산 주류가 즐비한 벽 앞에 서 있는 카운터로 걸어갔다. 웨이트리스가 공손하게 미소 짓고 있는 동안 그는 계산서에 서명하고 팁을 놓아두었다.

우리는 바깥의 차가운 공기 속에 서서 막시오의 말버러를 피웠는데, 내가 피워본 그 어떤 담배보다도 맛이 부드러웠다. 하니아는 고양이처럼 요리조리 살펴보는 특유의 모양새로 우리를 둘러보더니 그 주 주말에 다 같이 시골 별장에 놀러 가지 않겠느냐고 물었다.

"우리 도심을 벗어나서 신나게 좀 놀아보자고." 그녀가 말하는 사이 두 눈이 흡족함에 가늘어졌고 그 고운 입은 말려 올라가며 미소를 보였다.

우리는 모두 그러자며 서로 잘 자라고 키스해줬고, 이윽고 남매끼리 베스파를 타고 그들이 사는 동네로 쌩하니 달려가는 양을 바라보았다. 라파우도 손을 흔들어 택시를 잡아타더니 가버렸다.

그러자. 이 텅 빈 거대한 대로변에 너와 나만 남았다. 우리는 도심 외곽으로 걸어갔다. 나는 예전의 너를 더듬어 찾으며, 차가운 밤공기 속에서 각자의 가면이 벗겨지기를 기다렸다.

"네가 와줘서 정말 행복하다." 너는 나를 사랑스럽고 얼근하게, 거의 애 같은 눈길로 바라보며 말했다. "완전 좋지 않았어? 그러게 내가 뭐랬어, 응?"

나는 끄덕였다. "**확실히** 좋긴 좋더라."

인적이 사라진 보도를 우리는 계속 걸어갔다. 늦은 시각이었다. 나는 우리의 발소리에 귀를 기울였다. 두 발소리는 합창하다시피 했고, 그날 밤 내내 제쳐뒀던 진지한 무언가가, 중요한 무언가가 내 의식의 표면으로 떠올랐다. 나는 네게 교수님과의 면담에 관해서, 가망 없는 내 꼴이 창피해서 나지막하게 말해주었다. 도저히 네게 뭐라도 청할 용기는 내지 못하면서 그저 이야기만 풀어놓으며. 너는 유심히 들었다.

우리는 어느새 포즈난스카 거리에 도착하여 바닥에 깔린 자갈돌과 우뚝한 전전(戰前) **카미에니차**와 줄지은 매춘부들 사이에 있었다. 젊은 매춘부도 늙은 매춘부도 대다수가 긴 코트 아래로 미니스커트나 쫙 달라붙는 원피스를 입고 있는 게 보였는데 몸이 맹렬히 옷감을 잡아 늘어뜨리는 바람에 솔기들이 터지기 일보 직전이었다. 내가 이야기를 털어놓는 동안 그들이 우리에게 음탕하고 걸걸한 말씨로 외쳐대었으나, 우리는 쳐다보지도 않고 계속 걸어갔다.

"특별히 싸게 해줄게, 오빠야." 개중 하나가 실롱스크[8] 지방의 딱딱 부러지는 비음 섞인 억양으로 소리쳤다. "얼굴이 너무 이쁘게 생겼으니까 특별히. 친구도 같이 데려와요."

다른 여자들이 어둠 속의 하이에나 떼처럼 킬킬거렸다. 나는 너를 쳐다볼 엄두도 나지 않았다. 그 순간에 도무지 뭐가 웃겼던 건지 알 수가 없었다. 드디어 길거리 끄트머리에 도달하자 문화과학궁전이 큼지막하고도 어두컴컴하고도 불길하게 우리 앞에 우뚝 솟아올랐고, 그 옆으로는 불은 밝혀져 있지만 텅 비어 보이는 기차역이 놓였다.

너는 멈춰 서더니 위로하듯 미소를 지으며 나를 바라보았다. "걱정 마, 이번 건 쉬우니까. 이번 주말에 네가 하니아한테 부탁해보면 될 거야. 걔네 별장에서."

기회의 서광이 번뜩 뇌리를 스쳤다. 그날 밤 그 식당에 가보고 나자 안 될 일이 없어 보였다.

"정말 그럴까?"

8　슐레지엔이라고도 불리는 폴란드 서남부 지역. 2차 세계대전 종전 후 1945년에 독일령에서 폴란드령으로 귀속되면서 해당 지역 주민들 사이에서 독일어 억양이 섞인 폴란드어 방언이 형성되었다.

너는 끄덕였다. "하니아도 널 마음에 들어 해. 그리고 분명 걔라면 널 위해 여기저기 줄도 좀 대줄 수 있을 거야. 걔랑 막시오는 항상 시험 문제도 다 미리 받아봤던 거 알지. 그래서 덩달아 나도 강의에 출석할 필요가 없었던 거야. 게다가 농촌 활동 때에도 걔네는 손가락 하나 까딱하지도 않았고."

나는 신발을 내려다보며 머리를 이리저리 굴렸다. "아무리 그래도 내가 하니아한테 그러는 거 이상하지 않아? 너 좋다고 그러는 애한테?"

너는 미소 짓고는 고개를 가볍게 저었다. "오늘 밤 걔가 어쩌는지 봤지? 걔가 나한테 막 목매는 게 아니야. 게다가 이 남자 저 남자한테 엄청 쉽게 빠지는 애라서. 지금은 아마 **너**한테 빠져 있을걸." 너는 다시 웃었다.

"알았어, 그럼." 나는 그래도 불안했지만 이렇게 말했다. "이번 주말에 말해볼게."

우리는 포옹했고, 그러자 우리의 뺨이 서로 맞대어지며 까칠하게 자라나기 시작하는 네 수염이 느껴졌다. 나는 그 느낌을 언제나 사랑했다.

"잘 자." 네가 강 건너편으로 몸을 돌리며 말했다.

"잘 자, 내 사랑."

카롤리나에게는 왜 털어놓지 않았는지 모르겠다. 한편으로는 털어놓고 싶었고, 온전히 다 털어놓을 수 있는 사람을 갈구했다. 아마 내가 그럴 준비가 되지 않았던 것 같다. 그녀가 내게 빙긋 웃고는 "얼씨구, 얼씨구!" 한다든지 위스키의 유혹적인 맛에 관하여 뭔가 냉소적인 말을 할까 봐 겁이 났다. 갚을 수 없는 호의는 구하는 게 아니라는 경고라도 할까 봐 겁이 났다. 그 당시 내가 가장 듣고 싶지 않았던 것은 경고였기에. 그래서 그 주에 우리 집 앞 길모퉁이에 있는 공중전화 부스에서 그녀에게 전화를 걸었을 때 그녀가 나더러 요즘 어쩌고 있었냐고 묻자, 나는 할 수 있는 한 가장 활기찬 목소리를 꾸며내고는 모든 게 잘 돌아가고 있었다고 말했다. 그리고 그녀가 하니아의 파티에서 함께 춤을 춘 예의 키 작은 남자애에게 반하게 되었다는 이야기나 하도록 했다. 그의 이름은 카롤이었다. 그는 기술공이었다. 나는 둘의 이름을 가지고 농을 치며 카롤과 카롤리나라니 어쩜 이름부터가 맺어질 운명이지 않았냐며 떠들어댔고 그녀는 옛날 옛적처럼 웃어댔다. 그런 다음에 그녀는 내게 박사 과정에 관해 물었다. 나는 아직 교수님을 뵙지 못했다고, 그다음 주에나 뵙게 될 터였다고 말했다. 딸 것 같은 느낌이 강하게 들었다고. 그녀는 나를 위해 행운을 빌겠다고, 정말 따게 되면 자기가 다 기쁠 것 같다고 말했다. 전화를 끊고 나자 전화하기 전보다도 카롤리나가 그리워졌다.

나는 주말여행 채비를 하려고 아파트로 걸어 돌아왔다. 짐을 쌌다가 풀었다가 다시 쌌다. 옷을 다림질했다. 휴가를 간다는 느낌보다는 다른 사람이 되어 돌아오기 위한 작전을 수행하러 간다는 느낌이었다. 그날 저녁 마음이나 좀 다스릴까 싶어 나는 다시 차가운 길거리로 걸어 내려가 공중전화 부스로 향했다.

"루지오, 너일 줄 알았다. 이렇게 밤늦게 전화하는 사람이 너 말고 누가 있냐."

행복해하는 목소리였다.

"할머니."

"어떻게 지내고 있냐, 우리 강아지?"

나는 침을 삼켰다. "저야 완전 잘 지내죠, 할머니. 진짜 잘 지내요."

"정말이냐? 돈이 필요하진 않고? 아무리 이 할미가 한 푼도 없다시피 해도 꿍쳐둔 쌈짓돈은 있다. 내 그거라도 보내서……."

"아니에요, 할머니." 나는 수화기에 대고 미소를 머금고 말했다. "돈 필요 없어요. 저 박사 과정 하게 될 것 같아요. 이제 할머니께 신세 안 져도 돼요."

"어마, 루지오." 할머니의 목소리에 물기가 어렸다.

"저 대견하죠, 할머니?"

"대견하다마다." 할머니가 훌쩍거렸다. 나는 공중전화기의 차가운 금속 몸체에 이마를 기댔다. "그러면 집에는 언제 올 거냐, 우리 강아지? 이 할미가 제일로 관심 있는 건 오로지 그거잖느냐—우리 손주 얼굴 보는 거."

"곧 갈게요." 나는 정말 그럴 수 있을지 없을지 확신하지 못한 채로 말을 뱉었다. "곧이요. 저쪽에서 제 박사 과정 승인이 나면요. 저도 정리 좀 되고 나서요. 약속할게요."

나는 전화를 끊고 공중전화 부스 안에 그대로 서서, 천장에 붙어 철제 격자로 보호된 전구의 작은 원광 속에서 바깥에 내린 밤을 바라보았다. 내 인생은 벗어날 문 하나 없는 작고 비좁은 복도이자, 너무 비좁아서 팔꿈치에마저 멍이 드는 일방통행의 터널이었다. **그걸 하든지 공허로 가든지**, 나는 스스로에게 말했다. **그걸 하든지 떠나든지.**

이튿날 우리는 트셰흐 크시지 광장[9]의 중앙에 이교도의 사원처럼 서 있던 돔 지붕이 얹힌 성당의 계단 위에서 만났다. 으슬으슬하고 찌뿌드드하며 압도적이고도 절망적으로 잿빛이었던 날이라, 태양이 이제 종적마저 감췄나 싶어지는 동시에 철통같은 요새를 형성한 구름에 짓눌려 마음이 질식사하는 게 아닌가 무서워지기까지 하는 그런 유난히도 바르샤바다운 날에 속했다.

내가 도착했을 무렵 너는 진작에 약속 장소에 와서 가방을 발치에 내려두고 있었다. 우리는 서로의 볼에 키스했다. 마치 우리가 무슨 음모의 공모자라도 된 양 우리 사이에는 기묘한 공기가 감돌았다. 네 눈이 짓궂은 장난기로 번뜩였다. "준비됐어?" 네가 말하며 그 눈빛으로 나를 꿰찔렀다.

나는 고개를 끄덕이면서 한바탕 욕지기가 이는 것을 느끼면서도 그 느낌을 애써 억눌렀다.

그들의 자동차가 광장에 도착했다. 나는 차가 멈추기도 전에 그들 자동차라는 걸 알아보았다. 서구권 차가 워낙에 드물었던 지라 아무리 나지만 우리나라에서 한번 가져보겠다고 꿈이라도

---

9 '세 개의 십자가 광장'이라고 불리는 바르샤바 중심부의 주요 광장. 중앙에 성 알렉산더 성당이 위치해 있다.

꿀 수 있던 여타 두 가지의 차종과는 확연히 분간이 갔던 것이다. 말루흐라고 하는 사회주의권용으로 제작된 깡통 같은 피아트도 아니었고, 그렇다고 트라반트라고 하는 동독에서 온 큼지막하고 투박한 모델도 아니었다. 여기 이 차는 흑표범만큼이나 매끄러우면서도 우아한—검은색 메르세데스였다.

그것이 성당의 계단 가에 정차했다. 조수석 유리창이 스르륵 내려가더니 금색 선글라스를 낀 하니아가 우리에게 들썩들썩 손을 흔들었다. "얼른 타, 얘들아!"

우리는 가방을 챙겨 서둘러 계단을 내려갔다. 둘이서 갈색 가죽이 깔린 뒷좌석에 올라타자 그곳에는 이미 막시오가 파티에서 만난 금발 머리 여자애가 매우 값비싼 인형처럼 앉아 있었다. 그녀는 짧은 가죽 미니스커트를 입었고 머리에는 붉은색 두건을 두르고 있었다. 하니아는 그녀를 아가타라고 소개했고, 이에 아가타는 진정제라도 맞은 양 우리에게 느릿느릿 고개를 끄덕였다.

"왔냐, 얘들아." 막시오가 눈에 웃음기를 머금고 운전대로부터 뒤를 돌아보며 말했다. "신나게 달려보자!"

"또 올 사람 있어?" 나는 물었다.

뒤로 빙글 돌아본 하니아는 여전히 미러 선글라스를 쓴 채였기에, 그 안경알에 얼굴이 투영되며 변형되는 바람에 나는 우스꽝스럽고 핼쑥해 보였다.

"딱 우리끼리만 가는 거야." 그녀가 말하고는 미소 지었다.

우리는 우야즈도프스키에 대로를 따라 매끄럽고도 사부자기

부웅 달려나갔다. 잊힌 지 오래인 귀족의 소유였던 퇴락한 궁전들과, 나의 숨은 사슴들이 있는 와지엔키 공원과, 소련 대사관저인 성을 지키는 거대한 출입문과 정렬한 군인들을 스쳐 지났다. 그러고 나자 도시의 지형지물이 드문드문해졌다. 우리는 끝없이 펼쳐지는 똑같은 블록들을 스치면서 이 **블로코비스코** 다음에 저 **블로코비스코**를 지났고 그 사이사이에 아이들이 떼로 몰려 시끌벅적 뛰놀던 진창도 지나갔다. 연기를 내뿜는 베헤못[10]인가 싶은 공장들이 더께 앉은 성당처럼 으리으리하고 경건하게 선 모습도 지나쳤다. 라디오가 켜져 있어서 벨벳언더그라운드[11]의 무슨 노래가 흘러나오고 있었다. 니코[12]가 특유의 나지막하고 한탄스러운 목소리로 노래하는데 종소리가 찰랑거리고 기타가 쟁쟁거리는 것이 신기루가 깜박이는 듯했다.

이윽고 시야에 잡힌 것은 하얀 자작나무 수림으로, 현재 늦가을이 되어 헐벗음으로써 더더욱 엄숙해져 있었다. 거기다 더해 논밭에다. 축축이 젖은 갈색 밭에는 아주머니들과 아저씨들과 쟁기를 끄는 말까지. 하늘은 여전히 구름으로 뒤덮인 터라 쌀푸딩처럼 희멀건 잿빛이었지만, 이 전원 지대에서는, 이 대자연 속에서는 그 하늘에서마저도 피난처가 되어주는 침대의 안락한 솜이불을 닮은 제 나름의 아름다움이 엿보였다.

10 구약 성경 중 〈욥기〉 40장 15~24절에 등장하는 하마를 닮은 거대한 괴물.
11 1964년 결성된 미국의 록 밴드.
12 벨벳언더그라운드는 독일의 가수이자 모델이자 여배우인 니코(1938~1988)와 함께 1967년에 〈벨벳언더그라운드 & 니코〉라는 음반을 발매하였다. 본문에 등장하는 곡은 'All Tomorrow's Parties'이다.

우리는 얼마간은 떠들다가 또 얼마간은 침묵했다. 그렇게 달려나가고 또 달려나가는 동안 라디오에서는 록 음악이 흘러나왔고 아가타는 노래를 따라 흥얼거렸다. 하늘에서 햇살이 흘러내리기 시작할 즈음에는 땅도 넘실대기 시작했다. 야트막한 언덕들이 우리를 둘러싸더니 이제는 온통 숲 지대가 펼쳐지면서 소나무가 바다를 이루었다. 그러다가 아무 표지도 없는 흙길에서 막시오는 핸들을 꺾었고, 그렇게 우리는 빽빽한 수림을 헤치고 쭉 달려내려가다가 웬 출입문에 다다랐다. 하니아가 차에서 내려 잠긴 출입문을 열고 나서 다 같이 안쪽으로 들어가 우뚝하고 장중한 포플러 나무가 늘어선 대로를 따라 차를 달릴 무렵에는 막 밤이 떨어지고 있었다.

도로 끝에는 저택이 있었다. 그 가옥은 땅거미를 뒤로하고 하얗고도 투명한 게 마치 유령 같았는데, 두껍고도 위풍당당한 기둥들이 베란다의 삼각 지붕을 받쳐 들고 있었다. 우리가 자동차에서 내리자 낙엽들과 자잘한 나뭇가지들이 신발 아래에서 바사삭댔다. 그 저택은 우리가 오든 말든 염두에도 없이 그곳에 늠름하게 서 있었다. 그것은 **드부르**[13]라고 하는 오래된 시골 별장이었는데, 그 저택이 벌써 그곳에서 수 세기를 존재해왔을 테고 우리 모두를 앞세우고도 계속 존재하리라는 생각이 들자 바로 그 점 때문에 나는 그 저택이 존경스러워졌다. 저택이 이미 목도한 그 모든 것들과 저택이야 앞으로 목도하겠지만 우리는

---

13 dwór. 폴란드어로 '대저택' 혹은 '궁전'.

결코 알지 못할 그 모든 것들 때문에.

막시오가 잠긴 현관문을 열고 안쪽의 등불을 탁 켰다. 마른 삼나무의 향기가 마음속에 퍼져들었다. 내부에는 오래된 파이앙스 도자기[14] 난로 및 벽난로와 더불어 수퇘지와 사슴의 머리통과 같은 사냥 전리품이 있었으며 바닥에는 동양풍 카펫이 깔려 있었다. 정권의 흥망성쇠에는 무심한 채 다만 누가 됐든 권력을 손에 넣게 되는 자에게만 충성하는, 쾌락과 안녕을 위한 장소였다. 네가 이곳이, 이 저택이 너무도 인상적이라며 뭐라고 떠드는 동안 나는 잠자코 있으면서 너희 누구도 이 저택을 가질 자격이 없었다는 생각을 했다.

하니아를 따라 위층으로 가자 그녀가 우리에게 방을 내어주었다. 너와 내가 방을 같이 쓰게 될 것이었다. 그녀는 우리 옆방에 자기 방을 잡았다. 막시오와 아가타는 아래층에 있는 또 다른 침실을 잡았다.

"부모님이 일요일에 오시거든." 하니아가 복도 끝에 있는 커다란 문을 가리키며 말했다. "저기가 부모님 방이야."

"이 저택 대박이지 않아?" 우리가 소지품을 부려두고 짐을 풀고 있을 무렵 네가 말했다. "이건 거의 뭐 궁전이야."

나는 고개를 끄덕였다. 나는 혼자 있고 싶었고, 이곳을 혼자서만 독점하고 모든 요소를 맘껏 음미하고 싶었다. 방에서 내려다보이던 정원—사실상 공원—은 운동장을 여러 개 합쳐둔 양

14 서양에서 주로 17~18세기에 만들어진 주석 성분이 함유된 불투명 유약을 바른 도기를 일컫는다.

널찍한 장방형으로 숲에 인접해 있었다. 거기 서서 마지막 남은 빛의 티끌들이 그 위로 녹아드는 광경을 지켜보며 넋을 놓고 있자니 어느덧 바깥에 온전한 암흑이 내리면서 창문에 비치는 내 얼굴이 보였다. 나는 다시 방으로 몸을 돌렸다. 방은 거대해서 짐작하건대 **파니 콜레츠카**의 자그마한 아파트만 할 정도였다. 싱글침대가 두 개 놓여 육중하게 윤을 발하고 있었는데 둘 사이가 사기 등불이 놓인 침실용 협탁으로 갈려 있었다. 방 안의 문을 열자 욕조가 딸린 커다란 욕실로 이어졌다. 나는 수도꼭지를 틀고서 물이 욕조를 채우면서 맹렬하게 쿠르릉대는 소리를 즐겼다. 욕조에서 훈김이 피어올랐다. 나는 옷을 벗고 욕조에 들어가되 공원의 곁다리라도 보일 수 있도록 문은 열어두었다. 물은 너무 뜨거워서 거의 델 것 같았지만 그래도 나를 뜨끈하게 안아주었다. 나는 욕조에 오래도록 누워 피부가 뜨거운 나머지 따끔거리는 걸 느끼면서, 이마에 땀방울이 송골송골 맺히는 것도 느끼면서 정신이 맘대로 헤매도록 두었다. 잠시 뒤 눈꺼풀이 저절로 감겼다.

깨어나자 몸이 차갑고 물에 질식할 것 같은 느낌이었다. 나는 욕조에서 나와 배가 고파서 어지러운 머리로 **코틀레트**만큼이나 두꺼운 수건으로 몸을 닦았다. 그러고 나서야 네가 사라진 것을 알았다. 재빨리 옷을 입고 아래층으로 내려갔지만 아무도 보이지 않았다. 그래서 나는 돌아다니면서 그 모든 것을 음미했다—위엄 있는 원목 가구, 스러진 난롯불의 냄새, 정원의 가없는 어둠 속으로 이어지는 커다란 베란다, 멀찍이서 아스라이 윤곽으로만 비치는 수림을. 그때 나지막하고 숨죽인 목소리들이 들려왔다. 누구의 목소리인지 분간이 가지 않았다. 목소리의 진원지라고 생각되는 곳으로 걸어갔더니 주방에 있는 너와 하니아가 보였다. 너희가 바투 서 있던 것이 춤이라도 추는 것 같다고 나는 생각했으나, 양팔은 서로를 붙들고 있지 않았으며 표정들은 골몰한 것이 영 은밀스러웠다. 하니아가 미소를 지으며 네게 무슨 말을 하자, 너는 눈살을 찌푸리더니 한바탕 웃음을 터뜨렸다. "말해줘." 그녀가 치근대듯 말하는 소리가 들려왔지만 너는 스핑크스의 수수께끼 같은 미소만 고집하며 어깨를 으쓱할 따름이었다.

내가 다가가자마자 너희는 일제히 고개를 내게로 돌렸다. 그리고 너는 그녀에게서 살짝 몸을 뺐다. 그녀의 얼굴 역시 은밀스러운 표정에서 평상시의 표정으로 바뀌었다.

"왔구나!" 그녀가 외쳤다. "배고프니, 루지오?" 나는 뭐라도 해명을 얻고자 너를 쳐다보았지만 너는 배역에 몰입해 있는 듯했다.

"배고파 죽겠어." 내가 말했다.

그날 밤, 저녁 식사 후—하니아가 집에서 가져와서 오븐에서 데워준 으깬 비트와 사과를 곁들인 로스트비프를 먹은 후—우리는 거실에 난롯불을 피우고 카드 게임을 하며 불가리아산 와인을 마셨다. 그러나 너희 둘 사이에서 벌어진 그 장면을 목격해버린 뒤로 나의 배역은 깨져버려 연기하기가 더더욱 어려워졌다. 나는 심란해졌고 초조해졌다. 그렇게 저녁이 끝나갈 무렵 아가타가 우리의 종용에 못 이겨 일어나 노래했다. 그녀는 진심 어린 애수를 담아 마릴라 로도비치의 곡을 노래했는데, 옛날 옛 적의 장터와 양철 장난감과 풍선에 관한 예의 조용하고도 구슬 픈 노래였다. 우리는 모두 가만해졌다. 그녀의 목소리는 우리 마 음을 돌연 애수로 휘어잡아버렸다.

머지않아 아가타와 막시오는 잠자리에 들었고, 그러자 우리 셋만 남게 되었다. 서로 맞은편에 놓인 소파 두 개의 양옆에는 안락의자, 가운데에는 낮은 탁자가 놓인 곳에. 너는 하니아의 맞은편에 있는 소파에 앉았고, 나는 소파 사이에 낀 안락의자 중 하나에 앉았다. 우리는 이튿날 뭘 할지에 관해서 얘기했다. 나는 이만 자러 가고 싶었지만 그렇다고 너희 둘만 남겨두고 싶 지도 않았다. 그러던 중 네가 이만 자러 가겠다고 선언하더니 마치 지금이 말을 꺼낼 기회라고 말하려는 듯 나를 의미심장하 게 쳐다보았다. 나는 꼼짝하지 않았다. 우리는, 하니아와 나는 네게 잘 자라고 인사했다. 하니아는 싱긋 웃더니 어두운 정원을, 아니 어쩌면 유리창에 비친 자신의 투영을 내다보았다. 그러더 니 나를 흘깃 쳐다보았다. 그녀의 입술에는 긴장감이 맴돌고 있 었다.

"네가 와줘서 정말 기뻐." 그녀는 말했다. 그녀가 긴장한 듯한 모습에 내가 다 놀랐다.

"불러줘서 내가 고맙지." 나는 말했다. "여기 정말 멋지다."

"그치." 그녀가 끄덕이고는 다시금 정원 쪽을 내다보는데 뭔가를 결심하는 느낌이었다.

"혹시 내가 너무 격의 없이 구는 게 아니면 좋겠는데—"그
녀는 말을 끊고는 무릎을 내려다보더니 다시 나를 쳐다보았다.
"사적인 질문 하나 해도 될까."

나는 아무 말도 하지 않은 채 머릿속의 현기증을 떨쳐내려고
애썼다.

"막 캐묻자는 건 아닌데."들썩이는 그녀는 한눈에도 불편하고
금방이라도 상처받을 듯이 보이기까지 했지만 그래도 내 상태
에 댈 만큼은 아니었다. "솔직히 말해줬으면 해—혹시 야누시
한테 달리 여자가 있어?"

한편으로는 큰 소리로, 발작적으로, 목구멍과 목청과 뱃가죽
이 터지도록 웃어젖히고 싶었다. 다른 한편으로는 그러고 싶기
는커녕 그냥 완전히 탈진한 기분이었다. 나는 덤덤한 얼굴을 유
지하면서 정직하게 고개를 저었다.

"아니. 그런 쪽으로는 걱정할 필요 없어."

"정말?"그녀의 얼굴이 변하면서 확 밝아졌다. "그냥 있지······
걔가 가끔 너무 거리를 둔다고나 할까. 게다가 왜 내 마음에 진
심으로 응해주지 않는지 이해가 안 되거든. 무슨 말인지 알겠어
······?"그녀의 눈이 자신을 안심시켜달라고 갈구했다.

나는 내 손가락을 쳐다보다가 고개를 끄덕였다.

"걔가 내 얘기도 하고 그래?"그녀가 찔러보았다.

"응."그녀를 도울 수 있었으면 싶으면서도 인색한 답밖에는
줄 수 없었던 내가 말했다. "응, 하더라."

그녀는 희망이 차오르는 듯 보였지만 확신하지는 못하는 양으로, 크게 뜬 두 눈으로 더 말해달라고 보채고 있었다.

"걔도 내가 **좋대**? 너한테 뭐라도 말한 적 없어?"

나는 꿀꺽 삼켰다. 현기증이, 이번에는 선명하게 나를 그러쥐었다.

"나는 몰라." 나는 이 말이 정말임을 의식하며 말했다. "나한테 말한 적이 없으니까. 네가 직접 물어봐야 할 거야."

이튿날 아침 나는 방으로 쏟아져 들어오는 햇살이 거슬려 두통과 함께 깨어났다. 네 침대는 정돈되어 있었고 너는 없었다. 샤워하고 아래층으로 내려갔더니 너희가 모두 식당의 기다란 식탁에 앉아 있었다. 하니아와 아가타는 둘 다 젖은 머리를 뒤로 빗어 넘긴 채였고, 공기에서는 커피 냄새가 났다. 너는 롤빵에 슬라이스 햄 두어 조각을 곁들여 먹고 있었다. "저기 왔네!" 내가 식당으로 들어서자 막시오가 말했고, 이에 모두가 눈을 들어 내게 잠에 겨운 인사를 건넸다. 하니아가 네 옆에 앉아 있었다.

아침 식사 후 우리는 모두 숲으로 산책을 나갔다. 숲은 축축했고—밤사이 비가 내렸던 것이다—싱그러우면서도 삭아가는 냄새가 났다. 우리는 층층이 쌓인 낙엽과 이제 끝물인 가을 버섯 위를 거닐었다. 그때 하니아에게 말을 꺼내보려 했지만, 둘만 있게 되는 경우가 없었다. 그리고 왠지 그래서 다행스러웠다. 날이 너무도 밝았고, 그 말은 나도 술이 좀 들어가야지만 꺼낼 수 있지 싶었던 것이다.

그날 오후에 하니아는 우리를 위한 깜짝 선물을 준비하고 있었다고 말했고, 점심 식사를 마친 뒤 아가타와 함께 빈 바구니를 두 개 들고 나갔다. 한편 우리 셋은 저택에 남았다. 너와 막시오는 아래층에서 당구를 쳤고, 나는 우리가 쓰는 방으로 올라갔다. 위층은 완전히 고요했다. 그렇게 우리 방에 다다르려던 찰나에 내 시선은 복도 끝에 있는 쌍여닫이문에 떨어졌고, 그러자 음흉한 호기심이 나를 사로잡았다. 나는 인기척에 귀를 기울였으나—아무 소리도 나지 않았다. 문 쪽으로 다가가서 손잡이를 밀어내렸다. 문은 잠겨 있지 않았다. 심장이 거세게 뛰는 사이에 나는 안으로 슬쩍 들어갔다. 환상적인 공원 조망이 있는 커다란 방이었다. 완벽히 정돈된 사주식 침대가 놓였는데, 그 주위로 기묘하게 경건하고 건드릴 수 없는 분위기가 흐르는 것이 최근에 별세한 사람의 침대와 같은 느낌이었다. 나는 창가로 걸어가 숲의 장관을 음미했다. 창문 바로 옆쪽에 놓인 윤이 도는 원형 탁자는 액자들로 뒤덮여 있었다. 어릴 적의 하니아와 막시오가 통통하고 자그마한 모습임에도 지금과 똑같은 얼굴들을 하고 아이스크림을 먹는 사진, 그들 부모님의 사진—아버지 쪽은 나이 먹고 살찐 막시오처럼 생겼으나 입매는 달라서 거의 입술이 없다시피 한 모습으로, 어머니 쪽은 늘씬하고 우아하며 하니아의 검은 눈동자를 빼닮은 모습으로. 네 식구가 에펠탑을 등지고 서서 미소 짓고 있는 비교적 최근의 사진까지. 그러다가 시선이 그 옆쪽의 사진에 가닿자, 나는 순간

머리가 백지가 된 채 그저 바라만 보았다. 심장이 쿵 내려앉았다. 그 사진 속에서는 남매의 아버지가 군복을 입고 온갖 훈장과 메달을 더덕더덕 달고 있었다. 나는 양손을 덜덜 떨며 그 사진을 탁자에서 집어 들어 더 가까이에서 들여다보았다. 기분이 메스껍다 못해 더럽기까지 했다. 하니아의 아버지와 기에레크가 악수하며 서로를 향해 웃고 있는 모습에.

당 제1서기는 넓적한 얼굴에 득의만만한 기색을 담고 하니아의 아버지를 눈에 띄게 마음에 들어 하며 바라보고 있었다. 행진할 때 무수한 현수막과 포스터에서 나를 내려다보던, 소위 우리나라의 구세주라고 불리던 바로 그 남자. 물가 인상을 지시한 바로 그 작자. 나는 나라 전역의 텅 빈 가게들을, **파니 콜레츠카**를, 한 줌이나마 받거나 아예 받지도 못하면서 마냥 배급 줄에 서서 인생을 버리는 서민들을 떠올리다가—살지고도 방종한 이 작자들의 웃음을 겹쳐보았다. 아연한 나머지 말도 나오지 않았다. 그 사진을 방바닥에 집어 던지고 마구 짓밟아 발꿈치 아래에서 유리와 나무가 산산조각 나는 것을 느끼고 싶었다. 종이가 찢기는 소리를 들으며 그치들의 웃음도 찢어발겨지는 꼴을 보고 싶었다. 갖은 애를 쓴 끝에 나는 사진을 겨우 억지로 내려놓은 다음 우리 방으로 다시 걸음을 옮겼다. 나는 두 눈을 뜬 채 침대에 누웠다. 이 작전 일체—박사 과정을 딸 수 있도록 하니아에게 도움을 구한다는 것—가 이제는 그 어느 때보다도 역겹게 느껴졌지만, 그럼에도 나는 해내야만 했다고 스스로에게 되뇌었다. **딱 이번 한 번만, 딱 이번 일만 부탁하고 그들과는 다시는**

상종하지 않는 거야. 나는 눈을 감았고, 그러자 온 세상이 주위에서 핑핑 돌아가면서 나 자신의 무게감마저 천동(遷動)되어 덩달아 뱅뱅 돌았다.

눈을 떴을 때 방은 캄캄했다. 반가울 정도로 신경이 둔해진 느낌이었다. 바깥에는 밤이 내린 터였다. 아래층에서 웃음소리가 올라오더니 이윽고 복도에서 발소리가 들려왔다. 너는 차마 흥을 주체하지 못하는 표정으로 문을 열었다.

"저녁 먹을 시간이야." 네가 나를 바라보며 말했다. "내려올 거지?"

나는 끄덕였다. "금방 내려갈게."

나는 세수하고 깨끗한 흰 셔츠를 입었다. 아래층으로 내려가자 뭔가 벌써 본격적으로 부산스러워져 있었다. 레코드판이 틀어져 있었고 너희는 전부 주방에 모여서는 조리대에 와인 잔을 늘어놓았는데, 너는 막시오와 얘기 중이었고 아가타와 하니아는 가스레인지 위에 놓인 냄비로 몸을 수그린 채였다. 공기 중에 강력한 흙냄새가 감돌았다.

"저녁 메뉴가 뭐야?" 내가 물었다.

막시오가 올려다보더니 짓궂게 씩 미소 지었다. "하니아 특제 마녀 수프." 그가 말했다. "딱히 배가 차진 않지만 배가 고프단 느낌은 전혀 안 들 거야—한번 믿어봐."

아가타는 키득거렸고, 하니아는 막시오에게 한번 봐준다는 눈길을 던지더니 한 손에 기다란 나무 국자를 들고 내 쪽으로 돌아섰다. 그녀는 보라색 랩 드레스를 입고 있었는데 목 언저리에서 거대한 호박 펜던트가 덜렁거렸다.

"내가 가끔 만드는 특별한 수프야." 그녀가 입술 위에서 미소를 놀리며 말했다. "너도 맘에 들걸."

"좌우간에 우린 어떻게든 오늘 밤을 불태워야 해." 막시오가 짜증이 난 얼굴로 말했다. "내일이면 엄빠가 와버리니까."

"우리 **부모님**이 내일 오시거든." 하니아가 돌아보지도 않고 말했다. "그래도 딱 하룻밤만 묵고 가실 거야. 우리 노는 데 방해는 안 하실 거고." 그녀는 커다란 사발을 가져다가 수프를 그 안에 부었다. 진흙 색깔의 짙고도 걸쭉한 수프였다. "그래도 오시면 **이런 건** 못하고 놀겠지. 그러니까 다들 먹자."

우리는 식탁 가운데에 거대한 사발을 두고 둘러앉았다. 수프에서 흙냄새가 훈김과 함께 퍼져 나왔다. 모두가, 심지어 아가타마저도 기대에 차서 들떠 보였다.

"이게 **뭔데**?" 내가 물었다.

하니아가 주위의 면면들을 둘러보자, 모두가 내 질문에 웃음짓고 있었다. "**주파**[15]야." 그녀가 의미심장하게 말했다. "양귀비 줄기 수프란 거지. 하늘을 나는 기분일걸."

그녀의 검은 눈동자가 번득였다. 너도 그녀 곁에 앉아 내게 한 번 먹어보라는 듯 고개를 끄덕였다. 그녀가 나를 위해 첫 잔을 따르고는 식탁 너머에서 건네주었다. 온 시선이 내게 집중되었

---

15 zupa. 폴란드어로 '수프'. 마약을 일컫는 은어이다. 당시 사회주의 체제하에서 마약을 구하기가 어려웠던 동구권에서는 양귀비 줄기를 사용하여 마약을 만들어 먹는 일이 흔했다.

다. 나는 잔을 입가로 들어 올리고는 물약이라도 마시듯이 입속에 부어버리며 남김없이 죽 들이켰다. 수프와 함께 나도 녹아내렸으면 싶었다. 수프는 암갈색의 맛으로, 쌉쌀하면서도 지독스러웠다. 그들은 내게 미소 짓더니 나를 필두로 하여 일제히 들이켰다. 우리가 서로를 바라보며 그렇게 둘러앉아 있으려니까 하니아가 식탁 너머로 내 손을 문지르면서 까르륵댔다. 너는 하니아의 손과 막시오의 손을 잡았다. 우리는 모두 손에 손을 잡고 하나의 사슬을 만들었다. 그러기를 잠시—아니, 잠시보다는 더 지났으려나—우리는 전원 신이 난 채 소파에 널브러지듯 앉아 있었다. 몸이 붕 뜨는 기분이었다. 머릿속에는 아무것도, 정말 아무것도 없었고, 너무도 가벼워진 나머지 둥둥 떠올랐다. 가까이에 앉아 있던 네가 보이자 느껴지는 것은 오로지 사랑뿐이었다. 눈을 감자 보이는 것은 들판에 꽃과 호수, 그 여름날의 호수였으며, 그곳에 펼쳐진 모든 것이 나를, 오직 나를 위한 것이었는데 그런 나 자신마저—몸 구석구석, 원자 하나하나까지—전례가 없었을 정도로 사랑스러웠다. 지금 흘러나오는 음악은 평생 귀에 담아본 소리 중에서도 으뜸가게 아름다운 선율이었다. 가사 속 단어 하나하나—세르주 갱스부르[16]가 프랑스어로 노래하고 있었다—를 나는 이해했다. 노래 속에 존재하리라고 예상치도 못했던 의미들이 전해져왔다. 그리하여 우리들은 춤을 췄다. 너와 나, 하니아와 너, 나와 하니아가. 아가타와 막시오

---

16 세르주 갱스부르(1928~1991)는 프랑스의 싱어송라이터이자 배우 겸 영화감독이다.

가. 우리 모두가 다 함께.

나는 더웠다, 너무도 더웠다. 난롯불도 타오르고 있어서 열기가 우리를 감쌌고, 이에 우리는 꿈결처럼 도취되어 옷을 벗기 시작했다. 서로를 바라보며 아이처럼, 한 톨의 부끄러움도 없이. 옷가지가 하나하나 바닥으로 떨어졌다—청바지와 치마와 셔츠와 블라우스에 양말과 팬티가. 우리 모두 알몸이 될 때까지, 우리네 하얀 육체에 공기가 스치고 창백한 피부에 밤이 감겨들 때까지. 우리는 한 무리 성애(性愛)의 유령이었다. 그리고 우리는 모두 아름다웠다. 하니아와 아가타는 허벅지 사이에 검은 삼각형이 파이고 젖가슴이 과숙한 과실과 같았는데, 아가타가 하니아보다 둥글고 부드러웠고 그러는 하니아의 살결은 반투명하고 눈이 부시리만치 하얀 것이 둘이서 비너스와 님프 같았는데. 막시오는 살집 있는 그 몸이 삼손[17], 로도스의 거상(巨像)[18]과 같았으며 음경은 황소의 그것처럼 거대했고 가슴은 북슬북슬하고 드럼통처럼 판판했는데. 그런데 네가 개중에서도 가장 아름다웠다. 너의 몸은 대리석으로 만들어져서 달빛을 한껏 머금었다.

아가타가 베란다를 열어젖히자 우리는 바깥으로, 마치 한여름 밤의 아이들처럼 뛰어나갔다. 추위도 느껴지지 않고 그저 밤공기가 우리 살결을 안는 감각만이 느껴질 따름이었다. 마치 공기에 푹 빠져들어 자맥질하는 것만 같았다. 제각기 팔들을 쭉 편 채, 달을 향하여 내뻗으며.

17 구약 성경 속 괴력을 지닌 영웅.
18 세계 7대 불가사의로 꼽히는 태양신 헬리오스의 거대한 나신상.

"숨바꼭질 놀이 하자!" 하니아가 정원용 탁자에서 천을 가져다가 막시오의 눈을 가리며 외쳤다. 우리가 그의 몸을 돌리고 돌리자 우리 손가락이 그의 허리와 엉덩이에 스쳤고, 회전함에 따라 그의 음경도 휙휙 돌아가는 사이 우리 손이 그의 엉덩이를 철썩철썩 때려대었다.

"삼십까지 세는 거다!"

우리는 정원으로, 숲으로 달려나갔다. 여자애들은 한쪽으로, 너와 나는 다른 쪽으로. 수풀과 나뭇가지가 발을 간지럽혔다.

"이제 눈가리개 벗어도 돼!" 하니아의 목소리가 저 멀리서 외쳤다.

너와 나는 숲 끄트머리께 어딘가에 있는 나무 뒤에 숨었는데. 나무껍질을 짚은 양손이 얼어붙기 시작하다가 양팔로 서로를 안자 온기를 되찾아갔고. 우리의 몸이 하나되어 서로를 추위로부터 보호해주자 밤공기 속에서 딱 알맞았다. 우리는 키스했다. 너는 내 거였다. 중요한 것은 오직 이것뿐이었음을 나는 그제야 깨달았다. 다른 것들은 애초부터 실존하지도 않았던 것이다. 다만 우리의 입술과 엉덩이와 숨결만이 존재했을 뿐. 나는 너를 통해 다른 은하계로 빠져들어갔고 네 입은 더 나은 우주로 통하는 현창(舷窓)이었는데, 그때 우리 뒤편에서 잔가지가 뚝뚝대는 소리가 나더니 막시오가 일이 미터 떨어진 그쪽에 알몸으로 서서 입을 떡 벌리고 우리를 쳐다보고 있었다. 그 눈은 휘둥그레지고, 몸은 얼어붙은 채로.

전율하는 공포가 네 온몸을 휩쓰는 것이 내게도 느껴졌다. 너는 뭐라도 말하려고 했지만 막시오는, 돌연 뜬금없이 웃어젖히기 시작했다. 그는 발광하는 곰처럼 껄껄 웃어젖혔다. 그의 웃음소리에 숲이 내려앉고 소나무들마저 제 침엽(針葉)을 떨궈버릴 것만 같았다.

이에 네 얼굴이 갑자기 밝아지더니 너도 따라 웃었다. "장난이었어!" 너는 정신을 모으고 그를 바라보며 외쳤다. "루드비크가 내기를 걸어왔는데. 내가 졌거든."

막시오는 웃음을 멈추고 눈동자를 굴리며 너와 나를 번갈아 보았다.

여자애들이 수림 뒤편에서 나타났다. "무슨 일이야?" 아가타가 물었다. "왜 그렇게 웃어댔던 거야?"

막시오는 그들 쪽으로 돌아서더니 저리로 걸어가기 시작했다. "아무것도 아냐." 그가 말했다. "환각이 보여서. 다 찾았다."

우리는 다시 베란다로 걸어갔고, 나는 방금 무슨 일이 일어난 건지 모르겠어서 차마 너를 쳐다보지 못하고 땅바닥만 내려다보았다. 몸이 뜨거웠다. 나는 타오르고 있었다. 전신에 불이 붙어 있었다. 이윽고 다음 판으로 넘어갔고 이번엔 내가 눈가리개를 할 차례였다. 다들 나를 돌려대자 의도치 않게 웃고 또 웃게되었는데, 그러다 삼십까지 세고 나서 춥고 어지러운 가운데 눈을 떴을 때에는 너희는 모두 사라져 있었다. 숲속으로 걸어 들어가자 빈터에서 막시오와 아가타가 키스하고 있었다. 나는 그들 어깨를 두드렸다. 그들은 올려다보더니 미소 짓고는 하던 일을 계속했다. "나는 다른 두 명 찾으러 간다!" 나는 소리치고는 숲속으로 더 깊이 달려가며 가로놓인 나무 몸통들과 작은 계곡들을 넘었다. 그렇게 달려나가다 보니 길도 놓쳤고, 너희를 놓친 것도 확실해졌다. 나는 돌아가는 길을 찾아보려 했다. 그러나 숲이 나를 포위하면서 황홀한 모습에서 위협적인 모습으로 변모하기 시작했다. 마치 악몽과 같이 느껴지던 그때는 스스로도 지금 머리가 똑바로 돌고 있지 못하다는 걸 알았다. 나는 걸음을 멈추고 나 자신을 진정시키려 해보았다. 그때 등 뒤 어딘가에서 올빼미가 부엉거리기에 나는 몸을 돌렸다. 나무 뒤편에서 흰 것이, 바닷물 속에서 발광하는 돌처럼 빛나고 있었다. 이제 곧 숨바꼭질에서 이기겠다는 마음에 두근대는 심장으로 나는 재빨리 그쪽으로 걸음을 옮겼다. 그제야 그 흰 것에 각기 다른 색조가 있음이 보였다—보다 밝은 흰 것 위에 보다 어두운 흰 것이, 백악 위에 엉겨 붙은 대리석이. 숲 땅바닥 위로 다리를 얽은 두 몸체가. 나는 그대로 서서 너희들의 양발이 서로의 발 위로 스치며 흙과 낙엽으로 까매진 발바닥들을 하고 몸부림치고 바르작대는 것을 보았다. 서로 위아래로 겹쳐진 그 둥그런 형체들에는 잔인함이 있었다—그녀 위에 올라탄 네게는, 그녀의 가슴에 맞닿은 네 가슴에는, 달빛에 비친 그녀의 감은 두 눈에는. 나는 뒤돌아서서 달려나갔다. 달려나가는 사이 온몸이 덜덜 떨려오기 시작했다. 마치 살얼음이 깨지는 바람에 호수에 빠졌다가 이제야 겨우겨우 기어 나온 어린아이처럼. 달려나가고 또 달려나가는 사이 전신의 감각이 통째로 사라지면서 아무것도 느껴지지 않았다. 추위도 느껴지지 않았고, 폐도 느껴지지 않았던 그때 다만 공포만이 나를 앞으로 몰아댔는데. 마치 이렇게 빨리 달려나가기만 한다면 이 모든 것이 사실이 아니게 될 것이라는—멀리 달려나갈수록 방금 본 장면에서부터 멀리 벗어날 수 있을 것이라는 마음뿐이었다.

저택에 다다르자 이미 돌아와 있던 막시오와 아가타는 내가 귀신이라도 되는 양 나를 쳐다보며 질문을 해대었지만 내 귀에는 들리지 않았다. 그들의 입이 벙긋대는 것만이 보일 뿐이었다. 이러다 질식하거나 기절해버리겠다 싶었다. 마치 달려오는 내내 숨을 아예 쉬지 않았던 것만 같았고, 나아가 마치 지난 수년간 숨을 쉰 적이 없었던 것만 같았다. 그 자리에 선 나는 머리통이 오므라들고 나라는 존재 일체에서 공기가 피시식 빠져나가는 느낌에 경주를 마친 경주마처럼 헐떡대기 시작했다. 나는 양손을 무릎에 짚고 수그린 채 내 안의 공허에, 이 진공에 빠져 죽지 않으려고 기를 썼다. 그러나 내 안의 뭔가가 부서졌다는 것만큼은 의심할 여지가 없었다.

"너 괜찮아?" 막시오가 물었다.

그제야 나는 그들이 다시 옷을 입었음을 보았다. 살면서 이토록 벌거벗은, 이토록 뼛속까지 취약한 느낌은 받아본 적이 없었다. 나는 고개를 저었다. 그리고 불빛이 꺼졌다.

그날 밤새도록 발작적으로 토악질해댔던 것이 기억난다. 마치 무언가를 석방하기라도 하려는, 내 안에서 괴물을 몰아내기라도 하려는 듯했다. 달리 기억나는 것은 없는데, 다만 내 몸이 좀체 통제되질 않았다는 감각만이 기억날 뿐이다. 이러다 죽을 수도 있겠다는 생각이 뇌리를 스쳤다. 그렇다고 그것에 관해 뭐라도 해볼 기력도 기지도 남아 있지 않더라는 생각도. 그저 그것이 벌어지도록 놔둘 수밖에는 없더라는 생각도—과연 '그것'이 무엇이 될지는 몰랐어도. 그러자 땅에 파인 검은 구덩이에 묵직하고 축축한 뭔가가 미끄러져 들어가듯이 나는 다시 잠에 빠졌다.

잠에서 깨자 내가 누구인지도 모르겠는 상태였다. 아름다운 딱 일순간 동안 내 머릿속은 깨끗한 칠판이었다. 곧이어 기억이 와장창 내려앉기 전까지는. 나는 위층의 우리 방에 있는 침대에서 이불 아래 벌거벗은 채 누워 있었다. 위장과 머리가 타는 것 같았다. 커튼이 쳐져 있었다. 희미한 햇살이 커튼 아래쪽과 테두리를 따라 빛났다. 너는 저쪽 침대에서 잠든 채였고. 네 어깨의 움직임은 보일락 말락 미세했으며 숨소리도 들리지 않을 정도였다. 나는 몸을 일으켰다. 내 몸이 무겁고도 낯설어서 동작 하나하나가 이상한 느낌이었다. 옷가지를 좀 걸치고 나머지 소지품들을 가방에 던져 넣었다. 내가 걸어 나갈 때까지 너는 한 번 뒤척이지도 않았다. 나는 고요한 복도를 건너 동양풍 카펫을 지나 아래층의 벽난로가 있는 방으로 접어들었다. 방은 서늘했다. 여기저기 탁자에 놓인 빈 병들, 가실락 말락 한 담배 냄새. 그리고 방 중앙에는 무슨 기괴한 제물처럼 우리들 옷이 쌓여 만들어진 둔덕이 있었다. 바깥의 베란다로 나가자 불을 피웠던 곳에 타고 남은 흔적이 있었다. 새들—작고 살진 몸체에 주황색 부리를 지닌―이 들떠서 날아다니며 이슬 내린 잔디 위 뭔가를 콕콕 쪼고 있었다. 팬티를. 하얗고 레이스가 달린, 누군가의 환상처럼 내다 버려진.

나는 정문으로 걸어 나가며 문을 열어둔 채로 등졌고―자갈 깔린 진입로를 건너 포플러나무가 심긴 대로의 끄트머리에 있는 열린 출입문으로 나갔다. 나무와 흙길이 나오자 벌써부터 숨 쉬는 게 한결 가벼워진 느낌이었다. 아직 떠오르고 있던 해가 공원 구석구석에 버터 색의 햇살을 흩뿌렸다. 나는 이 길에 혼자 있게 되어 너무도 기뻤다. 너무도 한없이 기뻤다. 그런데 막 큰길로 접어들려던 찰나 창문이 선팅된 검은 리무진이 내 쪽으로 다가왔다. 나는 고개를 숙인 채 걸음을 빨리하면서 차가 멈춰 서지 않기를, 하니아의 부모님이―그 차에 타고 있던 게 그들일까?―내게 캐묻지 않기를 바랐다. 자동차는 멈춰 서지도 속도를 늦추지도 않고 그대로 스쳐 지나가면서 그 육중한 바퀴로 자갈을 으드득 짓이겼다. 나는 큰길에 다다랐다. 숨을 들이쉬고 내쉬면서 나는 그 공허감에 환희했다. 그때 멀리서 성당 종소리가 울렸고, 소리의 진원지를 찾아보자는 마음이 들었다. 나는 숲길을 따라 걸었다. 말수레를 탄 가족들이 스쳐 지나갈 무렵 종소리는 더욱 또렷해졌다. 머잖아 마을이 나타나더니 성당도 나타났다. 나무로 지은 오래된 성당으로 첨탑도 거의 검은색이었다. 사람들이, 할머니 할아버지에 아이들까지 가족들이 떼로 쏟아져 들어갔다. 나도 덩달아 안쪽의 어둠으로 들어섰다. 오르간이 연주되고 있었고 마음을 달래주는 묵직한 향불내가 구름처럼 공기 중에 맴돌았다.

나는 정장 차림의 소년들과 청년들 사이에 섰는데, 이쪽저쪽에서 머리카락이 마구잡이로 뻗친 가운데 많은 이들이 그을리고 풍파에 시달린 굵직굵직하고도 널찍한 얼굴과 파란 눈들을 하고 모자를 양손으로 쥔 채 사타구니 앞쪽에 들고 있었다. 여성 신자가 들어올 때마다 장의자에서 소년이 한 명씩 제 어머니가 휘이 내젓는 손길을 따라 일어나 우리 남자들 틈바구니에 와서 서서는 그 신자가 들어가도록 자리를 비키곤 했다. 아무도 내 존재를 알아채지 못하는 듯했다. 나는 군중 속에서 보이지 않았다. 이윽고 사제가 백색과 자주색의 예복을 걸치고 독서대로 올라오며 신자들을 반겼다. 그러더니 다시 오르간 연주가 시작되었고 모든 이가 노래하기 시작했다. 선율이 천천히 공간을 휘돌고 군중 사이로 스며들어 고조되면서 우리를 합일시키더니 한 몸이 된 우리를 거쳐 저 위 뿌연 창문과 어둑한 천장으로 솟구쳤다. 눈가에 눈물이 맺히더니 저절로 흘러내렸다. 나도 합창에 목소리를 실었다.

7

그해에는 겨울이 빨리 찾아왔다. 한 주 한 주 지날수록 겨울은 제 음울함으로 우리를 더 깊이 끌어당겼고, 매일같이 낮 시간이 전날보다 짧아지던 게 마치 시간이 다 되어간다는 듯했다. 그런 가운데 제일 놀라웠던 것은 내가 참으로 침착했다는 점이었다. 어쩌면 마약 때문인지도 몰랐다. 어쩌면 내가 여태껏 마약 기운으로 인도된 다른 차원에 남아 있어 초자연적인 지혜를 습득했기 때문인지도 몰랐다. 아니면 어쩌면 충격 때문인지도 몰랐다. 아니면 현실 부정 때문인지도. 어쩌면 그냥 이 사안 일체가 내가 이해하기에는 너무도 거대했기 때문인지도 몰랐다. 아니면 아직까지는 아무 의미도 없었기 때문인지도. 그냥 땅바닥에 철퍽 자빠져서 얼굴에 맞닿은 길바닥의 콘크리트를 느끼고 있고만 싶던 순간들도 있었다. 그냥 억 하고 자빠져서 그만두고 싶던. 나를 짓누르는 육중한 무게를 느끼며, 뼈가 으드득 으스러지는 걸 느끼며, 정신이 영원한 잠으로 표류해가는 것을 느끼고 있고만 싶던. 그러나 이 모든 욕구를 나는 밀어두었다.

마음속에서 대혼란이 일어난 와중에도 나는 지금껏 영위해온 삶의 방식을 지속해나갈 수는 없었음을 직감했다. 떠나야 했음을 직감했다. 나는 오직 그것만을 생각하려 애썼다. 그리하여 지독하게도 잿빛이던 어느 추운 아침에 나는 여권국으로 향했다. 그곳은 바르샤바의 중심부에 있는 어느 샛길에 위치한 우뚝한 갈색 건물이었는데, 시위가 열렸던 국립박물관 쪽에서 그다지 멀지 않은 곳이었다. 나는 머릿속으로는 둘러댈 이야기를 짜둔 채 전단을 뿌렸던 그날 밤의 기억을 애써 밀어내며 손까지 덜덜 떨면서 그곳으로 걸음을 옮겼다. 차가운 복도에 앉아 서류를 작성하고 있자니 내 손글씨가 이상하게 의식되었고, 내 생애에 관한 공식 자료를 제출해야 할 때면 언제나 그랬듯 거짓말을 하고 있는 듯한 기분이 들었다. 서류는 나더러 어디에, 얼마간, 어떤 연유로 가는지 물었고, 나는 짜둔 이야기대로 답했다.

며칠처럼 느껴지던 긴 시간 동안 나는 여권국의 어두컴컴하고 칙칙한 복도의 딱딱한 목제 장의자에 앉아 순번이 적힌 종이 쪽지를 들고 내 차례가 오기를 기다렸다.

나는 복도에 앉아 울지 않으려 애썼다. 그만 존재하고 싶었다. 비(非)존재하고 싶었다. 복도에 앉아 너와 나에 관해서는 생각하지 않으려 애썼다. 너의 침대 이불 아래 누운 우리를 생각하지 않으려 애썼다. 네 팔도 손도 눈도 생각하지 않으려 애썼다. 우리가 함께하리라고 상상했던 그 모든 것들—이듬해 여름에 그 호숫가에 다시 가보기라든지, 언젠가 같이 살기라든지—도 생각하지 않으려 애썼다. 하니아도, 그녀의 스팽글 드레스를 감싼 네 손가락도 생각하지 않으려 애썼다. 막시오도, 그가 숲에서 우리를 발견했을 때 보내던 눈빛도 생각하지 않으려 애썼다. 할머니도 미엘레비치 교수님도 생각하지 않으려 애썼다.

나는 미래의, 일이 년 뒤의 내 삶을 상상해보려 했다. 아무것도 보이지 않았다. 아무것도 보이지 않았던 건 바로 그 순간을 제외한 그 무엇도―아니, 그 순간마저도―내 손을 떠나 있었던 탓이다. 나는 그저 뭐라도 실감하고자 다리와 발을 떨어대기 시작했다. 그러고 있자니 내 대기 번호가 불리기도 전에 사무실이 영업을 종료해버렸다. 내가 버린 시간을 증명해줄 것이라고는 너무 오래 쥐고 있어서 수기(手記)로 쓰인 대기 번호마저 번져버린 얄팍한 종이 대기표뿐인 채로 나는 그곳을 떠났다.

나는 집에 돌아갔다. 나도 그런 일에 익숙해질 것이었다고, **파니 콜레츠카**가 말해주었다. 부인이 오이 피클과 으깬 비트를 곁들인 메밀 요리로 빈약하게나마 저녁 식사를 준비해주어서 우리는 창문을 열어두고 저녁을 먹었는데, 그러자 찬기가 흘러들어오면서 몸서리가 쳐졌고 길거리를 스쳐 지나가는 차 소리도 들려왔다.

"우리는 무슨 가망이라도 보이면 마냥 줄을 서대고, 여하간 뭐라도 받으려고 줄을 서대는데 어쩌면 아무것도 없는데도 줄을 서고 있는지도 모르지." 이렇게 말하던 부인이 슬프고도 다정한 특유의 웃음을 웃었다. "그래도 이것도 다 지나갈 거란다, 애야. 가장 긴 줄이라 해도 종국에는 끝이 나기 마련이니까."

이튿날 나는 다시 여권국을 찾았다. 줄지은 대기자들 틈바구니에 앉아 기다리자니 다들 젊었든 늙었든 나이를 알 수 없는 외양이든 하나같이 묵묵하고 하나같이 무기력한 모습으로 체념한 듯 부자연스러우리만치 느릿느릿하게 책을 읽거나 뜨개질을 하거나 옷이라도 만지작대는데 커다란 벽시계는 째깍거렸고 이따금씩 어느 처량한 목소리가 대기 번호를 불렀다. 장의자에 몸이 배겨왔다. 배도 고파왔다. 그러나 기이하게도 나는 계속 침착했다. 그 침착함이, 지금 생각해보면 충격의 한 형태였던 것 같다. 그때 뭐라도 표출했다면 그것이 나를 온통 집어삼켰을 테다. 내 삶에 관한 공포, 두려움만 하더라도 나를 먹어치우기만을 기다리며 점점 커지면서 옥죄어오는 심연처럼 줄곧 존재하고 있었으니까. 오늘날까지도 그 공포의 여진(餘震)이 느껴진다. 내 손끝 아래와, 아랫배 중에서도 가랑이로 넘어가기 직전 바로 몇 센티미터 위쪽에 있는 그 붕 뜨는 듯한 작은 공간에 굳건히 닻을 내린 그 공포의 메아리가.

하루가 다 끝나갈 무렵 내 순번이 호명되었다. 복도를 걸어내려가자 발소리가 돌바닥에 울려 퍼졌다. 맥박이 귓속에서까지 고동치던 그때 나는 문을 두드렸다. 이윽고 "들어오시오." 하고 말하는 목소리에 따랐다.

사무실은 비좁고 길쭉하고 어두침침했다. 대여섯 걸음을 내디딘 뒤에야 접수대에 다다른 나는 눈에 힘을 주고 조그마한 불빛의 반점 속에 있는 남자를 바라보았다─머리가 벗어지고 검은 테 안경을 쓴 남자를.

"앉아 계시오." 그는 격식은 차렸으나 쌀쌀맞지는 않은 목소리로 말했다. "지금 좀 마무리해야 할 게 있어서."

나는 반대편 의자에 앉았다. 그는 무슨 서류철들에 몸을 숙인 채 그 내용을 탐독하고 있었다. 그의 책상은 서류철 더미로 뒤덮여 있어 종이 뭉치들이 말끔히 쌓여 있었다. 들려오는 소리라고는 벽시계의 느릿하고 마지못한 째깍거림뿐이었다.

"자." 남자가 안경 너머 눈 밑에 그늘이 진 다소 지친 얼굴로 나를 올려다보며 말했다. 그는 다른 서류철을 열었는데, 추측하기로는 내 서류인 듯싶었다. 그가 눈을 빠르게 움직이며 서류를 훑는데 시시각각으로 표정이 굳어져갔다. 그가 내 해외여행에 관해 질문을 던지려나 보다 싶었다. 이야기는 이미 짜둔 터였다—크리스마스를 맞아 시카고에 계신 삼촌을 찾아뵐 예정이었으며 일월에는 돌아올 터였다고. 왜 이전에는 가족을 한 번도 찾아가지 않았는지, 여행 경비는 과연 어떻게 조달할 심산인지, 내가 탈주하지 않으리라고 과연 어떻게 확신할 수 있을지를 물어보겠지 싶었다. 자본주의 세계가 얼마나 위험한지 아느냐면서 자본주의 체제하의 인민들은 사회주의의 적이라는 등 외국인에게는 사회주의 폴란드에서 이룩한 진보와 성취를 찬양하는 것 말고는 정치 쪽으로 입도 뻥긋하지 말아야 한다는 등 또 틀에 박힌 일장 연설을 늘어놓기 시작하려나 보다 싶었다. 사람들 말에 따르면 이것이 노상 벌어지는 일이었으니까. 그러나 그런 유의 일은 하나도 벌어지지 않았다. 그러기는커녕 그 남자는 잠시 뒤 서류철을 내려놓더니 해독할 수 없는 표정으로 나를 쳐다보았다.

"우리는 인민 동무에 관해서 알고 있소." 그는 내 반응을 기대하는 표정으로 말했다. "우리가 **알고 있단** 말이오."

숨이 쉬어지지 않았다. 전단을 뿌린 날 밤, 창문, 나를 올려다보던 면면들. 누가 밀고한 건가? 계속 내 뒤를 밟고 있었나? 아무 소리도 나오지 않았다. 그 남자는 흡족한 기색이었다.

"동무의 성도착증에 관해서, 남색 성향에 관해서 알고 있단 말이오." 사감 없이 판결이라도 내리는 양 그 단어들을 냉철하게 내뱉는 그의 말투는 무슨 '모반죄'라도 말할 때나 어울릴 법했다. 마치 온 세포가 나를 내버리듯이 모든 감각이 내 몸을 떠났다. 마치 누군가가 나를 천장도 바닥도 없고 붙잡을 구석도 없는 소용돌이에 내던져버린 것만 같았다. 아무도 내게 이런 말을 한 적이 없었다. 사적인 어떤 부분이, 언급된 적은 전무했어도 본질적인 어떤 부분이 내게서 뜯겨나가고 있었다. 아무 말도 나오지가 않았다. 어쩌면 저쪽에서 나를 떠보는 걸지도 모른다고 나는 생각했다, 어쩌면 말만 잘하면 이 국면을 빠져나갈 길이 있을지도 모른다고. 그러나 나는 머리도 잔머리도 굴릴 수가 없었다. 너무도 강력한 어떤 존재, 나를 안쪽에서부터 마비시키는 어떤 존재의 아가리에 꽉 끼어버렸던 것이다. 남자의 얼굴에 흡족함이 스쳤다—아무나의 얼굴일 수도 있었던, 평범하고도 일상적인 그 얼굴에.

"무슨 말씀을 하시는 건지 모르겠습니다." 나는 이 난국을 결코 타개할 수 없을 터임을 알면서도 말했다.

그의 표정에는 변함이 없었다. 그는 다시 서류철을 바라보았

다. "마리안 잘레프스키라는 이름을 들으면 떠오르는 바가 없으
신지?"

나는 솔직하게 고개를 저었다.

시선을 서류철에 둔 채 그는 말을 이었다. "잘레프스키 동무는
삼 년도 더 전에 브로츠와프에 있는 스타로미에이스키 공원에
서 체포되었소—1977년 4월 23일이었지. 다른 인민 동무와 비
역을 행한 죄로 말이오." 그는 다시 나를 쳐다보았다. "그 동무
가 본인과 같은 성향을 지닌 다른 동무들의 이름을 순순히 불더
이다. 본인이 알고 있던 이름 전부를. 전부 진술서에 적혀 있고,
그 동무가 직접 서명하기까지 했지. 거기 적힌 이름 중 하나가
동무 이름이었소."

그는 서류철에서 뭔가를 꺼내더니 내게 건넸다. 여권 크기의
사진 한 장이었다. 그것을 보매 내가 본 적도 없었던 어느 늙은
남자의 얼굴이 카메라를 정면으로 응시하고 있었다. 그는 얼굴
에 깊은 주름이 파여 있었고 텅 빈 표정이었다. 말라비틀어지
고 생명력마저 빨려버린. 그러다 퍼뜩, 그 얼굴을 나는 알아보았
다. 내가 잠깐 가출했던 날 밤에 공원 벤치에서 만났던 그 남자
였다. 자기가 살아온 이야기를 해준 그 남자, 단 하룻밤만일지라
도 그 입으로 내 열망을 해소해준—그리고 내가 이름을 말해준
그 남자. 분노가 차오를 자리에 기이하게도 일종의 자애(慈愛)가
충만해졌다. 사진 속의 그는 너무도 슬프고, 너무도 고독해 보였
다. 그를 대신하여 도리어 내 안에서 분노가 깨어났다. 그 사람
이 공원에서 끌려나와 호송차 뒷좌석에 떠밀리듯 오르는 모습

이 그려졌다. 추운 지하 조사실에 앉아 구타당하고 협박받으며 지금 여기 관료 앞에 멀끔히 놓인 이 조서에 서명하라고 압박을 받는 모습이 그려졌다.

"이게 제 여권이랑 무슨 상관이 있습니까?" 나는 참다못해 물었다. "그래서 여권을 준다는 겁니까, 안 준다는 겁니까?"

그는 침착한 태도를 유지하면서 서류철을 천천히 내려놓더니 그 위로 양손을 맞잡았다.

"그것은 전적으로 인민 동무에게 달렸소. 인민 동무와 동무의 양식(良識)에 달렸지." 그러면서 내 서류철을 닫고 그 위에 팔꿈치를 올리고는 눈을 가늘게 뜨고 나를 바라보는 그의 동공은 못의 머리만큼이나 작고 강렬했다. "여권을 받고 싶으면, 마리안 동무가 했던 것과 똑같이 하시오. 이름을 대시오. 날짜에. 정황까지."

그는 책상 서랍에서 백지 한 장을 꺼내더니 책상 너머에서 내 쪽으로 종이를 밀었다.

"쓰시오."

처음에는 머리가 텅 비었다. 단상들이 점화되려 애쓰며 공중을 날아다녔다. 창공은 꽃불을 위해 준비되었고, 무대는 결정을 위해 비워졌는데. 그런데 결정이란 어디에서 오는가?

그때 너와 하니아가 창문 저편에서 서로에게 팔을 걸치고 나는 안중에도 없이 춤을 추는 모습이 떠올랐다. 배 속이 타오르기 시작하면서 화살촉으로 찌르는 듯한 통증을 분비해대더니 너희 둘은 숲 바닥에서 바르작대던 네발 달린 생물로 변했다.

256

제 자신만을 먹어 치우던, 제 자신밖에 염두에 없던 그 생물로.
그와 동시에 믿어달라는 너의 호소가, 참아달라는 너의 호소가
귓속에 울렸다. 배 속의 불꽃은 번져만 갔다. 등허리가 급기야
배겨왔고 눈동자는 내떨리며 물기를 머금었다. 그 남자는 나를
응시한 채 여전히 그곳에 있었다. 그 백지 역시도.

시간이 정지되는 듯했다. 찰나의 순간이 극미한 파편들로 잡
아 늘여지면서 너무도 얇게 펼쳐져 금방이라도 바스러질 것만
같았는데. 그 백지를 붙들고 손을 뻗어 펜을 잡는다는 상상을
하자, 그냥 저질러버릴 수도, 네 이름을 써버릴 수도 있지 않은
가 그려보자 내 팔이 움직이기를 거부했다. 팔의 감각이 느껴지
지 않았다. 위장의 불길도 느껴지지 않았고, 아무런 고통도 느껴
지지 않았다. 전신이 무감각해졌다.

그때, 뒤이은 순간의 공허 속에서 무엇이 나를 사로잡은 건지
모르겠다. 무언가 또렷한 것이라기보다는 어릿어릿한 중얼거림,
어떤 동물적인 음성, 본능이었던 것 같다. 나는 그것이 말하는
대로—하여간 내가 알아들은 대로 따랐다. 그것이 진실을 말하
고 있다는 걸 알았기에. 나는 입을 열었다. 몸이 털 코트 두 개
를 한꺼번에 입은 듯이 터무니없이 무겁게 느껴졌다.

"없습니다." 나는 그 남자의 돌처럼 굳은 얼굴에다 말했다. "제
가 아는 이름은 없습니다."

쉬운 일은 아니었다—그 사람은 다 잡은 것을 기어이 얻어내
려 작심하고 있었으니까. 그러나 나도 버틸 줄을 알았고, 위협
의 수위가 올라갈수록 진일보하고 있다는 징후로 받아들일 줄

도 알았다. 지금 자기 말에 따르지 않으면 내가 일평생 이 나라를 떠나지 못할 것이며 일자리를 구하지도 못할 거라는 말은 무시했다. 그가 태도를 공격적으로 바꾸어 나를 변태며 구역질 나는 남창이라고 불러도 무시했다. 스스로도 놀랍게도 그가 나더러 느끼라고 밀어 넣는 수치심은 마음에 들어오지가 않았다. 남이 밀어 넣기에는 너무도 익숙한 감정이었던 것이다. 스스로 그 수치심을 너무나 오랫동안 빚어내왔던 탓에 그 순간에는 더는 수치심을 들일 자리가 남아 있지 않았던 것이다. 오히려 나는 사실을 이용했다. 지난주에 마약을 해서 정신이 오락가락하는지라 과거의 일도 가물가물했다고 말했다. 그 사람이 내 말을 믿었는지는 모르겠다. 그러나 지금의 나로서도 확실한 이유는 알 수 없지만 종국에 그는 내게 이틀을 주겠다고 말했다. 이틀을 줄 테니 이름을 떠올리라고. 나를 풀어주기 전에 그는 책상에 양손을 올리고 수술용 메스만큼이나 치밀하고 예리한 목소리로, 다시 찾아오지 않는다면 남은 일평생을 후회하게 될 것이라고 말했다. 나는 고개를 끄덕이고 걸어 나오면서도 아무 감정도 들지 않았다. 바깥에는 밤이 깔려 있었다. 나는 겨울 공기를 들이마셨다. 내가 어딜 가야 하는지 알고 있었다.

전차가 다리를 건너며 덜커덩거렸다. 강기슭에 줄지은 나무들은 헐벗은 것이 잎사귀들을 강물에 떨궈 물살에 쓸려 보낸 터였다. 단지 안마당의 성모상은 한 겹 서리로 뒤덮였고, 노란 글라디올러스도 이제는 가셨다. 계단을 오르는 걸음걸음이 힘겨웠

다. 삐걱거리는 걸음걸이가 네게 내 존재를 경고해줄 것만 같다
는 생각이 들었다. 바깥에는 뛰노는 아이도 없어 인적 하나 없
었다—그저 나와 칙칙하고 오래된 목조 주택만 섰을 뿐이었다.
온몸이 다만 빈껍데기가 되어버린 채 나는 너희 집 현관문을 두
드렸다. 타트라 산맥이라도 등반한 양 심장을 두근대며. 막상 오
니까 여긴 왜 온 건지도 긴가민가했다.

네가 현관문을 열자 네 얼굴에 한 차례 파문이 일었다. 차마
무슨 표정을 지어야 할지도 모르겠다는 듯이. 그 순간 네 얼굴
에서 엿보이는 것이라고는 완강한 고집뿐이었다. 너는 나를 응
시했다. 네 응시를 돌려주던 나는 그 순간을 가늠해보려고 하면
서도 내 손을 떠났다는 직감만을 받을 뿐이었다. 그때의 너는
키가 훨씬 큰 듯이 느껴져서 머리 위에 서서 나를 내려다본다는
느낌이었다.

둘이서 영원히 이렇게 서 있으려나 싶었다. 그렇다고 내가 먼
저 입을 떼기에는 내 자존심이 허락지 않겠다 싶었고, 나는 일
절 매달리지 않을 테다 싶었으며 미안해할 이유도 전혀 없지 싶
었다. 그러나 너를 보고 있자니 내가 물러졌다—네가 새로이
품게 된 무정함에도 불구하고, 아니 바로 그 무정함 때문에. 그
렇게 된 너를 보자니, 우리 사이에 무엇도 오고 가는 게 없어지
다니 마음이 아려왔다. 그러던 나는 네 눈 속에서 무언가를, 어
떤 빈틈을 보았다.

"나 안 들여보내줄 거야?" 내가 말했다.

너는 현관문에서 비켜서서 내가 들어오도록 길을 터주었다.

네 방이 그렇게 추웠던 적은 없었다. 히터—현관문 바로 옆에 놓인, 백색 배관들이 다닥다닥 맞붙어 이루어진 기묘한 기구—가 마치 안쪽에 무슨 소인(小人)이라도 갇혀 있어서 단장으로 여기저기 후려치고 다니기라도 하듯이 쿵쿵대고 땅땅대고 있었다. 코트를 입고 오길 다행이었다. 그제야 네가 두꺼운 스웨터를 입고 목도리까지 두르고 있다는 게 눈에 들어왔다. 너는 내가 들어오자 문을 닫았다.

"그래, 왔구나." 마치 나보다는 너 자신에게 말하는 듯한 투였다. 너는 문가에 서서는 방 한가운데에 다소 하릴없이 선 나를 바라보았다. "앉아."

앉을 곳이라고는 침대밖에 없었다. 침대는 말끔히 정돈되어 담요 몇 개로 덮여 있었다. 창가에 있는 책상에는 펼쳐진 책들과 필기장이 놓였다. 침대의 맨 끄트머리에 걸터앉아서 아래에 깔린 담요들의 촉감을 느끼자니 한때 확신이 있었던 자리에 뚫린 공동(空洞)만이 허허했다. 너는 문가에 서서 가슴 위로 팔짱을 끼고 나를 쳐다보았다.

"왜 달아났던 거야?" 네 목소리에는 책망과 더불어 언뜻 가슴 앓이한 기색이 있었다.

이 뜻밖의 질문에 나는 놀랐다. 서로 한담이나 주고받겠지 생각했고, 우리가 진심으로 느낀 감정을 말하기보다는 변죽이나 울리겠지 생각했던 것이다. 나는 침을 꿀꺽 삼키면서 뭔가 진실되면서도 말할 가치가 있는 건더기를 찾았다.

"너무 버거웠어." 나는 차마 너를 쳐다보지 못하고 말했다. "거기다—"내게는 도저히 꺼낼 수 없는 말인 것만 같아, 말을 이어가는 것은 불길로 뛰어드는 것과 진배없었다.

너는 나를 똑바로 쳐다보았다. "뭔데?"

나는 주저했다. 그리고 그렇게 주저하고 있자니 원망이 차올랐다.

"그날 밤에. 막시오가 우리를 봤을 때. 네가 개한테 한 말이. 그리고 나중에 내가 봐버렸어. 숲에서. 네가 하니아랑 그러는 거."

나는 탈진해서 눈을 감아버렸다. 네 반응을 보고 싶지 않았다. 그러나 그럼에도 올려다보았다. 네 얼굴은 다시 굳어져 있었는데 이번에는 다른 느낌이었다. 턱은 단단히 악물렸고 눈동자는 방바닥을 응시하느라 내게서 반쯤 가려져 있던 것이. 갑자기 나는 궁지에 몰린 기분이 들면서 도망치고 싶은 충동에 사로잡혔다. 나를 올려다보는 너의 눈빛이 회한으로 일렁거렸다.

"우리 다 약에 취해 있었잖아, 루지오. 네가 우리를 보면 안 됐던 거지. 아무 뜻도 없는 거였는데. 그냥 장난이었어. 아무 의도가 없었던 거라고."

너는 반응을 살피며 나를 바라보았다. **이건 장난이었던 적도 없었고**, 나는 생각했다, **아무 의도가 없었던 적도 없었어.** 그렇지만 도저히 이 말이 내뱉어지지가 않았다. 우리가 이미 말이 제 의미를 잃어버린 영역에 들어선 것만 같은 느낌이었기에. 나는 그저 너를 바라보면서, 나의 침묵에 힘겨워하다가 다시금 굳어지는 너를 지켜보았다.

"떠나기 전에 무슨 말이라도 해줬으면 좋았잖아." 네가 이제는 나를 책망하듯 말했다. "둘이서 대화라도 해볼 수 있었을 텐데. 나한테 해명할 기회조차 안 줬잖아. 그러면서 이제 본인 손으로 판을 다 엎어버렸지. 하니아한테 다 짜둔 판을. 우리가 네 걱정을 얼마나 했는지 알기나 해? 네가 숲속에 들어가서 도움이라도 청하고 있는 건 아닐지 우리가 얼마나 안달복달했는지 알기나 하냐고?" 진심으로 마음이 아파 보이는 네 모습에 일순간 나는 죄책감이 들었다. "다행히 하니아네 부모님이 너를 봤다고 말씀해주셨기에 망정이지. 다들 분명히 네가 돌았다고 생각하고들 있다고. 이제 뭘 어쩔 건데? 어?"

나는 지금 생각하건대 처음으로, 너를 연민 어린 시선으로 바라보았다. "이제 그런 건 다 의미가 없어." 나는 가만가만히 말했다. "나 떠나."

그 말들은 마치 주문처럼 우리가 방금까지 말하고 있던 모든 얘기를 중단시켜버렸다. 두려움이 네 얼굴을 스치면서 너의 두 눈이 무슨 낌새라도 읽어내려고 내 눈을 살폈다.

"어디로?" 너는 거의 믿지 못하겠다는 양 물었다.

"미국으로."

종잇장에 물 자국이 번지듯이 깨달음이 퍼져나갔다. 네 입은 좌절했고, 시선은 떨궈졌으니. 이런 모습의 너를 보는 게 싫었다.

"그쪽에서 너한테 여권은 줬고?" 너는 억양이라고는 일절 없이 조용히 물었다. 나는 가만한 그대로였다.

"아직."

너는 고개를 끄덕이며 땅바닥을 내려다보더니 창문을 바라보왔다. 네가 무슨 말이라도 더 했으면 싶었다. 내게는 이제 무기가 남아 있지 않은 듯한 기분이었다. 너는 나를 쳐다보는 일 없이 창가로 걸어갔다. 무거운 숨을 내쉬었다.

"너도 가지 않을래?" 나는 물었지만 그 말을 내뱉자마자 내가 어리석게 느껴졌다.

너는 웃었다. 눈빛과는 전혀 어울리지 않던, 재빨리 숨을 내뱉듯 짤막한 웃음을. 눈빛만큼은 비통했으니.

"왜 떠나야 하는데?" 네가 내게로 돌아서며 말했다. "우리가 원하는 걸 손에 넣기 직전이었잖아."

나는 네 말을 곱씹어보다가, 깊이 숨을 들이마시고 잠시 눈을 감았다가는 다시 떴다.

"아니었어, 야누시. 그냥 네가 그렇다고 생각했던 거지. 이 알량한 욕심 때문에 우리가 어떻게 되어가는지 안 보여? 이건 굴욕적이야."

너는 내게 똑바로 응시를 돌려주었다. "얼어붙을 만큼 추운 다락방에서 쥐새끼처럼 틀어박혀 사는 것보다 굴욕적이야? 아니면 평생을 노역하고서도 아무 대가도 받지 못하는 것보다 굴욕적인가? 너는 그보다는 나은 삶을 원하는 줄 알았는데."

"원하지." 나는 한기를 느끼며 말했다. "원하고말고."

너는 책상에 걸터앉아 창문을 등진 채 양손에 얼굴을 파묻었다. 그러자 나는 여린 마음을, 어떤 가능성을 직감했다. 나는 일어서서 네게로 건너가 한 손을 네 어깨에 얹었다. 모직 너머로 네 근육이 죄어드는 것이 느껴졌다.

263

"나랑 같이 가자." 내가 속삭였다. "아직 늦지 않았어. 둘이서 아무도 모르게 빠져나가면 되잖아. 산맥을 넘어서 체코슬로바키아¹로 간 다음에 오스트리아로 건너가면 돼. 거기선 아무도 우리를 모를 거야."

"수중에 아무것도 없을 거잖아." 너는 양손에 얼굴을 파묻은 채 고집을 부렸다. "그쪽 말도 할 줄 모르고. 난처하기만 하겠지."

"그럼에도 자유롭겠지."

방 안은 우리로, 우리의 말들이라는 덩이지는 구름이자 우리의 생각이라는 안개로 자욱했다. 나는 네게 얹었던 손을 뗐다.

"《조반니의 방》을 생각해봐." 안개를 뚫고 책의 이야기가 되살아나던 찰나 내가 말했다. "데이비드가 두려움 때문에 조반니와 결별하는 일을 생각해보라고. 두려움이 우리 행동의 이유가 되어선 안 돼."

너는 피가 쏠린 얼굴에서 양손을 거두더니 나를 쳐다본다기보다는 내 너머를 쳐다보았다. "너무 버거워." 네 목소리는 지쳐 있었다. "난 못하겠어, 루지오. 난 못해. 네가 너무 과한 걸 요구하고 있어."

"하니아 때문이야?" 나는 두려움에 머리가 핑 도는 걸 느꼈다.

너는 아무 말도 없이 여전히 피가 쏠린 얼굴로 바닥을 내려다보면서 꿈쩍도 하지 않았다. "그런 문제가 아니야." 네가 끝내 말했다. 왠진 모르겠지만 나는 네 말을 믿었다.

1　체코와 슬로바키아는 1918년부터 1993까지 체코슬로바키아라는 하나의 국가였다.

"그렇게 결정하고 난 뒤 데이비드의 심정을 떠올려봐." 나는 목구멍이 조여드는 것을 느끼며 말했다. "그런 결정을 한 걸 후회하잖아."

"그놈의 책에 우리 사이를 비교하는 것 좀 작작 해!" 네 목소리가 벽에 부딪혀 산산이 부서졌다. 네 얼굴이 일그러지고 알아볼 수 없을 만큼 찡그려졌다. "도망치고 싶어 하는 쪽은 바로 **너**야. 본인이 도망치는 데에 날 억지로 끌어들이려고 하는 것도 **너**고. 본인이 바라는 방식으로 사랑해달라고 남한테 강요할 수는 없는 거잖아."

나는 무슨 플러그라도 뽑혀버린 양 생명력이 빠져나가는 듯한 느낌이 들었다. 나는 침대에 앉았다.

"난 그런 거랑은 안 맞는 사람이야, 루드비크." 네가 마치 양해를 구하듯이 말했다. "나는 여기가 맞아. 그리고 어떻게든 출세해 보일 거야." 너는 책상에서 일어나더니 새로이 자신감을 품고 내게로 걸음을 내디뎠다. "나 하니아네 부모님도 뵀어. 아버님과도 분위기가 괜찮았다고. 그분이 내가 승진하도록 밀어주실 거야. 확실해." 네 목소리에는 희망이 어렸다. 거의 나더러 자기를 대견스럽게 여겨달라는 투였다. 나는 아무 말도 하지 않았다. 그때 너는 고작 일 미터가량 떨어져 있을 뿐이라, 손을 뻗었다면 네게 닿을 수도 있었을 거다. "그리고 어쩌면 너도 아직 늦지 않았을지도 몰라." 네가 말을 이었다. "어쩌면 우리 둘이서 하니아한테 얘기를 잘해보면, 어쩌면 막시오도 자기가 본 걸 영영 언급하지 않을지도 모르고, 그러면─"

나는 일어섰다.

"난 가야만 해." 나는 말했고, 이 말이 정말임을 알았다.

네 얼굴이, 팔다리가—너라는 존재 일체가 무너지지 않으려고 기를 쓰는 듯했고, 그렇게 용을 쓰느라고 부들부들 떨리다시피 하는 듯했다. 차마 눈을 뜨고 볼 수 없었다. 시선을 돌리고는 무슨 집 도둑이 후퇴하듯이 미끄러지듯 현관문으로 다가가다가 가던 길에 우뚝 멈춰선 건 네가 내 이름을 불러서였다.

너의 호명은 어떤 애원이자, 유린되었어도 간구되는 어떤 권리처럼 들렸다. 내 손이 현관문 손잡이에 올라간 사이에, 등이 네게 돌려진 사이에, 심장이 관자놀이에서까지 박동하는 사이에. 그 말마디가 대기 중에서 고동치는 것이 느껴졌다. 나를 청구하는, 나의 이름이. 그것이 제 손가락을 내 어깨에 휘감고 나를 붙들어 매려 했다. 이를 모질게 떨쳐냄과 동시에 나는 현관문을 밀어젖히고 잰걸음으로 층계의 어둠 속을 내려갔다.

밤은 한층 추워졌다. 길거리는 텅 비었다. 가로등 불빛은 어둑한 가운데 보이지 않는 술에 전 남녀가 퍼붓는 저주만이 대기를 갈랐다. 네가 나를 쫓아오지 않으리라는 것을 알았고, 나로서도 네가 쫓아오지 않았으면 하는 마음이 대부분이었다. 그런데도 왜인지는 몰라도 나는 일종의 고양된 공황에 겨워 달려나가기 시작했다. 서리가 내려앉은 보도를 따라, 전란에 시달린 건물들을 끼고, 허허벌판의 광장을 건너 있는 힘껏 빠르게 달려나갔다. 한기가 폐를 따끔거리게 하고 머리에 몰려들고는 빠져나가는 것을 느끼면서 멈추지도 않고 그저 달려나갔다. 자갈이 깔린 길거리 위 토끼장처럼 빽빽한 건물들 사이로, 정교회 성당의 금빛 돔 지붕을 지나, 다리를 향하여 직진하며. 그렇게 달리다 보니 몸에 감각이 돌아왔고 다리도 무거워졌고 통증도 욱신거리기 시작했기에 나는 선택의 여지도 숨도 모자라게 되었다. 드디어 멈춘 나는 다리 위에서 기역 자 모양으로 몸을 수그린 채 난간을 부여잡고 섰다. 나는 뜨겁고도 따끔따끔한 숨을 깊숙이 몰아쉬었다. 머리가 빙빙 돌았다. 눈을 감았다. 난간을 더 세게, 더욱더 세게 부여잡았다. 그러다가 무릎을 꿇고 주저앉아 고통에 겨워 포효해도 나를 밀어내는 차갑고 딱딱한 콘크리트만이 느껴질 따름이었다.

이윽고, 머리가 빙빙 도는 것도 멈추고 몸의 떨림도 잦아들고 땅바닥의 한기가 뼛속까지 스며들던 차에 이래 봤자 나는 구원받지 못하리라는 것을, 아마도 그 어떤 것으로도 구원받을 수 없으리라는 것을 실감한 나는 눈을 뜨고 몸을 일으켰다. 눈앞에 펼쳐진 도시는 이상하게 강을 외면하고 있었고, 또 이상하게 평온했다. 구시가지의 주택들이 언덕에 걸터앉아 있는 가운데 왼편으로는 문화과학궁전의 뾰족한 첨탑이 놓였고, 그 너머로는 **블로코비스코**가 시야에 잡혔다. 그날 밤의 어둠 속에서 그 모든 것은 영 실재가 아닌 듯이 보였다.

지금 돌이켜보니 그때 다리에서 몸을 던지지 않았던 게 용하다. 잔뜩 겁을 먹은 데다 출구조차 보이지 않는 상태였는데도.

하지만 어쩌면 바로 그때, 절망의 한복판에서 나는 다시금 본능의 뒤흔듦을, 예의 그 목소리의 웅얼거림을 감지했는지도 모르겠다. 그리하여 옷에서 흙먼지를 털어내고 집으로 걸어가는 사이 신열만이 차올랐다. 여하튼 내게 뭔가가, 공생하려고 시도는 해볼 수 있을 나 자신과의 합의가 떠오를 것임을 직감했던 것이다.

그날 밤, 열증과 광란적인 꿈자리에 시달린 나머지 나는 잠자리에서 일어나 자그마한 내 방의 창가에 섰다. 바깥의 도시는 혼수상태의 가로수로 가득한 유령 도시 같았다. 한순간 나는 네 방에서 떠나는 나의 이름을 부르던 너를 생각했다. 네가 그녀와 나 사이에서 양다리를 걸치려고 거짓말을 했던 그 모든 순간들을 생각했다. 그 발상이 뇌리에 떠오른 것은 바로 그때였다. 두 번 생각할 것도 없이 그것밖에는 길이 없음을 나는 직감했다.

이튿날 아침 나는 일찍 집에서 나왔다. 옛날 그날 밤 우리가 만났던 바로 그곳에서부터 걷기 시작해 이제는 나무와 관목이 이파리를 떨구고 헐벗고 있는 와지엔키 공원 곁의 대로를 따라갔다. 나의 사슴들은 어찌 해나가고 있었을까? 나는 커다란 **카미에니차**가 위치한 옆길을 찾았다. 이윽고 인터폰의 버튼을 눌렀다.

"누구세요?" 명랑하고도 때 묻지 않은 그녀의 목소리.

"나야, 루드비크." 내가 말했다.

"오." 그녀의 목소리에 감도는 놀란 기색, 잠시간의 침묵. "올라와."

나는 승강기를 잡아타고 거울에 비친 나의 근심 어린 얼굴을 뜯어보았다. 저번에 너와 함께 이곳에 왔던 게 지난 생의 일만 같았다.

승강기에서 내리자 아파트로 들어가는 현관문이 열려 있었다. 하니아가 문가에 서 있었는데 나를 달래려는 듯한 그 미소에 내 마음이 다 아팠다. 그녀는 스웨터에다가 붉은색의 긴 치마를 입고 두꺼운 양말을 신고 있었다. 우리는 볼에 키스했다.

"이렇게 보니까 좋다." 그녀가 나긋나긋하게 말했고, 그녀가 그런 말을 할 때마다 매번 그랬듯이 이번에도 나는 그녀의 말을 믿었다. 좀처럼 집 안에 들어갈 용기가 나지 않았다. 아파트는 내 기억보다도 환하고 커다래 보였다. 우리는 지난번에는 생일 파티 장소였으나 이제는 겨울 햇살이 쏟아져 들어오는 화려한 거실로 걸어 들어갔다. 그녀가 나더러 하얀 소파에 앉도록 했다.

"뭐라도 마실래? 자몽 주스라도?" 그녀는 어쩌면 내가 긴장했음을 눈치채고 미간을 찡그렸다. "브랜디가 나으려나?"

나는 고개를 저었다.

그녀가 자리에 앉자 긴 치맛자락이 소파에서 카펫으로 떨어졌다.

"나 너한테 사과할 게 있어." 그녀가 후회스러운 눈빛으로 나를 바라보며 말했다. "시골 별장에서 보낸 그날 밤에 말이야. **주파**를 너무 세게 만들어버려서 미안해. 그 일 전반으로 너무 마

음이 안 좋아. 그날은 도를 넘었지. 다 내 잘못이었어." 그녀는
본인이 더 당혹스럽다는 얼굴이었다.

"괜찮아." 나는 안도하며 말했다. "그렇게 될 줄 너도 몰랐잖
아. 나야말로 말도 없이 떠나버려서 미안해."

나는 미소를 지어 보이려 했다. 그녀는 이해했다는 듯이 고개
를 끄덕였다.

이윽고 잠시 침묵이 흐르는 사이 내 맥박이 빨라지는 것이 느
껴졌다.

"실은 부탁이 있어서 왔어." 이렇게 말하는 내 목소리가 들렸
다. 도저히 그녀를 쳐다볼 수가 없어서 대신에 깍지를 낀 내 손
가락들만 쳐다보았는데 너무 힘을 주어 짓누르고 있던 탓에 손
가락이 벌겋고 허옇게 되어 있었다. "내가 좀 곤란하게 됐거든.
네 도움이 필요해."

그녀는 눈을 크게 뜨더니 마치 "계속해봐." 하고 말하듯이 고
갯짓했다.

나는 여권국의 그 남자에 관해 말했다. 이전보다 말이 한결 쉽
게 나왔다. 나는 말을 신중히 골랐다. 삼촌을 뵙고자 출국하고
싶었다고 했다. 저쪽에서 내 여권을 빌미로 협박하고 있었다고
도—다만 자세한 얘기까지는 들어가지 않으면서. 나는 여기까
지 와서 황당하게도 될 수 있는 만큼 오래도록 그 논점을 피해
갔고, 그녀는 그러는 내가 말을 이어가도록 두었다. 쪽모이 세공
이 된 마룻바닥은 햇빛이 비쳐들자 빙상 경기장의 표면처럼 매
끄럽고 완벽해 보였다. 그러는 내내 하니아는 시종일관 걱정과

공감 어린 눈빛으로 나를 바라보았고, 그러자 기묘하게도 나도 모르게, 본능에서 우러나온 그 모든 고통과 복수심에 더해 하고 많은 사람 중에서 하필 그녀에게 부탁해야만 한다는 굴욕감에도 불구하고, 그녀가 내 말을 들으며 보여주는 그 다정함과 친절에 사랑이 샘솟는 것을 느꼈다. 너와 나 사이에 일어난 그 모든 일에 대한 그녀의 무지에. 그리고 그녀의 눈을 통해 비칠 나 자신의 결백에. 내가 말을 마치자 그녀는 내 어깨에 한쪽 손을, 거의 아무런 무게감도 느껴지지 않는 손을 올리더니 말했다.

"내가 아버지께 말씀드릴게."

나는 그녀에게 고맙다고 했지만 그 얼굴에는 아직 미심쩍어하는 구석이 있는 게 보였다. 그녀는 커다란 창문을 향해, 하얀 겨울철 햇살을 향해 돌아앉았다. 그러더니 두 다리를 바닥에서 끌어 올려 몸에 바투 대고 접더니 무릎과 치마를 끌어안았다.

"그러려면 내가 알아야 할 게 딱 하나 더 있거든." 그녀가 불편해하는 기색으로 천천히 말했다. "그쪽에서 어떤 구실로 널 협박하고 있는지. 그걸 알면 도움이 될 거야. 이 상황에 어떻게 접근하는 것이 가장 좋을지 알 수 있으니까."

나는 호흡에 집중하려고 노력했다. 추락하는 느낌이었다. 도저히 불가능했다.

"루드비크?"

"그쪽에서 알고 있거든, 내가……." 나는 도저히 그녀의 시선을 마주할 수도, 도저히 말할 수도 없었다. 누구에게도 말한 적이 없었다. 나 자신에게조차도. 오 미터는 되는 장벽을 뛰어넘으라는 느낌이었다.

"말해봐." 그녀가 다시 내 어깨에 무게감 없는 손을 올리며 조곤조곤 말했다. "계속해봐. 두려워하지 말고."

나는 무너지기 일보 직전이었다. 마치 말들이 방바닥에 떨어지기라도 했다는 양 나는 재차 말들을 주워 올렸다. 마치 나를 으스러뜨려버릴 수도 있는 어마어마하게 육중한 것이라도 되는 양 그 말들을 집어서, 들어 올려서, 혀뿌리 너머로 밀어내보려고 용을 썼다.

"내가 그……." 그녀가 응시하는 사이 나는 용쓰다 실패하다 했다.

바로 그런 감각이었다. 다이빙대 끄트머리에 서 있을 때 느끼는, 앞으로도 뒤로도 옴짝달싹하지 못할 것만 같은 그런 감각.

"내가 도—" 진정될락 말락 하던 내 목소리. "내가 동성애자라는 걸."

세상은 무너지지 않았다. 그녀의 얼굴은 침착한 그대로였다. 하얀 겨울철 햇살도 마치 성당으로 새어들듯이 여전히 거실로 흘러들면서 마룻바닥과 우리를 비췄는데 내 심장이 온몸—펄떡대면서도 가만했던—에 혈액을 퍼 올리던 찰나 어떤 전율이 내 안에, 나라는 존재의 총체(總體)에 퍼져나갔고, 그러자 마치 내가 그때까지 쭉 내 안에 납덩이로 된 망령을 끌어안고 다녔다는 양, 그제야 안쪽에서 묵직하게 죽어 있던 무언가가 축출된 듯한 느낌이 들었다. 머리가 어찔했다. 무슨 말이라도 더 해보려고 했지만 할 말이 없었다. 그녀는 나를 품에 안아주었고, 나는 그녀에게 몸을 맡겼다─그녀의 보드라운 품속에, 풀오버 스웨터에, 그 아래 보드라운 젖가슴으로 폭신하게.

"괜찮아." 그녀가 속삭였다. "이해해." 그녀는 내 머리칼을 쓰다듬었다. "넌 좋은 애야. 걱정하지 마. 괜찮을 거야. 넌 좋은 애야."

그러고 싶었다고 해도 그 눈물을 멈추지는 못했을 것이다. 그 눈물방울들은, 안도와 위안의 동인(動因)들은 저들만의 동력을 띠고 멋대로 쏟아지면서 내 얼굴을 적셔대었고 머릿속마저 텅 비웠다. 그리하여 우리는 이렇게 서로를 얼싸안은 채, 밝은 햇살 속에서 가량없는 긴긴 시간 동안 앉아 있었다. 마침내 내가 몸을 바로 하자 그녀는 자리를 뜨더니 잠시 뒤 휴지를 들고 돌아왔다.

나는 얼굴을 닦고 고맙다고 했다.

그녀는 가만히 서서 나를 내려다보았다.

"그를 사랑하지?"

그녀는 그 말을 조용히, 덤덤하게, 거의 질문조차 아니라는 양 말했다. 이에 눈을 감고 "맞아." 하고 답한 다음 그녀를 바라보자 그녀도 이해했음이 보였다. 그때 그녀의 얼굴에 어떤 그늘이, 일말의 의심이 스쳤다. 내가 언젠가는 찾아오리라고 각오해 마지않았던 순간이었다. 그녀는 변함없이 가만히 나를 뚫어지게 쳐다보며, 자신을 안심시켜줄 실마리를 찾아 나를 살피며 그 두 눈으로 애원하다시피 했다.

"그럼 너랑 야누시가……." 그녀가 말을 꺼냈지만 내가 말을 질렀다.

"걔는 모르는 일이야." 나는 젖은 휴지 뭉치를 호주머니에 밀어 넣으면서 이렇게 말하며 떨지 않으려고, 목소리를 침착하게 유지하려고 애썼다. "걔한테는 아무 말 말아줘."

우려가 가신 그녀가 끄덕였다. "당연하지." 그녀는 본인이 안도했음을 숨기려 애쓰면서 말했다. "말 안 할게."

그녀는 다시 내게 브랜디를 권하면서 뭐라도 먹겠느냐고 물었다. 나는 고개를 젓고 그녀에게 고맙다고 했다. 이제는 갈 시간이었다.

그녀는 나를 현관문까지 배웅하고는 안아주었다. "내가 지금 아버지한테 전화할게." 그녀는 이렇게 말하면서 할 수 있는 건 다 해보겠다고 나를 안심시켰다.

"고마워." 나는 다시 한번 말했다.

그녀는 이번에는 더욱 오랫동안 나를 안아주었다.

"얼른 돌아와." 이번에도 그녀가 진심으로 말하는 듯이 들렸다.

"그럴게." 나 자신조차 거의 속여 넘기면서 나는 말했다.

*

오늘 아침 나는 잠에서 깨어 바깥에서 웅웅거리는 차 소리와 미끄러지듯 지나가는 선박들의 고동을 들었다. 이윽고 일어나서 코트를 집어 들고 집 밖으로 걸어 나갔다. 보도에 내려앉은 눈은 가루처럼 고운 자태로 갈린 유리처럼 햇빛에 반짝이고 있었다. 일요일을 맞아 다들 길거리로 나와 식구들을 데리고 산책하고들 있었다. 나는 그들을 한 명 한 명 쳐다보았다. 이 충동은 아무래도 못 떨쳐내려나 보다. 스쳐 지나가는 모든 사람을 쳐다보면서 군중 속에서 아는 얼굴을 발견하고자 하는, 낯익은 것을 갈망하는 이 충동은.

나는 강가로 향했다—적갈색 사암으로 지어진 주택들과 그 튼튼하고 너른 계단에서 위로 이어지는 창문 안쪽에 놓인 천사와 별과 산타클로스를 지나, 온갖 장식품과 윤택함을 지나.

당에서는 이번 주에 광부들을 묻었다. 텔레비전에서는 그에 관해 일절 언급조차 없었다—고 야레크가 말해주었다. 본인은 그 소식을 고향에서 전해 들었다. 그쪽에 폭동을 방지한답시고 치안군 병력이 줄잡아 수백은 깔렸던 모양이다—헬멧을 쓴 군경들에게 살해당한 이들을 추모하는 장례 행렬에 헬멧을 쓴 군경들이 줄지어 있었던 거다. 분노보다도 슬픔이 차올랐다. 어쩌면 올해가 끝을 향해 가고 있는 탓일지. 한 사람이 빚어낼 수 있는 증오심에도, 마음속에 담아둘 수 있는 적개심에도 한도가 있는 법이다.

어제는 다시 할머니에게 전화를 걸어보았다가 생각지도 못한 일이 벌어졌다. 신호가 간 것이다. 누군가가 수화기를 집어 들었다.

"여보세요?" 나는 마치 망망대해 너머로 줄을 던졌더니 할머니가 그 줄을 붙잡은 양 스스로도 이 행운이 믿기지가 않았다. "좀 어떠세요?" 나는 두 손바닥이 다 미끄덩거리도록 수화기를 부여잡고는 묻고 또 물었다.

할머니의 목소리는 여느 때와 똑같았다. 당신은 멀쩡했다고 할머니는 우겼다, 아주 지나칠 정도로 멀쩡했다고. 먹을 것도 충분했다. 주로 집에만 있었다. 신문 같은 건 읽지도 않았고 이웃들이 떠드는 뜬소문들은 들으려 하지도 않았다. 물론 나는 전화가 도청되고 있음을, 어디선가 어느 슬프고 비좁은 감청실에서 누군가가 우리 대화를 엿듣고 있음을, 그래서 할머니가 맞는 말만 하려고 하고 있음을 알고 있었다.

"너는 어떠냐, 루지오?"

"저는 괜찮아요." 나는 재빨리 답했다. 그러고는 말하기를 슬슬 고향에 돌아갈까 생각하고 있었다고, 또—

"오지 마라." 할머니가 내 말을 지르며 다급해진 목소리로 말했다. "여긴 아무것도 없다. 네가 와 봤자 욕보기밖에 더 하냐, 뭐 한다고 와."

"할머니—" 나는 할머니가 다 자기 탓으로 돌리려는 걸 막으려고 했지만 할머니가 재차 내 말을 질렀다.

"거기 딱 붙어 있거라." 할머니가 말했다. "적어도 너라도 게 있으면 이 할미가 희망이라도 있지. 이제 그만 전화도 끊고, 아가." 할머니가 덧붙였다. "이렇게 전화를 붙들고 있으면 우리 강아지 돈이 얼마나 많이 들겠냐."

나는 수화기를 내려놓고 양손에 머리를 묻었다.

한편으로는 아직도 귀국하고 싶었다. 일단 귀국하고 나면 다시는 출국하도록 허락해주지 않으리라는 것을 알면서도. 귀국이란 바보짓이었으며 철창신세만 지게 되리라는 것을 알면서도. 그래도 적어도 나도 그곳에 있을 터였다. 그 안에.

나는 강가로, 부서진 부두로 걸어갔다. 물보라가 이는 강물 저 너머로 맨해튼의 공제선이 창공에 그려져 있었는데, 백 개는 되는 번들번들한 문화과학궁전들이 서로서로 옹기종기 몰려든 채 십이월의 햇살을 머금고 있었다. 그렇게 그 광채들을 바라보고 있자니 고향에서의 크리스마스가, 우리 가족끼리 성탄절을 어떻게 쇠곤 했는지가 떠올랐다. 할머니와 어머니와 내가 길거리 행상인 아저씨한테서 잉어를 산다고 보도에 늘어선 금속 대야들 안에서 헤엄쳐 다니는 것들 중에서 가장 살진 놈을 고르는데, 셋이서 장갑을 낀 손가락으로 똑같은 놈을 가리키던 일이 떠올랐다. 그런 뒤 셋이서 잉어를 집에 들고 가서 목욕물을 받은 다음 욕조에서 헤엄치도록 놓아두곤 했다. 여기가 내가 제일 좋아하는 부분이었다. 나는 잉어에게 이름까지 붙여주곤 했다. 내가 너를 오드라강까지 데려가서 풀어주겠다고 말해주곤 했다. 진심으로 한 말이었다. 그러나 어김없이 크리스마스이브는 찾아오기 마련이었고 나는 배가 고파지기 마련이었고 그러면 어머니는 슬슬 준비를 하곤 했다. 어머니는 내가 자그마한 아기였을 때 나를 욕조에서 들어 올렸던 것처럼 잉어를 떨구지 않도록 조심조심 욕조에서 들어 올리곤 했다. 그렇게 꺼내 와서는 머리를 잘라내곤 했다. 몸통마저 갈라 열어 포도씨를 바르듯 내장을 파내던 어머니의 양손이 악마처럼 시뻘게지면서, 피가 손목과 팔뚝을 타고 팔꿈치까지 흘러내리곤 했다.

*

하니아를 만나고 온 그다음 날에 나는 안경 쓴 그 남자가 내게서 강제로 받아냈던 약속과는 달리 여권국을 다시 찾지 않았다. 나는 내 방에 앉아 손목시계를 쳐다보며 그 남자는 책상에 앉아 점점 황망해지고 있겠거니 상상해보았다. 그런 뒤에는 민병대원들이 나를 잡으러 온다거나 주택관리공단의 대리인이 내게 퇴거 통지서를 건네러 온다거나 한답시고 불시에 현관문을 두드리는 소리가 나진 않을까 시시각각 간을 졸였다. 그러나 그런 쪽의 사람은 한 명도 오지 않았다. 그다음 날에도, 또 그다음 날에도. 딱히 별다른 일이라고는 전혀 벌어지지 않은 채 한 주가 끝나갔다. 눈이 내리기 시작했다는 일만이 있었을 뿐. 온 도시를 뒤덮은 베개처럼 하얀 구름들로부터 눈이 굴러떨어지면서 덩실대듯 어쩔어찔한 박편으로 새로이 태어나 길거리와 가정집과 자동차를 반짝이는 얼음 껍데기로 뒤덮으며 모든 것을 일순간 정지시켰다.

그러더니 머지않아 어느 날 아침에, **파니** 콜레츠카가 내 방문을 두드리더니 커다란 갈색 봉투를 건네주었다. 그 안에는 여권과 더불어 비자가 들어 있었다.

그로부터 두어 주 후에 나는 카롤리나를 마지막으로 만났다. 그녀는 눈이 내리는 바깥에 서서 머리에는 커다란 털모자를 쓰고 나를 기다리고 있었는데 추워서 입김이 보일 정도였다. 나를 발견하자 그녀가 미소를 지었다.

"왜 안에 들어가 있지 않고?" 내가 바의 출입문 쪽으로 고갯짓하며 물었다.

"너랑 같이 들어가고 싶어서." 그녀가 말하며 내 볼에 키스하고는 나와 팔짱을 꼈다.

안으로 들어가자 훈기와 더불어 단골들의 시선이 우리를 엄습했다. 어리고 늙은 남자들이 호기심을 채 숨기지도 않고 우리를 흘끔댔다. 저번에 왔을 때처럼 우리는 카운터 근처에 앉아서 맥주 두 잔을 주문했다. 도나 서머의 최신곡인 '배드 걸스'²가 틀어져 있었다. 나는 손가락을 톡톡 두드리며 박자를 맞췄다.

"네가 여기서 다 만나자고 하다니 의외인데." 카롤리나가 미소를 지으며 말했다. "넌 여기 싫어하는 줄 알았어."

나는 웃었다. "마음이 바뀌어서. 그래도 되는 거잖아?"

"되고말고." 그녀는 신바람이 나서 말했다.

맥주가 나왔고 우리는 건배했다. 카롤리나는 근래 몇 주간 어떻게 살았는지, 카롤과 사귀는 건 어땠는지 풀어놓기 시작했다. 그들은 사랑에 빠져 있었다.

"네가 좋다니까 내가 다 좋다, 야." 이렇게 말한 건 진심이었다. "너무 좋다."

우리는 한 잔씩 더 시키고는 다시 건배했다.

"그러는 너는?" 그녀가 물었다. "네가 하고 싶다던 말은 뭐였

---

2 'Bad Girls'는 미국의 싱어송라이터 도나 서머가 1979년 발매한 곡이다.

는데?"

나는 한 모금 쭉 들이키고는 너와 나와 하니아에 관해서 털어
놓기 시작했다. 정말 처음으로, 검열되지 않은 진실을. 이야기
를 털어놓는 내내 그녀는 헉하는 표정이었지만 그렇다고 엄청
놀란 것 같지는 않았다. 그러다 내가 여권 얘기까지 털어놓기
전에는.

"그러면 너……?" 그녀의 눈이 촉촉해지기 시작했다.

"맞아. 다음 주에."

"정말 잘됐다." 그녀는 감정이 북받쳐 갈라지는 목소리로 말했
다. 그녀는 마시던 맥주를 쳐다보았다. "그러면 혹시라도…… 미
룰 순 없는 거지?"

"나는 떠날 때가 된 것 같아." 내가 말했다. "그리고 이제는 네
쪽이 사랑에 빠진 몸이 됐으니까 나랑 같이 떠나자는 얘기는 안
하려고."

그녀는 올려다보았다. 눈가에서 눈물방울들이 떨어져 나오더
니 뺨을 타고 내려가며 거뭇한 마스카라 줄기를 그어댔다. 소리
없이 우는 그녀를 나는 품에 안아주었다. 다 울고 나자 그녀는
카운터 너머에 있는 거울에 비친 자기 모습을 퍼뜩 보더니 손등
으로 마스카라 자국을 닦아내었다. "내 꼴 좀 봐." 그녀가 웃음
을 터뜨리며 말했다. "엉망진창이네, 아주."

"그러니까, 이게 뭐야." 내가 말했다. "너 많이 보고 싶을 거야.
어쩌면 나중에 너도 그리로 와서 합류할 수도 있으려나?"

"그럴 수도 있겠지." 그녀는 웃으며 말하면서 남은 눈물방울들

을 닦아내었다.

내가 탈 비행기가 떠나기 전날에 나는 영어 교본을 구하러 책
방에 갔다. 책방으로 걸어 들어가던 순간 네가 보였다—팔을
그녀의 허리에 감고 책방 입구 옆에 놓인 도서 가판대를 쳐다보
고 있던 네가. 너는 새 가죽 재킷을 입고 있었는데, 갈색에 아름
다운 모피 깃까지 달린 것이었다. 그리고 네 윗입술 위에는 콧
수염도 달려 있었다. 나는 얼어붙었다. 그때 하니아가 올려다보
더니 나를 발견하고 미소를 짓기에 나도 하는 수 없이 건너가서
인사했지만 온몸은 무감각한 채였다. 우리 사이에 난측한 공기
가 흘렀다. 그녀는 내 볼에 키스했고, 너와 나는 엄숙하게 악수
했다. 그녀가 말없이 신경을 곤두세우면서 너와 나를 번갈아 주
시하는 게 느껴졌다. 그러더니 그녀는 책값을 치르러 다녀오겠
다고 말하면서 자리를 비켰다. 그리하여 그곳에는 우리만이, 우
리 둘만이 서 있게 되었다. 너는 내 시선을 피하면서 떠나는 그
녀의 뒷모습을 바라보았다. 그러더니 입술에 검지와 중지를 갖
다 대었다.

"한 대 피울래?"

우리는 밖으로 걸어 나가서 길거리가 내다보이는 책방 차양
아래로 향했다. 추우면서 화창한 날이었다. 서리가 보도를 아이
싱처럼 뒤덮고 있었다. 너는 호주머니에서 말버러 한 갑을 꺼내
더니 내게 한 개비를 내밀었다.

"콧수염 멋지네." 내가 초조함에 내뱉는 사이 너는 내 담배에

불을 붙여주었고, 네 얼굴을 훑는 내 눈을 바라보는 한편 불을 바람으로부터 가리고자 양손을 모아 쥐면서 손가락으로 내 손을 스쳤다. 너는 내 말을, 그 적당히 둘러댄 칭찬을 무시했다. 대신에 너는 나를 보지 않은 채 자기 담배에도 불을 붙이더니 담배 연기를 얼른 뱉어내고 싶어 안달이 난 사람처럼 콧구멍으로 훅 날려 보냈다. 그런 뒤 내 쪽으로 고개를 돌렸다. 그 눈으로 나를 재어보았다. 나는 네가 뭔가 말하고 싶어 하는 걸 직감하고 그게 뭐가 되었든 네가 털어놓아야 하는 말을 듣고자 몸에 힘을 주었다. 그때 책방 문이 홱 열리더니 하니아가 책이 가득 든 가방을 들고 나타났다. 우리는 놓쳐버린 기회를 애도하면서 잠시 찜찜하게 서 있었다. 우리는, 둘 모두는 뭐라도 의미가 있는 말을 내뱉어보고자 말마디를 찾아 헤매었다. 하지만 끝내는 고작 작별 인사를 고했을 뿐이었다. 그것도 표연한 작별 인사를, 마치 서로 곧 다시 볼 예정이었다는 것처럼 어쩌면 안면이나 겨우 트고 지내던 사이밖에는 된 적이 없었다는 사람들처럼. 너희 둘은 팔짱을 끼고 걸어갔고, 그런 너를 나는 바라보았다. 손에는 불이 붙은 담배 한 개비를, 네가 내게 마지막으로 준 선물을 여전히 쥔 채로.

*

나는 산책을 마치고 집으로 돌아와서 코트를 벗고 양손을 비빈다. 소파에 앉아 텔레비전은 켜지도 않았으면서 그저 빤히 들여다본다.

나는 우리나라를 떠났던 일과, 그럼으로써 나의 고독이라는 악몽이 되살아나리라고 생각했던 일을 떠올린다. 시간마저 화석화된 가운데, 잡초만 무성한 묘비들이 그린 황량한 정경을 헤쳐 걸어가는데 근방에는 아무도 없어 죽은 이들 가운데서 홀로 살아가도록 운명 지어지는 그런 악몽이. 그러나 악몽은 되살아나지 않았다. 나는 새로운 나라, 새로운 도시에 왔고 나의 고독은 내버려두고 오겠다고 작심했으니까. 미국은 그런 면에서 좋다. 내버려두고 오겠다는 말이 사실이 아닐지언정, 영영 과거를 온전히 떨쳐낼 수 없을지언정 여기서는 아무도 그것을 일깨워주지 않을 테니까. 그래서 훨씬 쉬워진다. 스스로를 속이기가 쉬워진다. 다른 사람도 아니고 너라면 그게 무슨 느낌인지 잘 알 테다.

그렇긴 해도 이제는 우리도 각자의 거짓말들로 무한정 속여나갈 수만은 없으리라는 생각이 든다. 늦든 빠르든 그 거짓말들의 시꺼먼 속을 직면해야만 할 때는 찾아오니까. 우리는 그 직면의 **시기**를 고를 수는 있으나, 직면의 **여부**를 정할 수는 없다. 그리고 직면의 시기를 늦추면 늦출수록 고통스럽고 불안해지기만 할 뿐이다. 우리나라조차도 지금 그 직면이라는 것을 거치는 중으로—제 거짓말이 쌓인 기록 보관소를 마주하고, 수렁을 헤쳐나가 운용 가능한 어떤 새로운 진실을 향해 나아가고 있다.

내가 이곳에 도착하고 여섯 달이 지났을 무렵 카롤리나가 편지를 보내어 결혼식에 관해 알려주었다. 하니아가 결혼식을 올릴 때 임신해 있었다고, 이미 부른 배가 눈에 보일 정도였다고. 그러자 나도 모르게 울음이 터져버렸다. 그동안 쭉 나는 그녀를 사랑했냐고 네게 물어봐야지 하는 마음이 있었다. 딱 그 질문 하나만큼은 물어보지 못해서 후회가 되었던 것이다. 하지만 이 제야 질문의 답이 어느 쪽이었든 아무런 상관이 없었음을 나는 깨닫는다. 왜냐하면 남들이 언제나 우리가 받고 싶어 하는 것을 줄 수는 없는 노릇이라던 네 말은, 본인이 바라는 방식으로 사 랑해달라고 남한테 요구할 수는 없는 것이라던 네 말은 옳았으 므로. 그 누구도 그렇게 해주지 않았다고 해서 비난받을 수는 없는 것이다. 게다가 애초부터 우리 사이에는 장애물이 산적해 있기도 했다. 우리에게 무슨 매뉴얼이 있었던 것도 아니고, 이 렇게 하면 된다는 걸 보여줄 사람도 없었으니. 남자끼리 결합하 여 행복해진 한 쌍의 선례랄 것이 아예 없었으니. 그러니 우리 가 뭘 해야 할지 어떻게 알 수 있었겠는가? 우리가 결국엔 행복 을 거머쥘 자격이 있었다고 우리 스스로 믿기는 했을까?

나는 책꽂이로 가서 《조반니의 방》을 꺼내어 그 해진 표지를 손가락으로 쓸어본다. 이 책장을 지나갔을 그 모든 시선과, 그 무게감을 느꼈을 그 모든 손길을 생각해본다. 그리고 내 비행 기가 떠나던 날 **파니** 콜레츠카가 마지막으로 내 방에 들어와서 한 손으로 건넨 봉투에 《조반니의 방》이 들어 있었던 일을 떠올 린다. 나는 그것을 오래도록 잃어버리고 있었다가 이제야 되찾 은 보물이라도 되는 양 가슴에 와락 끌어안았다. 쿵쿵대는 심장 으로 책을 펼쳐보자 종이쪽지가 팔락거리며 빠져나와 방바닥에 사뿐히 내려앉았다.

"네가 짐작하던 것보다도 훨씬 이 책이 마음에 들었어." 쪽지는 너의 앙바틈하고 오른쪽으로 기운 필체로 쓰여 있었다. **"내가 가지고 있고 싶었지만…… 네 거잖아. 그럴 수 있다면 언젠가 다시 갖다줘. 나는 여기 있을 테니. J."**

지금껏 마치 내 출국이 일시적인 것이라는 양 살고 있었음을, 네 말들에 발목이 묶여 언제까지고 진심으로 떠나지도 다다르지도 못하는 채였음을 나는 이제야 깨닫는다. 카롤리나가 편지를 보냈어도, 결혼식마저 전해 들었어도, 나는 기어이 우리라는 개념을 놓지 못한 채 아는 얼굴의 파편이라도 바라며 수많은 얼굴을 살펴보면서, 생경함 속에서 낯익음을 찾아 헤매고 있었던 것이다. 실제로는 낯익음은 생경함으로 변해버린 지 오래였으며, 고향조차 더는 고향이 아니게 되었는데도. 양쪽 모두 나만 빼고 살아가고 변해가고 있었는데도.

나는 책을 덮어 다시 책꽂이에 올려둔 다음 재차 코트를 집어 들고 아파트를 떠나 길거리로 걸어 나간다. 바람이 얼굴로 들이치기에 몸을 움츠리며 이글 거리에 있는 식료품점으로 걸음을 옮긴다. 배가 꼬르륵댄다. 몇 주간 음식을 먹은 적이 없는 것처럼 나는 갑자기 배가 고프다. 보르시치에 **피에로기**에 따뜻한 양귀비 씨앗 케이크가 먹고 싶어지고, 이 허기가 내 안에 놓인 방대하고도 휑뎅그렁한 공허로, 온기를 향한 갈망으로 느껴져온다. 그러나 전혀 고통스럽지가 않다. 도리어 어떤 길조처럼 느껴진다.

감사의 말

《어둠 속에서 헤엄치기》를 완성하기까지 장장 칠 년에 걸친 여정은 아래 언급된 분들의 아량과 사랑이 아니었더라면 불가능했을 것이다.

내가 나 자신을 믿기 오래전부터 나를 믿어주었던 탄자 스테게, 엘리자베스 슈테판, 루이스 모나코 박사님, 맹아기부터 루드비크의 세계를 보듬어주었던 우리 런던 글쓰기 모임에 속한 시즌 버틀러를 비롯한 모든 회원들, 초고를 보고 귀중한 조언을 해주었던 나의 친구들인 하나 하키키, 로티 데이비, 엘라 딜레이니, 마농 모로, 레일라 브라히미, 나의 굉장한 에이전트인 샘 호더, 나의 훌륭한 편집자인 알렉사 본 허슈버그와 제시카 윌리엄스.

또 우리 부모님—두 분의 용기와 기지는 물론 구연을 향한 열정—이 아니었더라면 나는 아예 이 책을 집필할 연장조차 갖추지 못했을 테다. Dziękuję wam z całego serca(진심을 다해 감사드립니다).

마지막으로 수년간 나를 지지해주었으며, 아름다운 안목과 귀와 심장을 빌려준 나의 제일가는 친구이자 남편에게 감사의 마음을 전하고 싶다. 로랑, je t'aime (사랑해).

어둠 속에서 헤엄치기

첫판 1쇄 펴낸날 2021년 6월 18일
4쇄 펴낸날 2022년 5월 16일

지은이 토마시 예드로프스키
옮긴이 백지민
발행인 김혜경
편집인 김수진
편집기획 김교석 조한나 김단희 유승연 임지원 곽세라 전하연
디자인 한승연 성윤정
경영지원국 안정숙
마케팅 문창운 백윤진 박희원
회계 임옥희 양여진 김주연

펴낸곳 (주)도서출판 푸른숲
출판등록 2003년 12월 17일 제2003-000032호
주소 경기도 파주시 심학산로 10(서패동) 3층, 우편번호 10881
전화 031)955-9005(마케팅부), 031)955-9010(편집부)
팩스 031)955-9015(마케팅부), 031)955-9017(편집부)
홈페이지 www.prunsoop.co.kr
페이스북 www.facebook.com/prunsoop 인스타그램 @prunsoop

ⓒ푸른숲, 2021
ISBN 979-11-5675-881-5 (03840)